Mariage forcé

Jude Deveraux

Les dames de Virginie

Mariage forcé

Traduit de l'américain
par Anne Benjamin

Titre original :

RIVER LADY
Pocket Books,
a division of Simon & Schuster, Inc., 1985

Cette édition de *Mariage forcé*
est publiée par les Éditions de la Seine
avec l'aimable autorisation des Éditions J'ai lu

1

Virginia Riverfront
Septembre 1803

La pluie plongeait la petite taverne dans la pénombre et la lumière dorée de la lanterne dessinait des ombres étranges sur le mur. Derrière le haut comptoir en chêne, une jolie jeune femme, avenante et soignée, lavait des chopes en étain. Ses cheveux châtains et brillants étaient serrés dans un bonnet de mousseline blanche. Elle chantonnait en travaillant, et par moments, un sourire incurvait ses lèvres, creusant une fossette sur une de ses joues.

Une petite porte sur le côté s'ouvrit, laissant entrer une bouffée d'air froid et humide, et une jeune fille se glissa à l'intérieur. Elle s'arrêta un instant, clignant des yeux devant la lumière. La serveuse redressa la tête et poussa un soupir en allant à sa rencontre.

— Leah, tu as l'air plus mal en point à chacune de tes visites ! Assieds-toi ici pendant que je te prépare un grog, s'écria la femme bien en chair tout en installant la jeune fille sur une chaise.

Puis elle se dirigea vers la cheminée et mit un tisonnier à rougir sans cesser d'observer subrepticement sa jeune sœur. Elle avait encore maigri. On devinait un corps décharné sous la robe sale et rapiécée. Ses yeux étaient soulignés de cernes bleuâtres. Trois profondes égratignures couraient le long d'une joue et l'autre était marquée d'une ecchymose violacée.

— C'est lui qui t'a fait cela ? demanda la serveuse, écœurée, avant de plonger le tisonnier brûlant dans le mélange alcoolisé.

Leah haussa simplement les épaules et tendit avidement les mains vers la boisson.

— Pourquoi t'a-t-il battue ?

— Oh, comme d'habitude ! dit Leah en s'enfonçant contre son dossier après avoir vidé la moitié de son bol.

— Leah, pourquoi ne... ?

Leah fusilla sa sœur du regard.

— Ne recommence pas, Bess, s'il te plaît ! Nous avons épuisé ce sujet depuis belle lurette. Agis comme tu l'entends, et moi, je m'occupe de mes affaires et des enfants.

Bess marqua un temps d'arrêt avant de se détourner.

— C'est beaucoup plus facile que tu ne l'imagines, tu sais ! Je me mets sur le dos, j'attends que ces messieurs bien propres fassent leur petite affaire, et le tour est joué !

Cette discussion revenait indéfiniment sur le tapis, et la crudité des propos de Bess ne choquait plus Leah depuis longtemps. Deux ans auparavant, Bess, excédée par les coups qui étaient son lot quotidien à la ferme, puisque « les femmes — n'est-ce pas — sont nées dans le péché », s'était enfuie de la masure délabrée pour s'engager comme serveuse. A l'occasion, elle savait être « amicale » avec quelques hommes. Bien entendu, Leah payait constamment pour les péchés de Bess qui essayait par tous les moyens d'inciter sa cadette à quitter l'infâme bouge. Leah refusait obstinément d'abandonner ses six jeunes frères et sœurs. Elle labourait, plantait, récoltait, cuisinait, réparait la maison, et surtout, elle protégeait les plus petits du courroux de leur père.

— Regarde-toi ! s'exclama Bess. On te donne quarante-cinq ans alors que tu en as... ? Vingt-deux, maintenant ?

Leah acquiesça avec lassitude. C'était la première fois qu'elle s'asseyait de la journée, et le grog brûlant commençait à faire son effet. Elle demanda dans un murmure :

— Aurais-tu quelques vêtements pour moi ?

Tout en maugréant, Bess se dirigea derrière le comptoir où elle prit du jambon, du pain et de la moutarde. Elle plaça une assiette sur la table devant Leah et s'assit en face d'elle. Du coin de l'œil, elle remarqua que sa sœur hésitait avant de toucher à la nourriture.

— Tu songes même à te priver, hein ? Tu voudrais bien rapporter quelque chose aux enfants ? Leah, fais bien attention, car je vais t'enfoncer tout cela dans le gosier moi-même !

Une ombre de sourire apparut sur les lèvres de Leah, et elle finit par se jeter sur la nourriture avec ses deux mains. La bouche pleine, les yeux baissés, elle interrogea Bess en feignant l'indifférence :

— L'as-tu vu ces derniers temps ?

Bess fixa sur sa sœur un regard pénétrant.

— Tu ne penses quand même pas...

Sans terminer sa phrase, elle se tourna vers le feu. Un éclair illumina la taverne.

Pauvre Leah ! songeait Bess. Elle était aussi têtue que leur père, une vraie mule ! Bess, elle, n'avait pas hésité à laisser ses frères et sœurs, mais pour Leah, sa famille était sacrée, même si un vieil homme, fou et violent, en faisait partie. Leah n'était jamais revenue sur la décision qu'elle avait prise à la mort de leur mère : elle s'occuperait des cadets jusqu'à ce qu'ils volent de leurs propres ailes.

Aussi obstinément qu'elle restait auprès des enfants, Leah s'accrochait à des chimères. Elle ne rêvait pas comme Bess de choses simples : un abri, un peu de chaleur, quelque chose dans son assiette... Non ! Leah, elle, rêvait à un certain Monsieur Wesley Stanford.

Leah était encore petite quand M. Stanford était venu dans leur taudis lui poser quelques questions. En remerciement pour ses réponses, il lui avait déposé un baiser sur la joue et une pièce en or de vingt dollars au creux de la main. Leah avait raconté l'événement à sa sœur, les yeux brillants, et elle s'était mise dans une colère noire quand Bess avait voulu dépenser l'argent pour acheter des robes, car cette pièce était sacrée ! Imaginez donc... un cadeau de *son* Wesley qu'elle aimait et qu'elle épouserait un jour !

A l'époque, l'idée de cette piécette en or, cachée dans un coin à la narguer, rendait Bess malade. Elle finissait par regretter que Wesley ne se soit pas contenté d'apporter des fleurs. D'autant plus que cette pièce avait aux yeux de Leah une signification symbolique. Combien de fois Bess l'avait-elle surprise s'arrêtant soudain dans sa tâche et fixant le paysage d'un regard vide !

— A quoi penses-tu ? interrogeait alors Bess.

— A lui, répondait invariablement Leah.

Bess fulminait et se détournait. Leah n'avait pas besoin de préciser ce que signifiait *lui*.

Longtemps après, quand Bess quitta la ferme et s'engagea comme serveuse de l'autre côté de la rivière, Elijah Simmons renia sa fille et lui interdit de remettre les pieds chez lui et de revoir sa sœur. Mais durant ces deux dernières années, Leah avait réussi à échapper plusieurs fois à la surveillance du vieil homme pour voir Bess et prendre les vêtements qu'elle réunissait à son intention.

Lors de sa première visite à la taverne, Leah avait demandé des nouvelles de Wesley Stanford. Bess était, à l'époque, enchantée de connaître tous les riches planteurs de la région. Wesley et son frère Travis figuraient parmi les plus fortunés. Aussi Bess chanta-t-elle les louanges de Wesley pendant un bon moment : c'était un homme plein de charme et attentionné, il s'arrêtait souvent à la taverne et il ferait sûrement de Leah la plus heureuse des épouses ! Pour Bess, il s'agissait d'un innocent passe-temps, un conte de fées qu'elle inventait au fur et à mesure, et elle imaginait qu'il en était de même pour Leah.

Quelques mois plus tard, elle annonça en riant à Leah les fiançailles de Wesley avec une ravissante jeune fille du nom de Kimberly Shaw.

— Quel sera maintenant l'homme de ton cœur ?

Le sourire de Bess se figea devant l'expression de Leah. Sous les meurtrissures et la crasse, son visage était livide.

— Leah, voyons ! Laisse tomber cette histoire ! Wesley est riche, *immensément* riche, et il n'inviterait pas une... une « dame » comme moi et une chose décharnée et sale comme toi dans son salon. Cette Miss Shaw est de son monde.

Tout doucement, Leah se glissa hors de son siège et se dirigea vers la porte.

— C'était un rêve ! s'écria Bess en la retenant par le bras. Ne l'as-tu pas compris ? Mais Wesley a peut-être un aide-jardinier, reprit-elle après un silence, qu'une personne de... de notre côté de la rivière pourrait intéresser.

Leah ne répondit pas, et, toujours livide, quitta la taverne. A sa visite suivante, elle fit comme si de rien n'était et demanda à Bess de nouvelles histoires sur Wesley. Cette fois-ci, Bess se fit tirer l'oreille et rappela à sa sœur qu'il était fiancé, mais Leah lui décocha un tel regard qu'elle se détourna. Malgré son apparence frêle, Leah savait fort bien s'imposer lorsqu'elle le voulait.

Dès lors, Bess n'avait plus tenté de dissuader sa cadette. Elle lui racontait sans entrain le dernier passage de Wesley, sans préciser toutefois qu'il venait désormais plus souvent car la taverne était sur le chemin de la propriété des Shaw.

Leah s'enfonça dans son siège, glissa sa main dans sa poche cent fois reprisée et étreignit la piécette en or. Elle l'avait si souvent serrée au cours des années qu'elle était devenue complètement lisse. Souvent, la nuit, quand la douleur des coups reçus dans la journée la tenait éveillée sur sa paillasse, elle caressait la pièce et se remémorait chaque seconde de sa rencontre avec Wesley Stanford. Il l'avait embrassée sur la joue, et, à sa connaissance, c'était le seul baiser qu'elle eût jamais reçu. Bess parlait parfois de lui comme s'il se prenait pour un dieu, mais Leah savait bien combien il pouvait se montrer tendre et généreux. Les hommes vaniteux n'embrassent pas les petites souillons et ne les récompensent pas non plus avec des pièces d'or. Un jour, songea-t-elle, elle reverrait Wesley, et il remarquerait l'amour qui brillait dans ses yeux, et...

— Leah ! cria à moitié Bess. Ne t'endors pas. Le vieil homme ne va pas tarder à s'apercevoir de ton absence. Il faut que tu rentres.

— Je sais. Mais on est si bien ici.

— Tu pourrais rester tout le temps si...

Leah se leva et coupa la parole à sa sœur :

— Merci pour tout, Bess ! Je reviendrai le mois prochain. Nous n'y arriverions pas sans ton aide et celle...

La porte d'entrée s'ouvrit brusquement, et un homme à la puissante carrure s'encadra dans le chambranle. Il referma le battant derrière lui.

— Juste ciel ! souffla Bess qui resta un moment paralysée avant de se diriger vers l'arrivant, un sourire aux lèvres. Il ne fait pas bon être dehors par un temps pareil, Monsieur Stanford. Laissez-moi vous aider, proposa-t-elle en le débarrassant de son manteau avec un coup d'œil dans la direction de Leah qui, immobile comme une souche, fixait la scène d'un air hébété.

Il n'avait pas beaucoup changé, songeait Leah. Peut-être était-il un peu plus grand, plus fort que dans son souvenir, et surtout encore plus beau. Ses épais cheveux sombres et humides bouclaient sur sa nuque et les gouttes de pluie qui brillaient au bord de ses cils intensifiaient le noir de ses prunelles. Sur la pointe des pieds, Bess lissait du plat de la main son veston d'un vert profond. Des culottes en peau moulaient ses cuisses puissantes et ses hautes bottes montaient jusqu'aux genoux.

— J'avais peur que la taverne ne soit fermée. Ben ne vous laisse-t-il donc jamais une nuit de repos ? demanda-t-il, faisant allusion au patron de Bess.

— Seulement quand il est sûr que je la mets à profit. Comme personne ne s'est présenté pour passer la soirée avec moi, il a estimé que je pouvais aussi bien tenir le bar, plaisanta-t-elle. Asseyez-vous donc, je vais vous préparer quelque chose de chaud.

Bess se mit à pousser Wesley Stanford vers une table de côté, essayant de l'empêcher de voir Leah qui était toujours debout au milieu de la pièce, les yeux écarquillés.

Il se libéra d'une secousse.

— Quel est le but de la manœuvre, Bess ? s'enquit-il en se retournant, et dans le même mouvement il aperçut Leah.

Bess surprit une lueur fugitive dans ses yeux. Il jaugeait Leah comme femme et pesait en même temps son rang dans l'échelle sociale. De toute évidence, elle était recalée dans tous les domaines.

— Que fait votre... belle amie, Bess ?

Voilà des gens auxquels on apprenait les bonnes manières dès le berceau, songea-t-elle.

— C'est ma sœur, Leah, répondit-elle sans ambages. Leah, tu ferais mieux de rentrer à la maison.

— Il est encore tôt, répliqua Leah en s'avançant dans la lumière.

Bess contempla sa sœur avec le regard d'une étrangère. La misère et la fatigue l'enveloppaient comme un nuage noir. Mais Leah, inconsciente de son apparence, couvait Wes de ses yeux emplis d'adoration et il commençait à être intrigué.

— Venez donc prendre une bière avec moi toutes les deux !

Bess se faufila entre Wes et sa sœur qui, tout innocente qu'elle était, lançait à l'arrivant des œillades dignes d'une prostituée de bas étage.

— J'ai du travail, avança-t-elle, et Leah doit rentrer à la maison.

— J'ai rien qui m'attend à la maison, affirma Leah, échappant adroitement à sa sœur. J'aimerais beaucoup boire un verre avec vous, Wesley.

Elle prononça le prénom comme si elle le répétait à longueur de journée — ce qui était d'ailleurs le cas — et ne remarqua pas l'expression de Wes quand elle prit un siège dans l'alcôve.

— Le grog est bon, dit-elle.

Wes fixa un moment le petit visage émacié, sale,

meurtri, avant de s'installer sur le banc en face d'elle.

— Deux grogs, commanda-t-il tranquillement à Bess.

Furieuse, elle se dirigea vers le bar.

— Vous travaillez maintenant pour Ben ? demanda Wes à Leah.

— Je vis encore dans ma famille.

Elle dévorait littéralement Wesley des yeux, se remémorant chaque détail de sa physionomie.

— Avez-vous fini par retrouver la femme de votre ami ? s'enquit-elle, se référant à leur première rencontre.

Il mit un moment avant de comprendre.

— La femme de Clay ? interrogea-t-il, puis il sourit, incrédule. C'était donc vous la fillette qui nous a renseignés ?

Elle tira silencieusement et avec respect la pièce tout usée de sa poche et la plaça sur la table.

Wes s'en empara d'un air intrigué et la leva à la lumière pour observer le trou malhabile percé sur le bord.

— Comment... ?

— Avec un clou. Cela m'a pris un moment, mais j'avais peur de la perdre si je ne l'attachais pas sur moi.

Fronçant les sourcils, Wes reposa les vingt dollars sur la table. C'était étrange qu'une fille qui, visiblement, manquait de tout, n'ait pas utilisé cette pièce.

Comme elle reprenait son bien, Leah effleura le bout des doigts de Wes. Retenant sa respiration, elle s'émerveilla devant leur douceur, leur propreté, leur forme bien carrée.

Bess posa si violemment les deux grogs qu'une gerbe de liquide aspergea la table.

— Monsieur Stanford, pourquoi ne parlez-vous

pas à ma sœur de cette ravissante personne que vous allez épouser ? Dites-lui comme elle est jolie, comme elle danse bien, comme elle s'habille avec goût !

Wes écarta sa main de celle de Leah et poussa un petit rire étouffé.

— Peut-être devriez-vous vous en charger, Bess, vous semblez en savoir tant sur ma future femme !

— C'est une bonne idée, concéda Bess en s'emparant d'une chaise et en la poussant vers eux, mais le coup d'œil de Leah la dissuada de s'asseoir.

— Je préférerais entendre Wesley, fit-elle, les yeux vrillés sur ceux de Bess.

Bess soutint un moment le regard de sa sœur. Pourquoi essayait-elle de la protéger ? Si seulement Leah n'était pas aussi déterminée... Avec un soupir, elle les laissa seuls.

Wes avala lentement le breuvage brûlant tout en contemplant la fille exsangue qui se trouvait en face de lui et se demanda depuis combien de temps elle faisait ce métier. Apparemment, elle savait attirer l'attention des hommes malgré son apparence peu engageante. Elle le couvait des yeux, comme si elle l'avait attendu toute sa vie. C'était flatteur et déconcertant tout à la fois. Il éprouvait presque le sentiment de lui devoir quelque chose.

— Que disiez-vous, Wesley... ? murmura Leah en se penchant en avant.

— Kimberly, fit-il à mi-voix.

Il valait bien mieux penser à Kim, car si le diable s'en mêlait, il risquait de se laisser tenter par cette catin.

— Cela vous intéresse vraiment ? En général, les femmes n'aiment pas entendre parler les unes des autres.

— Tout ce qui vous concerne m'intéresse, avoua-t-elle avec une sincérité désarmante.

— Oh, je n'ai pas grand-chose à raconter. Nous nous sommes rencontrés alors que je rendais visite à son frère, Steven Shaw, cela fera bientôt deux ans. Ils ont perdu leurs parents tout jeunes et alors que Kim était envoyée auprès de son oncle dans l'Est, Steven est resté chez des cousins dans la région.

Le « pas grand-chose » de Wesley se transforma en une extase de plus d'une heure. Wes était tombé amoureux de la belle Kimberly sur-le-champ, mais une bonne vingtaine de jeunes gens partageaient cette inclination, aussi n'avait-il emporté la victoire finale qu'après une cour assidue de deux bonnes années. Il s'extasia sur la beauté, la gentillesse, la douceur de Kim et relata combien elle aimait les jolies choses, les livres et la musique.

Leah serrait son verre de toutes ses forces.

— Et vous allez bientôt vous marier ? souffla-t-elle.

— Au début du printemps, en avril. Nous irons alors nous installer tous les trois, avec Steven, dans le nouvel État du Kentucky. J'ai acheté de la terre là-bas.

— Vous quittez la Virginie ? s'étonna-t-elle. Et votre plantation, alors ?

— La Virginie ne me paraît pas assez grande pour mon frère *et* moi. Depuis trente-quatre ans, je suis seulement le petit frère de Travis. Aussi, j'aspire à avoir un endroit bien à moi. Et puis, la perspective de repartir de zéro dans un nouveau pays avec une femme ravissante me séduit plutôt.

— Vous ne reviendrez pas ?

— C'est peu probable, déclara-t-il, étonné par sa véhémence et stupéfait de se sentir attiré par elle en dépit de son apparence. Il ne pleut plus, et je ferais mieux de rentrer chez moi, poursuivit-il en se levant. J'ai été ravi de faire votre connaissance.

Il déposa quelques pièces sur la table pour les boissons et lança en se dirigeant vers la porte :

— A la semaine prochaine, Bess !

Leah se précipita derrière lui, mais sa sœur la retint par le bras.

— Sais-tu bien ce que tu vas faire ?

D'une secousse, Leah se libéra.

— N'est-ce pas ce que tu as toujours voulu ? Que je profite des hommes ?

— Que tu profites d'eux ? Certes ! Mais ton ardeur auprès de Wesley Stanford ne peut que te faire souffrir, bien plus que les coups du vieux. Tu ne connais rien aux hommes ! Tu ne sais pas...

— Je peux apprendre ! siffla Leah. Je l'aime, et il s'en va bientôt. C'est ma seule chance, et je veux la saisir.

— Je t'en prie, Leah, ne le suis pas. Quelque chose d'affreux va arriver, j'en suis sûre.

— Mais non, rien d'*affreux* n'arrivera, dit doucement Leah en disparaissant derrière la porte.

Wesley était prêt à monter en selle.

— Puis-je rentrer avec vous ? cria Leah en trébuchant sur le chemin, dans le noir.

Wes, immobile, la contempla à la lueur de la lune et désira éperdument qu'elle disparaisse. Elle l'effrayait presque, un peu comme si le sort les avait réunis dans un dessein inéluctable. C'était trop fort ! Dire qu'il était resté fidèle à Kimberly depuis leurs fiançailles... En fait, l'idée de trousser la fille ne le tourmentait nullement, c'était plutôt son sérieux, sa gravité qui le déroutaient. Pourquoi diable avait-elle conservé cette pièce pendant toutes ces années ?

— Marchons, proposa-t-il en tenant son cheval par la bride, car il craignait de prendre le corps mince de Leah contre le sien.

Leah ne s'était jamais sentie aussi vivante. Elle

était auprès de l'homme qu'elle aimait. Elle voyait enfin se réaliser ses rêves d'enfant. Serrant d'une main la pièce dans sa poche, elle glissa l'autre sous le bras de Wesley.

Il la dévisagea. A la faible clarté de la lune, elle paraissait tout à fait jolie. Les meurtrissures de son visage l'avaient empêché de noter les lèvres charnues et les immenses yeux pleins de séduction. Il poussa mentalement la plainte d'un homme déjà perdu et se mit en marche à ses côtés.

Le cœur de Leah battait à tout rompre bien avant qu'ils aient perdu la taverne de vue. Elle savait au fond d'elle-même que Bess avait raison. Et en même temps, une petite voix lui soufflait que c'était sa seule chance. Plus tard, quand Wesley serait au loin et qu'elle s'échinerait pour sa famille, elle se souviendrait de cette unique nuit. Peut-être l'embrasserait-il de nouveau !

Elle releva vers lui un regard noyé d'ombres et, sans plus réfléchir, Wesley se pencha pour l'embrasser.

Elle eut l'impression de se dissoudre à son contact, mais garda ses lèvres serrées d'une manière enfantine. Il l'écarta légèrement, le regard étincelant. Cette fille était un étonnant mélange qui tenait à la fois de la prostituée experte et de la vierge effarouchée. Les paupières toujours baissées, elle avança sa bouche vers la sienne, et Wesley en força l'ouverture.

Elle se donnait à lui comme si elle l'avait attendu de toute éternité, et Wesley répondait avec la violence de sa sensualité contenue depuis des mois. Les mains enfouies dans la masse de ses cheveux, il maintenait sa tête en arrière pour mieux goûter ses lèvres. Il se recula, haletant, au moment où la chevelure de Leah se déployait jusqu'à sa taille.

— Vous êtes magnifique ! souffla-t-il en s'emparant de nouveau de ses lèvres tandis que ses doigts déchiraient le corsage de la robe.

— Non ! cria Leah, soudain effrayée.

Elle rêvait d'un baiser. Un baiser, rien d'autre. Pourtant elle ne chercha pas à se dérober à ses caresses.

— Wesley, murmura-t-elle. Mon Wesley.

— Oui, mon amour, répondit-il distraitement tandis que sa bouche descendait le long de son cou.

Le tissu de sa robe était usé et il céda facilement. En quelques secondes, elle se retrouva nue, son corps mince aux os saillants nimbé par le clair de lune. Seul signe de sa féminité, sa poitrine se dressait, ronde et ferme.

Avec mille précautions, Wesley la souleva dans ses bras et la déposa sur son manteau qui venait de glisser à terre.

Leah, ne sachant pas comment rendre le plaisir qu'elle éprouvait, restait immobile, tandis qu'il laissait courir ses mains sur elle tout en se dépouillant de ses propres vêtements.

Quand il la pénétra, elle poussa un cri de douleur. Wesley se figea, caressant gentiment ses cheveux, embrassant ses joues.

Leah le contempla avec des yeux brouillés de larmes, et une vague d'amour la souleva vers lui. C'était son Wesley, l'homme qu'elle aimait depuis toujours, qu'elle ne cesserait jamais d'aimer.

— Oui, chuchota-t-elle. Oui !

Il l'attira de nouveau avec violence, la malmenant comme une poupée de chiffon, et Leah n'éprouva pas la moindre volupté. Puis il murmura le nom de Kimberly, et retomba inerte sur elle.

Leah mit quelque temps à comprendre ce qui lui arrivait. « Kimberly » ! Il avait dit : « *Kimberly* ».

Il roula sur le côté et resta un moment sans bouger,

les yeux mi-clos, pendant qu'elle se levait et essayait de rajuster sa robe en lambeaux.

— Voilà pour toi, ma mignonne, dit Wes d'une voix endormie.

Il fouilla dans sa poche et en tira une pièce en or qu'il jeta à ses pieds.

Abasourdie, Leah le regarda se redresser, attacher son pantalon et ramasser son manteau.

— Tu vas m'attirer des ennuis, petite fille, fit-il en lui caressant le menton.

Sur ce, il sauta à cheval et s'éloigna au galop.

Leah resta figée sur place. Elle s'était rendue complètement ridicule, songea-t-elle avec stupeur. Devant la découverte que les bonnes fées n'existaient pas, elle éprouvait le même désespoir qu'un enfant. La certitude que le dieu Wesley l'attendait au bout du chemin lui avait permis de supporter toutes ces années d'horreur. En fait, ce n'était qu'un homme, et il avait pris ce qu'on lui offrait librement.

— Librement ! s'exclama-t-elle en ramassant la pièce à ses pieds.

Elle serra un moment le métal froid dans sa main en songeant à la nourriture et aux vêtements qu'elle pourrait acheter avec cet argent, et à la manière dont elle l'avait obtenu. Puis, avec un éclat de rire amer devant l'écroulement de ses rêves enfantins, elle fit ce dont elle ne se serait jamais crue capable. Elle lança la pièce dans la direction de la rivière, et quand elle entendit le giclement de l'eau, elle sourit.

— Toutes les Simmons ne sont pas des putains ! cria-t-elle de toutes ses forces.

2

Mars, 1804

Le soleil entrait à flots par les vitraux, jetant des ombres vives sur les murs blanchis à la chaux du temple de Whitefield. Un escalier de noyer sculpté menait à la chaire du pasteur qui surplombait l'assistance. Les fidèles étaient installés sur des bancs durs et inconfortables séparés par des panneaux de chêne.

Wesley Stanford, assis à côté de sa fiancée, serrait discrètement le bout de ses doigts dissimulés dans les plis de sa robe de soie rose. Kimberly Shaw fixait le pasteur d'un regard respectueux. Elle était vraiment jolie, avec son visage ovale, ses grands yeux bleus et sa bouche désirable. De temps en temps, elle lançait un coup d'œil à Wesley, et son sourire creusait des fossettes dans ses joues.

A côté d'elle, se tenait son frère, Steven, une version masculine de Kimberly, blond, élégant, avec une fossette au menton.

Deux couples étaient installés un peu en retrait : Clay et Nicole Amstrong à côté de Travis et Regan Stanford. Travis se tortillait sur son siège, manifestement impatient de rentrer chez lui, et sa jolie épouse lui décochait des regards meurtriers qu'il ignorait totalement.

Wesley, resserrant son étreinte sur la main de Kim, songeait à tout ce qui lui restait encore à faire avant de partir pour le Kentucky d'ici deux semaines. Il venait d'acheter, dans ce nouvel Etat, des terres avec une ferme, des dépendances, du bétail. Pour la première fois de sa vie, on ne parlerait plus de lui en référence à son frère.

Tout son esprit était absorbé dans la contemplation de cette perspective idyllique quand la porte latérale s'ouvrit à toute volée. Le Révérend Smyth marqua une pause dans son discours monotone pour identifier l'intrus, et ce qu'il vit le laissa sans voix.

Ce vieux toqué d'Elijah Simmons, le visage tordu par la fureur, entra en traînant derrière lui l'une de ses filles, les mains liées avec une corde. Du moins pouvait-on le supposer, car les traits tuméfiés de la gamine rendaient toute identification impossible !

— Pécheurs ! tonnait le vieil Elijah. Vous êtes assis dans la maison du Seigneur, néanmoins vous êtes tous des fornicateurs !

Il poussa si violemment l'adolescente en avant qu'elle tomba sur les genoux. Et quand Elijah la souleva par les cheveux, plus personne ne put ignorer qu'elle était enceinte. Son ventre semblait encore plus protubérant tant sa silhouette était décharnée.

— Travis ! souffla Regan appelant son mari à l'aide, mais il était déjà debout, prêt à arrêter le vieil homme.

Elijah sortit un pistolet de sa poche et le dirigea vers la tempe de la jeune fille.

— Les putains ne méritent pas de vivre !

— Dans la maison de Dieu ! intervint le Révérend avec un hoquet.

Elijah, tout en maintenant sa fille, recula vers l'escalier qui menait à la chaire.

— Regardez-la ! gronda-t-il en l'obligeant à creuser les reins pour rendre sa grossesse encore plus évidente. Quel est le pécheur qui a fait cela ?

Le prédicateur se mit à descendre les marches, mais Elijah enfonça encore plus fort le pistolet contre la tempe de la malheureuse. Celle-ci semblait plus morte que vive, avec un œil violacé et l'autre si enflé qu'elle ne pouvait l'ouvrir.

Travis fit calmement le tour du banc clos.

— Maintenant, Elijah, déclara-t-il sur un ton apaisant, nous allons trouver le coupable et il va l'épouser.

— C'est le diable qui a fait cela ! vociféra Elijah en rejetant la tête en arrière, et toute l'assistance, les yeux fixés sur lui, poussa une exclamation à l'unisson.

— Non, fit Travis avec le plus grand calme en s'avançant à pas comptés. Un homme est responsable et il devra l'épouser. Maintenant, donnez-moi votre pistolet.

— Ce n'est pas un homme ! Je l'ai surveillée jour et nuit, essayant de faire entrer à coups de bâton un peu de moralité en elle...

Sa voix se brisa tandis qu'il tordait le bras de l'adolescente derrière son dos.

— Le douze septembre, elle a passé la nuit dehors. Le treize, j'ai voulu lui apprendre la honte avec ma trique, mais à quoi bon ! Elle est née dans le péché, elle mourra dans le péché !

Wesley, de plus en plus livide, voyait son monde s'effondrer autour de lui. Il avait reconnu en Leah la fille de l'auberge dont le sang virginal maculait son manteau le lendemain de ce jour fatal. L'enfant qu'elle portait était le sien, il n'avait aucun doute là-dessus. S'il se dénonçait tout de suite, peut-être ne serait-il pas obligé de l'épouser, mais Kimberly lui pardonnerait-elle jamais son unique incartade ? En tout cas, s'il ne faisait rien, Leah risquait d'y laisser la vie.

Il se leva.

— Reste en dehors de cette histoire, Wes, intima Travis.

Wesley regarda le vieil Elijah.

— Je suis le père de l'enfant, déclara-t-il sans ciller.

Un silence impressionnant s'ensuivit, bientôt rompu par les gémissements de Kimberly.

— Emparez-vous du pécheur ! glapit Elijah, et il poussa Leah à bas de l'escalier.

Wesley recueillit Leah dans ses bras avant qu'elle ne heurte le sol tandis que Travis arrachait le pistolet des mains d'Elijah.

L'assemblée se leva d'un même mouvement et commença à quitter l'église avec fièvre. Steven donnait le bras à Kim qui gardait la tête haute et les yeux secs, pendant que Clay, Nicole, le Révérend Smyth, Travis et Elijah s'engouffraient derrière Wesley dans la sacristie.

Regan, ses jupes relevées, courut jusqu'au presbytère où elle demanda qu'on porte immédiatement de l'eau chaude et des serviettes propres à la sacristie. Quand elle rejoignit le petit local, le chaos régnait. Leah, enfin libérée de ses liens, était étendue inanimée sur un sofa, Nicole agenouillée auprès d'elle. Clay se tenait debout derrière Elijah, assis à contrecœur sur un siège. Le Révérend Smyth se faisait tout petit dans un coin. Et au beau milieu de la pièce, Travis et Wesley se querellaient comme deux taureaux enragés.

— Je pensais que tu avais assez de bon sens pour te tenir à l'écart des jeunes filles vierges. Enfin, avec toutes les... vociférait Travis.

— La garce s'est jetée sur moi, fulminait Wesley. Comment pouvais-je deviner que ce n'était pas sa profession ? Je l'ai même payée.

— Tu es un imbécile ! Quel besoin avais-tu de décrocher une auréole en reconnaissant cet enfant ? J'aurais très bien pu contrôler la situation.

— Comme tu as toujours contrôlé toute ma vie ? tonna Wesley, les poings serrés.

L'eau arriva, la gouvernante se retira, terrorisée, et Regan s'agenouilla auprès de Nicole. Sans prêter attention aux deux hommes, elles commencèrent à débarbouiller tendrement Leah.

— A ton avis, Kimberly voudra-t-elle encore de Wes après cette histoire ? demanda Regan, la voix pleine d'espoir.

— Sans doute, répondit Nicole, et les épaules de Regan s'affaissèrent.

— Pourquoi a-t-elle couché avec Wesley si elle était vierge ? Et quelle idée aussi d'être retournée auprès de ce vieux fou ? Tu as entendu parler de sa sœur, n'est-ce pas ?

— Oui, répondit Nicole en observant Regan, les sourcils froncés. Que manigances-tu ?

Regan lança à Nicole un regard innocent.

— Quel boucan ! s'exclama-t-elle avec un signe de tête vers le pasteur. Ils sont en train d'effrayer le Révérend. Dis à Clay d'emmener Wes dehors. Moi, je m'occupe de Travis. Je voudrais parler à cette fille.

Regan eut toutes les peines du monde à se glisser entre son mari et son beau-frère et elle bourra le torse de Travis de coups de poing pour attirer son attention.

— Je veux un peu de silence, ici ! s'égosilla-t-elle. Allez régler vos comptes ailleurs !

— Si vous cherchez à me dicter ma conduite... commença Travis.

— Sortons, coupa Clay. Cette fille est malade, ajouta-t-il en indiquant Leah d'un signe de tête.

— Pécheresses ! Toutes les femmes sont des pécheresses ! glapissait Elijah, mais Clay lui attrapa fermement le bras et le poussa derrière Travis et Wesley qui avaient déjà repris leur querelle.

Le Révérend les suivit sur la pointe des pieds.

— Voilà qui est mieux ! souffla Nicole quand le silence régna enfin. Comment peux-tu tenir le choc quand ils sont tous les deux sous le même toit ?

— C'est un toit conséquent, répondit Regan, mais cela ne s'arrange pas avec l'âge. Non ! fit-elle à l'intention de Leah qui essayait de s'asseoir. Ne bougez pas.

— S'il vous plaît, souffla Leah entre ses lèvres gonflées et craquelées. Je dois m'en aller pendant qu'il est parti.

— Il n'en est pas question. D'ailleurs, je doute que vous puissiez marcher. Restez donc tranquille, déclara Nicole.

— Nous devrions la ramener à la maison et la nourrir, déclara Regan, et elle termina tout bas : *et la laver.*

— Non, insista Leah, je ne veux pas ennuyer Wesley. Qu'il épouse sa Kimberly. Désolée pour le bébé.

Nicole et Regan échangèrent un coup d'œil.

— Depuis combien de temps connaissez-vous Wesley ? demanda Regan.

— Depuis toujours, murmura Leah en observant comme dans un rêve ces deux femmes si jolies qui ressemblaient à des anges avec leurs cheveux mousseux et leurs robes ravissantes. Je dois vraiment m'en aller.

Regan la repoussa gentiment sur les coussins et appliqua des compresses sur son visage tuméfié.

— Vous connaissez Wesley depuis toujours et pourtant vous n'êtes sortie qu'une fois avec lui ? Leah ébaucha une sorte de sourire.

— Je l'ai vu seulement deux fois.

Et sur ces mots, elle retomba dans un état semiconscient.

— J'aimerais bien entendre le reste de l'histoire,

confia Regan en s'asseyant sur ses talons. Que faisait donc Wesley en sa compagnie alors qu'il est supposé être fidèle à Son Altesse Royale Kimberly ?

— Son Altesse... répéta Nicole avec un sourire. Oh, Regan ! Tu ne l'appelles pas ainsi devant Wesley, n'est-ce pas ?

— Non ! Devant Travis seulement. Ils sont tous les deux stupides ! Kimberly représente à leurs yeux éblouis l'image même de la féminité. Je préférerais presque que Wes épouse cette... cette... (elle indiqua d'un signe le corps meurtri de Leah)... plutôt que notre chère, notre délicieuse Miss Shaw.

Avant que Nicole ne puisse répondre, la porte s'ouvrit avec fracas sur Bess Simmons, la sœur de Leah.

— Je vais le tuer ! cria-t-elle en tombant à genoux et en s'emparant de la main inerte de Leah. Elle vit encore ? Je vais le tuer !

— Mais oui, elle est vivante ! Qui voulez-vous tuer ? Son père ou Wesley ? s'enquit Regan en se redressant.

Bess essuya une larme.

— Le vieil homme. Leah n'a eu que ce qu'elle méritait de Monsieur Stanford.

— Ah ? fit Regan avec intérêt en aidant Bess à se relever. Alors Leah s'est jetée à la tête de Wesley ?

— Oui, la sotte, répondit Bess en regardant tendrement l'intéressée. Elle aurait fait n'importe quoi pour Monsieur Stanford.

Nicole et Regan conduisirent Bess jusqu'à un siège et s'écrièrent en chœur :

— Racontez-nous !

En quelques minutes, Bess narra toute l'histoire.

— Alors c'est grâce à Leah que Clay m'a retrouvée sur cette île ? déclara Nicole pensivement.

— Et elle aime Wesley depuis toutes ces années ? ajouta Regan.

— Ce n'était pas un amour *véritable*, intervint Bess, puisqu'ils ne se sont pas vus pendant tout ce temps, mais dans l'esprit de Leah, c'était aussi fort que l'amour.

— C'est mieux que Kimberly, proféra Regan à mi-voix.

— Regan... l'avertit Nicole. Je ne suis pas sûre d'apprécier tes manigances.

— Bess, s'écria gaiement Regan en escortant la jeune femme jusqu'à la porte, vous avez bien fait de venir et je vous jure de prendre soin de Leah.

Les yeux brillants, Regan s'appuya contre le battant qu'elle venait de refermer.

— Cette fille t'a sauvé la vie et elle est amoureuse de Wesley depuis des années.

— Regan, c'est une affaire entre Wesley et Kimberly. Contentons-nous de soigner Leah et de l'héberger jusqu'à la naissance de l'enfant, et peut-être de lui trouver une place.

— Mais enfin, c'est l'enfant de Wesley ! Le laisserons-nous élever par des étrangers ?

— Wes et Kim pourraient l'adopter... ? commença Nicole avant d'ajouter : Peut-être est-ce un peu exagéré ?

— Et tu te figures notre chère Kimberly dans ce rôle ! Regarde plutôt Leah, réclama Regan en s'asseyant, et essaye de l'imaginer propre et sans ecchymoses.

Nicole hésita un instant. Elle nourrissait certains soupçons sur les buts de Regan mais, tout en étant persuadée qu'elle devait la raisonner, elle partageait ses idées. Depuis maintenant des mois, elle espérait secrètement qu'un événement viendrait empêcher le mariage de Wesley et de Kim.

Aussi impartialement que possible, elle étudia le visage meurtri de Leah.

— Pour autant que je puisse en juger, elle a une physionomie agréable et une silhouette élancée. Elle ne sera peut-être jamais jolie, mais sûrement pas non plus affreuse.

— Ecoute, il n'est pas question de surpasser Kimberly dans ce domaine ! fit Regan en se levant. Mais je crois que nous devons insister auprès de Wes pour qu'il épouse la mère de son enfant.

Nicole poussa un soupir exaspéré.

— Voyons, Regan, cela ne marchera pas ! Travis va certainement trouver la solution idéale pour cette fille et Wes n'aura pas à l'épouser.

— Wes sera plus heureux avec cette étrangère qu'avec Kimberly. Cette fille *l'aime* et je sais que Kim ne peut aimer personne si ce n'est elle-même.

— Mais Wesley aime Kim, objecta obstinément Nicole. Il n'aime pas cette fille. D'ailleurs, que savons-nous d'elle ? Elle peut se révéler bien pire que Kim.

— Enfin, tu as entendu sa sœur, riposta Regan avec une moue. Pour élever ses frères et sœurs, elle a préféré la misère et les raclées de son vieux toqué de père à une vie facile à la taverne. En connais-tu beaucoup qui auraient pris cette décision ? Miss Shaw, peut-être ?

— Non, en effet, mais...

— Nous avons le choix entre Kimberly et cette fille méconnue, meurtrie, mal-aimée.

Les épithètes déclenchèrent le rire de Nicole.

— Regan ! Ne serais-tu pas un peu excessive ? Tes propos n'ont aucun sens, et Wesley fera son choix tout seul.

Regan resta un moment pensive.

— Si vous êtes de mon avis, Clay et toi, et si Travis maintient ses positions vis-à-vis de Kim, nous avons toutes les chances de l'emporter ! Wesley fait *toujours* le contraire de ce que veut Travis.

— Clay ne peut pas supporter Kimberly, souffla Nicole à mi-voix.

— Et toi ?

Nicole fixa longuement Leah.

— Je détesterais voir quelqu'un que j'aime malheureux. Cela fait si longtemps que Wesley supporte les critiques de Travis.

— Ne serait-ce pas merveilleux de lui laisser une chance — une vraie chance, pas une démarche vouée à l'échec — de faire sa vie et de trouver le bonheur auprès de sa jeune épouse dans une nouvelle région ?

— Clay pensait bien se marier avec Bianca, mais le destin s'en est mêlé, et c'est moi qu'il a épousée.

— Eh bien, il ne nous reste plus qu'à donner un coup de pouce au destin, n'est-ce pas ? assura Regan.

— J'en ai peur, reconnut Nicole avec des yeux rieurs. Et *peur* est le mot juste.

En dépit de ses premières réticences, c'est Nicole qui manifesta le plus d'enthousiasme dans la bataille. Clay, les yeux dans ceux de sa femme, se souvenait trop bien de ses efforts pour épouser Bianca alors qu'il aimait Nicole. D'ailleurs, il s'était trop souvent disputé avec Kimberly pour avoir envie de prendre sa défense.

Clay se frotta la joue et, comme si ce geste éveillait quelque souvenir secret, un sourire joua sur ses lèvres.

— Je dois bien cela à Wes. Il m'a sorti d'un mauvais pas avec Bianca. J'espère seulement que Leah saura se montrer à la hauteur.

— Je l'espère aussi, répondit Nicole.

Mais quand, avec Regan, ils rejoignirent Wesley et Travis, un silence surprenant régnait sur le champ de bataille, et il n'était plus besoin de persuader qui que ce soit.

— Faites-lui entendre raison, s'il vous plaît ! jeta Travis furieux à sa femme. Il est persuadé qu'il doit épouser cette petite catin. Il va saccager son avenir à cause d'une traînée astucieuse qui s'est arrangée pour l'avoir comme premier client. S'il avait eu un peu de bon sens et attendu quelques instants avant de se lever dans le temple, je suis sûr qu'une vingtaine d'hommes auraient reconnu l'avoir troussée.

Regan, la main posée sur le bras de son mari, semblait hésiter à prendre la parole. Nicole s'approcha de Wesley et le regarda droit dans les yeux.

— Ce n'est pas vrai, n'est-ce pas ?

Wes secoua la tête.

— Je n'ai aucune envie de l'épouser, mais c'est mon devoir. Elle porte mon enfant.

— Et Kimberly ? demanda doucement Nicole.

— Elle...

Sa voix se brisa et il se détourna un instant.

— Tout est fini depuis que j'ai accepté cette paternité.

— Je ne connais pas cette fille, reprit Nicole en lui tapotant le bras, mais elle semble posséder les qualités qui font les bonnes épouses.

— En tout cas, elle est féconde, lança Wes avec un ricanement. Maintenant, finissons-en le plus vite possible !

— Pour l'amour du ciel, réfléchis donc quelques jours ! explosa Travis. Peut-être reviendras-tu à la raison. Nous lui trouverons un mari. Justement, le fils du cordonnier cherche une femme. Nous pourrions...

— Va au diable avec ton cordonnier ! Et fiche...

— Wesley ! l'interrompit Regan. Allez-vous détester Leah quand elle sera votre femme ?

— Je lui donnerai ce qu'il y a de mieux, à elle et à l'enfant. Maintenant, si nous rentrions rejoindre ma... ma fiancée ? fit-il avec un affreux sourire.

Avant que le soleil ne se couche sur ce jour fatidique, Leah devint Mme Wesley Stanford. Une force intérieure insoupçonnée l'aida à se tenir debout pour répondre d'une voix ferme aux questions timides du pasteur.

Un silence lourd tomba sur le petit groupe solennel dès la fin de la cérémonie. On aida Leah à tracer une croix à côté de la signature de Wesley dans le registre de la paroisse, puis Clay l'emporta dans ses bras jusqu'à la voiture qui l'attendait. Elle était trop malade pour se rendre compte que son nouvel époux et son beau-frère l'ignoraient à dessein.

De la voiture, elle fut placée dans un bateau qui remonta le fleuve, puis dans une nouvelle voiture avant d'être installée avec précaution entre des draps frais.

— *Ma* chambre, lança Wesley à Regan sur un ton de défi tandis que Clay déposait Leah. C'est une chance que je sois obligé de partir !

— De partir ! s'étrangla Regan. Avec une jeune épousée et...

Le regard que lui décocha Wesley l'arrêta net.

— Si vous imaginiez que je pourrais contempler ce spectacle chaque jour sans devenir fou, vous me connaissez mal. Je sédire prendre mes distances pendant quelque temps pour m'habituer à cette idée.

Il sortit un sac de voyage d'une armoire et commença à y jeter quelques vêtements.

— Où allez-vous ? interrogea Regan. Vous n'imaginez tout de même pas l'abandonner avec le bébé ?

— Non, je connais mon devoir. Je prendrai soin d'eux deux, mais laissez-moi le temps de me résigner à... cela ! fit-il sur un ton sarcastique en désignant Leah d'un signe de tête. Je vais travailler dans ma ferme du Kentucky. Je reviendrai au printemps quand l'enfant sera en âge de voyager.

— Merci quand même de nous fourguer tes restes, jeta Travis de la porte. Tu joues les nobles cœurs en voulant en faire une honnête femme. *Une honnête femme!* Elle n'a même pas l'air d'un être humain. Emmène-la ! Je ne veux pas qu'elle me rappelle continuellement ta stupidité.

— Déduis les frais de pension de ma moitié de la plantation ! glapit Wesley.

— Ne vous séparez pas ainsi, implora Regan, mais Wesley était déjà parti. Poursuivez-le, ordonna-t-elle à Travis. Nous prendrons soin de cette fille, Nicole et moi. Vous ne pouvez pas quitter votre frère ainsi.

Après un instant d'hésitation, Travis tapota la joue de son épouse avant de dévaler les escaliers. De la fenêtre, Regan put l'apercevoir serrer son frère dans ses bras avant que ce dernier ne se dirige vers les quais d'où un bateau devait l'emmener vers l'Ouest.

3

Quarante-huit heures après le départ de Wesley, Leah donna naissance à un enfant mort-né. Elle pleura tout son saoul devant le minuscule cercueil avant d'être ramenée dans son lit où elle dormit des jours durant, soulevant à peine les paupières chaque fois qu'on la nourrissait.

Quand elle se réveilla pour de bon et fit le tour de la pièce des yeux, elle se crut déjà au paradis. Elle était étendue dans un lit surmonté d'un dais habillé de soie crème. Des marines et des gravures de chasse ornaient les murs peints en blanc, un mobilier exquis décorait la chambre.

Sans en croire ses yeux, elle glissa ses jambes hors

du lit. Elle portait une longue chemise blanche et un bonnet. Elle toucha ses vêtements, médusée.

— Que faites-vous donc ? demanda une femme de la porte. Madame ! cria-t-elle par-dessus son épaule.

Quand Regan entra, Leah se débattait avec la domestique pour sortir de son lit.

— Ce sera tout, Sally ! dit-elle.

— Vous ne savez pas comment sont ces filles ! déclara la bonne et elle renifla bruyamment.

— Sortez, Sally ! ordonna Regan en s'approchant. Je vous parlerai tout à l'heure.

Puis elle se pencha vers Leah qui essayait désespérément de se redresser et murmura :

— Il faut vous reposer encore.

— Je dois m'occuper des petits. Mon père les laisse mourir de faim.

Gentiment mais fermement, Regan força Leah à s'étendre.

— Ne vous inquiétez pas. Travis et Clay ont été les chercher et les ont placés dans des maisons accueillantes. Quant à votre père, cela fait des semaines qu'il a disparu. Personne ne l'a vu depuis... qu'il a fait cet esclandre. Vous voyez, vous n'avez plus qu'à vous reposer, manger et vous rétablir. Quand vous irez mieux, vous pourrez voir votre famille. Voici de quoi vous sustenter.

A la stupéfaction de Leah, un joli plateau avec une grande variété de plats fut placé sur le lit.

— Comme je ne connaissais pas vos goûts, j'ai commandé un assortiment, annonça Regan en soulevant les cloches en métal argenté qui tenaient les plats au chaud.

— Je... bégaya Leah.

Regan lui tapota gentiment la main.

— Mangez autant que vous voulez puis reposez-vous. Nous allons vous engraisser un peu avant de vous mettre au travail, plaisanta Regan en quittant la pièce.

Leah se jeta sur la nourriture, essayant d'avaler le plus vite possible comme elle en avait l'habitude, sans se rendre compte que des miettes volaient un peu partout, tachant irrémédiablement le dessus-de-lit. Quand elle eut fini, elle sombra de nouveau dans le sommeil.

Pendant dix jours, elle se contenta d'une vie végétative, mangeant et se reposant. Regan restait dans l'expectative tandis qu'elle reprenait lentement forme humaine. Elle lui avait présenté le départ de Wesley comme une chose prévue de longue date.

Peu à peu, Leah commença à se lever sans oser cependant quitter sa chambre. Elle s'asseyait devant la fenêtre et observait le va-et-vient des employés au milieu de la multitude de bâtiments. Mais bientôt le besoin de bouger la tenailla.

— Quand donc vais-je commencer le travail dont vous m'avez parlé ? demanda-t-elle.

Regan prit le menton de Leah dans sa main et examina son visage à la lumière. Les meurtrissures étaient pratiquement guéries.

— Que diriez-vous de demain matin ?

— Oh ! Oui ! répondit Leah avec un sourire. Vous auriez des vêtements pour moi ? Quelque chose d'usé, ajouta-t-elle avec un coup d'œil sur la robe de soie bleue de Regan.

— Vous n'avez pas besoin de vous inquiéter de votre garde-robe pour le moment, déclara pensivement Regan. Si Nicole est disponible, nous commencerons demain. Eh bien, je m'en vais, car j'ai beaucoup à faire d'ici là.

Et sans lui laisser le temps de poser d'autres questions, elle disparut.

Quand Leah se réveilla le lendemain, Nicole et

Regan, l'air sévère, se tenaient toutes les deux à son chevet dans de vieilles robes usagées, leurs cheveux retenus en arrière.

— Cela ne va pas être facile, murmura Regan. Par quoi commençons-nous ?

— Le corps, tout de suite. Les cheveux, demain !

Avant que Leah ne puisse ouvrir la bouche, elles l'attrapèrent chacune par un bras, la tirèrent du lit et l'emmenèrent hors de la chambre. Emerveillée, Leah découvrait avec étonnement toutes les richesses, tapis, tableaux, meubles, disposées le long des couloirs et de l'escalier. Puis elles s'engouffrèrent dans une pièce sobrement meublée au rez-de-chaussée.

— Je vais habiter là ? Oh, mais qu'est-ce qui vous prend ? s'étonna-t-elle en se tortillant comme Regan et Nicole lui arrachaient sa chemise. Vous n'avez pas...

— Il faudra vous y habituer, Leah, lui conseilla Regan, car vous risquez de ne pas porter grand-chose pendant quelques jours.

— Vous n'avez pas le droit... s'insurgea-t-elle en ramassant sa chemise par terre.

— Entrez là-dedans, commanda Regan en pointant son doigt vers un énorme tub qui trônait au milieu de la pièce.

Leah resta parfaitement immobile en tenant sa chemise devant elle. Nicole prit alors le relais.

— Leah, déclara-t-elle fermement, vous êtes désormais une Stanford, et ce nom ne va pas sans certaines responsabilités. Vous ne pouvez pas vous asseoir à notre table et continuer à répandre cette odeur abominable. Aussi Regan et moi avons-nous décidé de consacrer quelques semaines — ou davantage, si besoin est — à vous transformer en une dame. Tout d'abord, nous allons vous laver, vous enduire de crème, vous donner une apparence soignée, ensuite nous nous attaquerons à la grammaire, à la démarche, aux manières, enfin à tout ce qui n'est pas encore parfait.

Le regard de Leah allait de l'une à l'autre.

— Quand vous aurez fini, est-ce que je sentirai aussi bon que vous ? Est-ce que je ferai honneur à Wesley avec une jolie robe ?

Regan et Nicole échangèrent un coup d'œil.

— Une robe ravissante ! Wesley sera fier de vous.

Aurait-elle pris ce bain, se demandait Leah quelques jours plus tard, si elle avait su ce que ces femmes diaboliques lui réservaient ?

— Cela ne suffira pas, avait gloussé Nicole après ce premier bain. Nous pâtissons de nombreuses années de négligence !

On emmena Leah, enveloppée dans une robe de coton, vers un tub installé dans une autre pièce.

— Qu'est-ce que c'est ? interrogea-t-elle avec un mouvement de surprise.

— De la boue, répondit Regan en éclatant de rire.

Leah y fut immergée dans la tenue d'Eve jusqu'à ce que la boue sèche. Puis, on lui donna trois autres bains. Elle eut aussi droit à une friction au gant de crin et ensuite on l'enduisit d'huile parfumée.

— Mission accomplie ! déclara Regan à la fin de la journée, sa robe sale et ses cheveux en bataille. Ce n'est pas si mal pour un début.

Avec une petite claque sur le postérieur de Leah, elle lui tendit sa robe et l'entraîna en haut. Epuisée, mais sa peau picotant délicieusement, Leah s'effondra sur son lit.

A la vue de Regan et Nicole, le lendemain matin, Leah poussa un grognement et remonta ses couvertures sur sa tête.

— Voyons, Leah ! Vous n'accueillez pas cette nouvelle journée avec le sourire ? plaisanta Regan.

Elle retira les couvertures, mais Leah marcha toute seule vers la chambre des tortures.

— J'attendais avec impatience ce moment, dit Nicole en retirant le bonnet de Leah. Je me demande de quelle couleur ils sont ?

Leah s'assit sur un tabouret et ne put bientôt retenir ses larmes tant Nicole mettait d'énergie à manier le démêloir.

Pendant ce temps, Regan prépara et lui appliqua un masque à base de plantes. Quand il fut sec, elle le retira, et il ne fallut pas moins de quatre shampooings pour venir à bout de toute la crasse accumulée au fil des années.

— Je n'en jurerais pas, mais il me semble apercevoir des reflets roux, constata Nicole.

Même humide, sa tête ne lui avait jamais semblé aussi légère, mais avant que Leah n'ait le temps d'en faire la remarque, Nicole lui appliqua généreusement une mixture faite de moelle de bœuf diluée à l'aide de jaune d'œuf. Ensuite, elle lui enveloppa les cheveux dans une serviette chaude et la laissa se reposer dans une pièce sombre avec des rondelles de pomme de terre crue sur les yeux.

Wesley ! se répétait-elle. Je suis sa femme, et il mérite bien tout cela.

Dans la soirée, on lui lava à nouveau les cheveux en ajoutant du vinaigre, du citron, puis du romarin dans la dernière eau de rinçage. Nicole avait supprimé tous les miroirs dans le couloir qu'empruntait Leah ainsi que dans sa chambre, aussi n'avait-elle aucune idée de son apparence, mais quand elle se glissa dans son lit, elle se sentit tout autre.

Elle fut stupéfaite d'apprendre qu'il était nécessaire de se changer et de se baigner tous les jours.

Elle imaginait s'être définitivement déchargée de cette corvée, mais le matin du troisième jour, on la poussa de nouveau dans un tub et on lui fit subir différents traitements pour ôter les callosités de sa peau.

Et comme Leah ne savait pas lire, Nicole lui apprit par cœur toutes les recettes de crèmes, de masques, de shampooings dont elle risquait d'avoir besoin pour les soins usuels de son corps et de ses cheveux.

— Il est temps de lui montrer le résultat, non ? interrogea Nicole avec une petite moue appréciative après deux semaines de traitement.

— Attends qu'elle ait enfilé cette tenue ! suggéra Regan en tendant à Leah une robe de taffetas de soie d'un vert profond rebrodée de minuscules oiseaux de couleurs vives.

Leah voulut protester, Nicole l'en empêcha d'un seul regard. Elle retira sa robe toute simple en coton et se glissa dans la soie, appréciant le délicieux contact sur sa peau.

— C'est ravissant !

— Maintenant, placez-vous ici, ordonna Regan en l'entraînant devant une grande psyché voilée d'un drap.

Quand Regan le retira d'un geste théâtral, Leah n'eut aucune réaction, car elle n'avait pas compris qu'elle contemplait son image. Elle se retourna pour voir qui était derrière elle, mais comme l'inconnue du miroir faisait de même, elle s'immobilisa.

La femme que réfléchissait la glace était plus que jolie, c'était une réelle beauté. Une masse de cheveux auburn cascadait en boucles folles sur ses épaules jusqu'au creux du dos, tandis que d'immenses yeux verts éclairaient le visage à l'ovale énergique qu'une bouche aux lèvres charnues marquait d'une touche sensuelle. Leah leva la main et toucha avec hésitation sa propre joue. L'instant d'après, elle s'effondrait sur son lit, déchaînant les rires de Regan et Nicole.

— Je crois que nous avons réussi, constata Regan avec un air de triomphe. Je vais tout de suite l'emmener faire un tour.

— C'est peut-être un peu prématuré, l'avertit Nicole.

— Venez, Leah, s'écria Regan en lui prenant la main et en la guidant le long d'immenses corridors, nous allons d'abord faire une visite à Travis.

Il était dans son bureau, assis à une gigantesque table, de nombreux registres ouverts devant lui, un comptable à ses côtés. Quand le clerc aperçut Leah, il ouvrit la bouche avec un air de stupéfaction. Devant sa mine, Travis leva lui-même les yeux.

— Grands dieux ! s'exclama-t-il avec une mimique éloquente. Ce n'est pas...

— Si, c'est elle, déclara Regan avec fierté.

— Faites-nous apporter du thé, commanda-t-il à son clerc, et cessez de bayer aux corneilles ! Asseyez-vous ici, Leah ! C'est bien cela !

Comme si elle avait une grande habitude des mondanités, Leah s'installa d'un air modeste sur le siège que lui tendait le maître de maison. Son corsage s'entrouvrit, dévoilant une gorge pleine, pour le plus grand plaisir de Travis. Regan le fusilla du regard.

— Elle s'est remplumée, n'est-ce pas ? remarqua-t-il avec une petite grimace appréciative.

Un maître d'hôtel arriva presque immédiatement, accompagné de deux soubrettes. Il portait un énorme plateau en argent. Tous les trois dévisagèrent Leah avec stupéfaction.

— Dehors ! Sortez tous ! intima Travis.

Leah observait ce petit monde avec étonnement. Elle n'arrivait pas à imaginer la fonction de chacun dans la maison.

Quand ils eurent quitté la pièce, Travis versa du thé dans une tasse de porcelaine et la tendit à Leah.

— Je meurs de faim ! s'exclama cette dernière.

Et sans aucune vergogne, elle approcha sa chaise du bureau où étaient disposées les assiettes de petits fours et de canapés, se mit à aspirer bruyamment son thé, posa la tasse humide sur le maroquin patiné qui recouvrait le meuble, emplit sa soucoupe de petits gâteaux, ajouta un soupçon de crème, mélangea avec sa petite cuillère et enfourna le tout sous le regard éberlué de ses hôtes.

Nicole fut la première à retrouver ses esprits.

— Eh bien, il nous reste du pain sur la planche ! déclara-t-elle en portant délicatement sa tasse à sa bouche.

— J'allais vous le dire, grommela Travis tandis que Leah continuait à s'empiffrer.

Trois jours plus tard, Leah ne pouvait plus supporter le délicat service à thé en porcelaine de Limoges dont les tasses et les soucoupes lui échappaient régulièrement des mains, au grand dam de Regan qui l'avait fait spécialement venir de France.

— Peu importe la manière dont on mange, du moment qu'on apprécie la nourriture ! s'emporta Leah quand Nicole la corrigea pour la énième fois.

— Pensez à Wesley, dit Nicole qui utilisait cette phrase comme arme ultime — et cela marchait toujours.

Leah vivait à la plantation Stanford depuis deux mois quand on retrouva son père noyé dans la rivière. Travis se chargea des funérailles et fit les choses avec sa largesse habituelle. Pour la première fois depuis son mariage, Leah rencontra ses frères et sœurs. Ils étaient tous en pleine santé et posèrent des yeux étonnés sur la jeune femme sans bien la reconnaître. Elle fut tout heureuse de leur nouveau bonheur auprès de leurs familles d'adoption.

A un moment de la cérémonie, elle surprit le regard d'une jeune femme ravissante, de l'autre côté du cercueil de son père. Mais au même instant, Regan lui donna un coup de coude, et elle se détourna. Quand elle voulut la contempler de nouveau, la femme avait disparu.

— Qui était-ce ? demanda-t-elle.

— Kimberly Shaw, répondit sèchement Regan.

Devant la beauté de sa rivale, Leah prit la résolution d'intensifier ses efforts en attendant le retour de Wesley au printemps.

Leah reposa délicatement sa tasse sur sa soucoupe et se pencha vers Travis avec un sourire.

— Et d'après vous, cette nouvelle égreneuse de coton va accélérer la production ? Ne risque-t-on pas un effondrement du marché, comme pour le tabac ?

Regan et Nicole s'enfoncèrent dans leurs sièges, couvant leur protégée d'un regard ravi. Leurs efforts portaient leurs fruits. Comme Leah ne savait pas lire, son principal intérêt était resté l'agriculture, seul domaine qu'elle connaissait bien.

Et Travis buvait ses paroles, nota Regan avec un certain agacement, alors que son attention s'émoussait rapidement quand elle-même abordait les problèmes domestiques.

— Demain matin, proposa Travis, je vous emmènerai à cheval inspecter les champs de tabac.

— Non, dit doucement Nicole. Demain, Leah m'accompagne à Arundel Hall. Je dois rentrer et il est grand temps de l'habiller.

— Elle me semble parfaitement habillée, riposta Travis avec un coup d'œil appréciateur à la robe de mousseline au décolleté échancré de Leah.

— Travis ! l'avertit Regan, prête à jeter à la tête de son mari ce qu'elle pensait de ses œillades.

Le rire de Nicole détourna la querelle imminente.

— Non, Leah doit vraiment m'accompagner, insista-t-elle. Les tissus que j'ai commandés sont enfin arrivés et ma couturière aussi est là. D'autre part, Leah pourra plus facilement faire ses premières armes chez moi avant de s'attaquer à ce monstre qu'est votre plantation !

Travis s'inclina vers Leah dont il baisa la main.

— Votre joli minois va considérablement nous manquer, mais Clay sera ravi de prendre soin de vous.

Un peu plus tard dans la soirée, Regan reconduisit Leah à sa chambre et prit chaleureusement congé d'elle.

— L'été dernier, Nicole et Clay ont séjourné en France. Ils ont ramené avec eux une armée d'artisans français dont la couturière de Nicole qui a créé de nombreux modèles pour la Reine. Elle fait des merveilles. Dormez vite, car vous partirez demain aux aurores.

Leah se glissa rapidement entre les draps, ses pensées tout occupées par Wesley. On était déjà en juillet. Encore un hiver, et au printemps, il serait de retour ! Passant sa main dans ses cheveux propres et brillants, elle murmura une courte prière afin de gagner son amour et sombra dans le sommeil.

Bien avant le lever du soleil, Travis escorta Nicole et Leah jusqu'au quai. Leah éprouvait une certaine réticence à quitter cet endroit où elle avait été si heureuse au cours des cinq derniers mois.

Arrivé à la rivière, Travis s'inclina et déposa un baiser sur sa joue. Leah leva sur lui un regard étonné.

— Vous nous manquerez ! déclara-t-il tandis

qu'un homme aidait Leah à s'installer dans le sloop.

Avec un sourire, elle agita la main jusqu'à ce que l'embarcadère soit hors de vue. Quel Eden ! songea-t-elle. Comme tout était chaleureux et sympathique ! Elle en avait presque oublié les années de misère qu'elle avait connues auparavant.

Elle se tourna vers Nicole qui l'observait.

— Si Wesley était ici, ce serait le paradis ! assura-t-elle en serrant ses bras contre elle.

— J'espère que vous avez raison, murmura Nicole à mi-voix avant de détourner les yeux.

4

Deux paires de jumeaux, garçons et filles, les accueillirent sur le quai d'Arundel. Les plus jeunes avaient six ans et les aînés qu'on lui présenta comme Alex et Amanda venaient de fêter leurs dix-sept ans. Clay attendit avec impatience que tout le monde ait étreint sa femme, puis il la souleva dans ses bras et l'embrassa si passionnément que c'en était gênant, après quoi, ils remontèrent vers la maison, les yeux dans les yeux, tenant chacun un des enfants par la main.

— Ils sont toujours comme cela, remarqua Alex en manifestant un certain agacement.

— Ils sont amoureux, espèce d'idiot ! riposta Amanda avant de se tourner vers Leah. Aimeriez-vous voir les tissus qui viennent d'arriver ? Oncle Clay dit que c'est pour vous.

— Mes obligations m'appellent, Mesdames, aussi si vous voulez bien m'excuser, lança Alex d'un air affairé en sautant sur sa jument et en s'éloignant rapidement.

— De toute façon, nous n'avons nullement besoin de lui, déclara Amanda. Venez vite ! Madame Gisèle est odieuse quand on la fait attendre. Si elle vous malmène, menacez-la de la renvoyer en France, elle se tiendra tranquille au moins pendant quelques minutes.

Tout en suivant Amanda, Leah regardait avec intérêt l'activité incessante déployée autour d'elle dès le petit matin par une multitude de gens qui entraient et sortaient d'un grand nombre de bâtiments épars.

— C'est la maison du contremaître, expliqua Amanda devant l'interrogation muette de Leah, et voici le quartier des employés. Les étables sont de ce côté-là et la cuisine ici. Elle vous attend en haut, ajouta-t-elle en entraînant Leah sous un porche à l'arrière d'une imposante maison de briques.

Elle lui fit monter une volée de marches et emprunter un couloir qu'embaumait un ravissant bouquet de fleurs fraîchement coupées.

— Mam... je veux dire Nicole... adore les fleurs. Ah, nous voici, Madame ! salua-t-elle poliment un tout petit bout de femme avec un grand nez et un regard perçant.

— Vous avez pris votre temps, s'offusqua Mme Gisèle dans un anglais si étrange que Leah ne la comprit pas très bien.

— C'est son accent, glissa Amanda. J'ai mis du temps à m'y faire, moi aussi.

— Dehors ! commanda Mme Gisèle. Nous avons du travail, et vous nous gênez.

— Je m'en vais tout de suite, répondit Amanda en ébauchant une petite révérence avant de s'enfuir avec un éclat de rire.

— L'insolente ! gronda Mme Gisèle, mais l'affection perçait dans sa voix.

Puis, sans transition, elle jaugea Leah d'un regard de professionnelle.

— H-hum ! Une jolie silhouette, une poitrine un peu forte peut-être mais elle séduit votre mari, n'est-ce pas ?

Rouge comme une pivoine, Leah s'absorba dans la contemplation du papier peint.

— Voyons, voyons, ne restez pas piquée là ! Nous avons du travail. Montrez-moi donc ce qui vous plaît pour que je puisse m'y mettre tout de suite !

Et elle indiqua d'un geste tout un mur couvert d'étagères où étaient empilés des rouleaux de tissu.

Leah caressa de la main une pièce de velours d'un bleu profond.

— Je... je ne sais pas, finit-elle par avouer. J'aime tout. Nicole et Regan...

— Bon ! la coupa Mme Gisèle. Madame Regan n'est pas là, quant à Nicole, elle est dans les affres de la passion avec son beau ténébreux de mari et je doute qu'elle puisse nous être de quelque utilité. Moralité : vous devez apprendre à vous débrouiller toute seule. Pour commencer, tenez-vous droite ! Aucune robe ne tombera bien si vos épaules sont affaissées. Ensuite, soyez fière de vous ! Vous êtes ravissante, votre riche et bel époux va bientôt rentrer et d'ici là nous vous aurons constitué une garde-robe de rêve. Vous n'avez que des raisons d'être fière, alors *montrez-le !*

C'est tout à fait exact, songea Leah, j'ai de nombreuses raisons d'être fière !

Elle se tourna vers les coupons et fit courir son doigt sur un velours rouille.

— Bien ! Et quoi encore ?

— Ceci et cela et... celui-là aussi.

Mme Gisèle se recula et considéra un moment Leah avant de laisser échapper un petit rire.

— Vous avez beau avoir l'air effrayé, vous n'avez peur de personne, n'est-ce pas ?

— Nicole et Regan sont sûres d'elles, dit Leah après un instant de réflexion. Tout ce qu'elles font est parfait.

— Elles sont nées dans l'opulence. Mais les simples mortels comme vous et moi... eh bien, nous devons apprendre ! Je vous aiderai si vous êtes capable de travailler dur.

Leah sourit au souvenir du harnais de la charrue sur ses épaules quand elle labourait à la ferme.

— Les personnes qui vivent dans des maisons comme celle-ci ignorent tout de la signification de ce mot !

— Je crois que nous allons nous entendre ! déclara Mme Gisèle en riant.

Pendant des semaines entières, la petite femme lui fit subir mille tracasseries, prenant ses mesures, épinglant, ajustant et réajustant.

— La lingerie ! répétait-elle à tout bout de champ. Même si vous devez renoncer à la soie pour tous les jours dans cette méchante ferme où vous allez, vous aurez des dessous dignes d'une princesse.

Leah fut d'abord scandalisée par la finesse et la transparence du coton indien, mais elle finit vite par l'apprécier. Mme Gisèle et ses ouvrières lui coupèrent une garde-robe étourdissante avec de nombreuses robes toutes simples en mousseline imprimée et plusieurs créations à la dernière mode en soie et en velours pour le soir, bien que personne ne sût s'il existait des gens fréquentables dans le nouvel État du Kentucky.

Mme Gisèle ne manquait jamais une occasion d'accroître la confiance en elle de Leah.

— Vous êtes une Stanford, maintenant, et cela vous donne certains droits.

Inconsciemment, Leah se tenait plus droite, et au bout d'un mois, elle agissait comme si elle avait toujours pris ses repas à la salle à manger et porté des robes de satin.

Avec l'arrivée de l'automne et la fin de la moisson, Clay fut plus disponible et passa un peu de temps auprès de Leah. Chaque matin, ils sortaient ensemble, et il lui apprit à monter à cheval.

— Je l'aime bien, avoua-t-il un soir à Nicole. Elle est si réfléchie, toujours désireuse de faire plaisir et avide d'apprendre.

— C'est pour Wesley, fit Nicole d'une voix douce en relevant les yeux de son ouvrage. Malgré la manière dont il l'a traitée, elle croit encore au bonheur auprès de lui. J'espère seulement...

— Qu'espérez-vous ? demanda Clay.

— Wesley ressemble tant à Travis, et quand ils ont une idée dans la tête, rien ne peut les faire changer d'avis.

— Pourquoi le faire changer d'avis ?

— Au sujet de Kimberly, répondit Nicole.

Clay poussa un soupir exaspéré.

— A mon avis, Wes l'a échappé belle. Kimberly se prend pour la huitième merveille du monde, et cela ne lui réussit que trop bien.

— Wesley l'encourage beaucoup dans cette voie, et j'ai bien peur qu'il ne l'oublie pas si facilement.

— Mais si ! objecta Clay. Wes n'est pas stupide, quand il aura passé quelques semaines auprès de Leah, il oubliera jusqu'à l'existence de Kimberly.

Nicole avait sa petite idée sur l'incommensurable bêtise des hommes dès qu'il s'agissait de jolies femmes, mais elle se tut et retourna à son ouvrage.

Ce fut au cours de l'hiver que Leah découvrit le tissage. Quand Nicole lui montra la filature, Leah fut immédiatement fascinée par les magnifiques étoffes qui prenaient forme sous la main des ouvrières. Elle observait sans se lasser le va-et-vient de la navette, le jeu des différents leviers et le mouvement régulier des cylindres.

— Aimeriez-vous essayer ? demanda une grande et forte femme blonde que Nicole lui présenta comme Janie Langston.

— Je ne suis pas sûre d'y arriver, fit Leah avec hésitation.

Au rythme du métier, une multitude de fils s'entrecroisaient par à-coups tandis qu'un peigne métallique, monté sur un châssis, allait et venait sur la trame.

— Alors, vous voulez essayer ? répéta Janie.

— Oh, oui ! finit par avouer Leah.

Les mois suivants, Leah ne quitta pas Janie d'une semelle, et bientôt les différentes opérations du tissage n'eurent plus aucun secret pour elle, à croire qu'elle était née avec une navette à la main.

Le soir, elle s'asseyait derrière un rouet et arrivait à produire un fil régulier et fin. Pendant la journée, elle plaçait un tabouret près des lisses et passait les fils en suivant les patrons compliqués de Janie sans jamais se tromper ni s'énerver.

En janvier, Janie estima qu'elle était en mesure de créer ses propres patrons.

— Mais je ne sais pas lire !

— Mes autres ouvrières non plus. Vous allez d'abord apprendre à porter sur le papier toutes les indications nécessaires.

Deux fois de suite au cours des semaines suivantes, Nicole trouva Leah endormie sur une table couverte de graphiques compliqués et elle dut l'aider à se mettre au lit.

Un matin, Clay invita Leah à venir dans son bureau.

— Cela vous sera sans doute utile, dit-il en lui tendant un grand livre relié en cuir bleu.

— Mais je suis incapable... commença-t-elle.

— Ouvrez-le !

Toutes les pages étaient blanches, et elle le regarda, étonnée.

— Vous voyez l'inscription sur la couverture : « Arundel Hall », indiqua Clay en se plaçant à côté d'elle. Chaque année, je commande un certain nombre d'exemplaires que j'utilise comme registres. Il pourra vous servir à noter vos patrons et vous l'emporterez avec vous au Kentucky.

A la stupéfaction de Clay, elle s'effondra dans un fauteuil, le livre serré contre elle, et se mit à pleurer.

— Vous ai-je blessée ? interrogea-t-il avec inquiétude. Ce livre ne vous fait pas plaisir ?

— Tout le monde est si gentil ! sanglota Leah. Je sais que c'est à cause de Wesley, mais...

Clay s'agenouilla devant elle et lui souleva le menton :

— Maintenant, écoutez-moi, Leah. Nous vous avons invitée, c'est vrai, en tant qu'épouse de Wesley ! Mais, croyez-moi, nous avons oublié votre mari depuis belle lurette. Nicole et moi, nous vous aimons tout simplement comme vous êtes. Les jumeaux vous ont adoptée dès le premier jour, et votre gentillesse, l'amour dont vous nous entourez, nous rend au centuple le peu que nous avons fait pour vous.

— Oh ! non, non, bredouilla Leah à travers ses larmes, c'est moi qui vous rends bien mal la peine que vous vous êtes donnée !

— D'accord ! dit Clay en se redressant. Admettons que nous sommes à égalité, et séchez vos yeux, car je dois retourner à mon travail.

Sur une impulsion, Leah se leva et jeta ses bras autour de son cou.

— Merci, merci pour tout !

— Si je m'étais attendu à une telle récompense, je vous aurais donné la plantation.

Et sur ces mots, il quitta son bureau.

Dans le courant du mois de février, Regan et Travis vinrent récupérer leur protégée.

— Tu l'as gardée assez longtemps, maintenant ! déclara Travis à Clay en adressant un sourire ravageur à Leah.

Comme il avait vite pardonné à Leah d'avoir mis la main sur son petit frère depuis qu'elle s'était révélée si jolie ! nota Regan avec un certain agacement.

Leah serra sur son cœur tous les membres de la famille Amstrong, les larmes aux yeux.

— Oh, j'allais oublier ! déclara Clay quand ils furent sur le quai, le regard brillant de malice. C'est pour vous ! Un petit cadeau d'adieu.

D'un signe de tête, il indiqua plusieurs caisses en bois un peu plus loin. Intriguée, Leah s'approcha et aperçut derrière les planches un magnifique métier à tisser en merisier avec des garnitures en cuivre.

Elle resta muette d'émerveillement.

— Il est démontable, ainsi vous pourrez l'emporter au Kentucky, expliqua Clay en passant un bras autour de ses épaules. Surtout ne pleurez pas, sinon je le garde, la menaça-t-il.

Elle se jeta à son cou tandis que Travis promettait d'envoyer quelqu'un chercher le métier. Détestant l'idée de s'en séparer, ne serait-ce que pour quelques jours, Leah s'empara du peigne. Puis elle grimpa sur le sloop avec l'aide de Travis et, serrant le peigne contre elle d'une main, elle agita l'autre aussi longtemps que la famille Amstrong fut en vue.

Pendant le voyage de retour, Regan posa mille questions à Leah tout en remarquant avec plaisir combien elle avait changé. Elle se tenait bien droite, regardait les gens en face et se déplaçait avec grâce.

Comme ils remontaient de l'embarcadère, Regan commençait à penser que Leah était capable d'affronter n'importe quelle situation, quand son regard se dirigea vers la maison. Kimberly Shaw les attendait, une main délicatement appuyée sur la balustrade du perron. Ses longs cheveux retenus en arrière cascadaient en boucles blondes sur ses épaules, dégageant le ravissant ovale de son visage. Sa beauté fragile était mise en valeur par une robe de soie d'un rose profond.

— C'est la Kimberly de Wesley ? demanda Leah dans un murmure.

— *Vous* êtes l'épouse de Wesley, Leah, ne l'oubliez pas, déclara Regan tout bas tandis que Kimberly venait à leur rencontre.

— Kimberly ! s'exclama Travis, ravi, en serrant chaleureusement la main fine qu'il porta à ses lèvres. Cela fait une éternité qu'on ne vous a pas vue ! Vous connaissez Leah, ma belle-sœur ?

— Nous nous sommes juste entr'aperçues, répondit Kimberly d'une jolie voix suave en tendant la main à Leah.

Kim avait une manière déconcertante, sans doute à cause de son apparente douceur, de mettre les gens à sa botte, et Regan remarqua avec irritation que Leah marchait dans son jeu.

— Je suis très heureuse de vous rencontrer, murmura-t-elle.

— Si vous voulez bien m'excuser, Mesdames, le travail m'appelle ! dit Travis avant de s'éloigner tandis que Regan invitait Kim à prendre une tasse de thé.

— Comme c'est gentil ! Je ne voudrais surtout pas vous déranger, minauda Kimberly, mais j'ai quelques nouvelles que je veux vous faire partager.

— De Wesley ? s'enquit avidement Leah en montant les escaliers à sa suite.

— Il ne vous a pas écrit ? interrogea Kim, les sourcils subtilement froncés pour bien marquer son étonnement.

— Et à vous ? coupa Regan avant de prier un domestique de leur faire apporter du thé.

— Pas souvent, répondit Kim d'un air modeste.

Quand elles furent installées dans le petit salon, elle poursuivit :

— Pour être tout à fait honnête avec vous, je dois bien reconnaître qu'après cet esclandre de l'année dernière, la seule mention du nom de Wesley m'a rendue malade pendant des mois.

Leah jouait nerveusement avec ses doigts.

— Comme vous le savez, continuait Kim, nous avions prévu de partir, Wesley, mon frère Steven et moi, pour le Kentucky, et j'attendais avec impatience de m'installer avec... avec...

Un domestique arriva, chargé d'un plateau, et elle se tut.

— Vous n'êtes pas venue pour nous parler de vos projets de l'année dernière, n'est-ce pas ? s'écria Regan avec impatience quand il fut sorti. Alors pourquoi êtes-vous là ?

De grosses larmes voilèrent les jolis yeux de Kim.

— Depuis ce jour abominable, ma vie est un calvaire. Je suis l'objet de railleries continuelles. Vous ne pouvez pas vous faire une idée de la méchanceté des gens, Regan ! Chaque fois que j'entre à l'église, j'entends des remarques désobligeantes sur la manière dont j'ai été... abandonnée.

Elle braqua son regard sur Leah qui gardait les yeux baissés.

— Même les enfants me tournent en ridicule en répétant des rimes qu'ils ont inventées sur cet événement. Je suis à bout, avoua-t-elle en enfouissant son visage dans ses mains.

Malgré elle, Regan se sentit émue.

— Comment pouvons-nous vous aider, Kim ? interrogea-t-elle. Voulez-vous que Travis...

— Non ! l'interrompit Kim. Je dois partir, je ne vois pas d'autre solution. Leah, implora-t-elle, vous ne me connaissez pas et pourtant vous êtes la seule qui puisse me sauver !

— Que puis-je faire ? demanda Leah avec compassion.

— Dans sa dernière lettre, Wesley m'annonce son retour pour la fin mars. Alors vous partirez tous les deux avec mon frère.

Un mois ! songea Leah. Dans un mois, Wesley serait là et la prendrait vraiment pour femme.

— Permettez-moi de venir avec vous, supplia Kimberly. Je ferai le voyage avec Steven. Je vous en prie, Leah ! Je n'ai pas le droit de vous demander une chose pareille, mais c'est à cause de vous...

Regan se leva, empêchant Kim de terminer sa phrase.

— Non ! C'est abuser de la gentillesse de Leah, et...

— S'il vous plaît, Leah, reprit Kim. C'est ma seule chance de trouver un mari ! Ici, tout le monde se moque de moi. C'est horrible ! Et comme vous avez Wesley, le seul homme que j'aie aimé...

— Bien sûr, Kimberly ! dit fermement Leah. Vous viendrez avec nous.

— Leah, murmura Regan, il me semble que nous devrions en discuter.

— Non, fit Leah en se tournant vers Kim. Je suis responsable de tous vos ennuis. Le moins que je puisse faire est de vous rendre un peu de ce que vous avez perdu.

— Ce n'est pas votre faute, commença Regan, mais le regard impérieux de Leah la fit taire.

— Pourriez-vous servir le thé ? s'enquit-elle, et Regan s'assit et obéit.

5

Leah terminait la lisière d'un couvre-lit avec un motif irlandais bleu et blanc. Le rire de Janie lui fit relever les yeux.

— C'est mon imagination ou vos mains tremblent-elles ?

— Un petit peu, reconnut Leah avec un sourire. N'est-ce pas la cloche ? demanda-t-elle après une pause.

Janie rit de plus belle.

— Je n'ai rien entendu.

— A votre avis, n'ont-ils pas négligé de sonner ? S'ils avaient oublié de me prévenir de l'arrivée de Wesley ?

— Leah ! Regan et Travis l'attendent eux aussi avec impatience, la réconforta Janie en posant les mains sur ses épaules. A peine sera-t-il en vue qu'ils feront carillonner la cloche.

A cet instant même retentit l'appel tant attendu.

Leah s'immobilisa, livide.

— N'ayez pas l'air si affolé, voyons, Leah, déclara Janie, et allons vite l'accueillir.

Leah se leva lentement en jetant un regard inquiet sur sa tenue. Elle portait une robe de soie de couleur rouille qui intensifiait les reflets cuivrés de ses cheveux remontés sur le haut de la tête en une multitude de petites boucles coquines. La taille haute était soulignée par une ceinture de satin noir.

— Vous êtes ravissante, la réconforta Janie, et au même moment Regan entra en courant dans la pièce.

— Allez-vous rester ici toute la journée ? N'avez-vous donc pas envie de le voir ?

— Oh, si ! s'écria Leah. Si !

Et les trois femmes se précipitèrent vers le quai.

Deux semaines plus tôt, Travis avait reçu un mot de Wesley lui annonçant son retour avec Steven pour le deux avril. On était le trois.

Tout en courant, Leah serrait la pièce que Wesley lui avait donnée autrefois et qui était épinglée dans sa poche. Apprécierait-il la manière dont elle avait changé ? En avançant vers le quai, elle aperçut Travis qui parlait à quelqu'un et elle ralentit son allure. « Je serai pour vous la meilleure des épouses, mon Wesley, déclara-t-elle tout bas. Vous ne regretterez jamais d'avoir perdu Kimberly. »

Leah fut dépassée par la foule croissante venue accueillir les deux hommes et elle put observer Wesley sans être remarquée. Il s'était encore musclé et avait sans aucun doute rattrapé Travis. Il portait un extraordinaire costume de peau avec une frange le long des manches et de la couture du pantalon. Deux bourses, dont l'une était décorée de minuscules perles, pendaient au bout de lanières croisées sur sa poitrine.

A sa vue, Leah sentit son cœur s'emballer. Elle attendait ce moment depuis si longtemps.

— Elle est là, annonça Travis en donnant une grande tape sur l'épaule de son frère.

Les traits de Wesley se figèrent à ces mots, et Leah n'osa pas s'approcher. Regan vint à sa rencontre et lui prit le bras.

— Venez ! Il ne vous a même pas reconnue.

Leah s'avança timidement vers son mari.

— Elle a changé, n'est-ce pas ? dit Travis avec fierté. Je n'en revenais pas qu'elle se révèle aussi jolie !

Rougissante, Leah fixa son mari à travers ses longs cils. Il regardait obstinément les champs au loin.

— Parle-moi donc de ta dernière récolte. Il faudra que tu me donnes de la semence à emporter là-bas. Ah ! Jennifer ? appela-t-il en apercevant sa petite nièce âgée de cinq ans qui venait à sa rencontre. Excusez-moi !

Et il se fraya un chemin vers la fillette.

De nombreux regards de sympathie se portèrent sur Leah. Pétrifiée, elle observait l'homme et l'enfant qui regagnaient la maison, la main dans la main.

— Quel salaud... ! commença Travis, mais Regan l'empêcha de poursuivre d'un signe de tête. Je vais lui parler de ce pas, annonça-t-il en les abandonnant sur le quai tandis que la foule se dispersait.

— Leah...

— Laissez-moi seule ! jeta Leah d'un ton sec. Je n'ai besoin de personne. J'ai été stupide de croire qu'il pouvait éprouver le moindre sentiment pour moi. Je ne suis qu'une pauvre fille avec une sœur prostituée. Pourquoi s'intéresserait-il à moi ?

— Arrêtez ! intima Regan. Wesley n'est pas comme cela. Il a été étonné par votre apparence, c'est tout !

— Vous me prenez pour une idiote !

— Rentrons ! dit Regan en saisissant Leah par le bras. Travis va lui parler, je suis sûre que tout va s'arranger. Je vous en prie, Leah ! implora-t-elle.

A contrecœur, Leah accepta de suivre Regan jusqu'à la maison. Le bruit d'une querelle les accueillit à l'intérieur, et elles restèrent clouées sur place par les propos que tenait Wes.

— Comment peux-tu imaginer que son apparence change en rien mes sentiments pour elle ? fulminait-il. Je la hais depuis l'instant où je l'ai épousée, perdant tout espoir de jamais vivre auprès de la femme que j'aime. L'idée de dormir sous le même toit que cette garce me révulse. Elle a brisé ma vie ! Et toi, tu veux que je me mette en quatre pour elle parce qu'elle s'est nettoyé le bout du nez ?

Sans laisser Leah en entendre davantage, Regan l'entraîna à l'étage dans la chambre qu'elle aurait dû partager avec son mari. Elle s'appuya contre le battant, trop choquée pour bouger, tandis que Leah allait directement à la penderie où ses robes voisinaient avec les costumes de Wesley.

— Je n'emporte pas grand-chose. Peut-être pourrez-vous vendre le reste pour rentrer dans vos frais ?

Regan mit un moment à réagir.

— De quoi parlez-vous ?

Leah tremblait tant qu'elle avait du mal à plier ses deux robes.

— Je retourne à la ferme. J'arriverai bien à survivre, surtout si vous me permettez de prendre le métier à tisser que Clay m'a donné.

— Vous vous enfuyez ? C'est cela ?

Leah se tourna vers elle, défigurée par la rage.

— Je ne vaux pas grand-chose à vos yeux parce que j'ai grandi dans la misère, mais j'ai ma fierté malgré tout et je ne resterai pas dans un endroit où l'on me déteste.

— Comment osez-vous ! s'emporta Regan. Nous vous avons toujours entourée d'affection, comment pouvez-vous insinuer une chose pareille ?

— Je suis désolée, bredouilla Leah. La fureur me fait perdre la tête. Pardonnez-moi, je vous en prie.

— Leah, implora doucement Regan, n'agissez pas

sous le coup de la colère, vous le regretteriez plus tard. Je déplore que vous ayez surpris les propos de Wesley, mais je suis persuadée qu'il existe une solution.

— Laquelle ? persifla Leah. Mon père m'a toujours détestée, mais au moins il détestait tout le monde. Alors que maintenant, mon... mon mari me déteste *moi* et uniquement moi. J'aurais préféré que mon père me fasse sauter la cervelle plutôt que d'en arriver là.

Elle pivota pour prendre un chapeau de paille dans la penderie.

— Leah, vous ne pouvez pas retourner à la ferme. Les moustiques pullulent et le toit s'est effondré dernièrement.

— Je ne vois pas d'autre solution. Ne me proposez surtout pas de rester auprès de vous. J'ai toujours refusé la charité, et ce n'est pas maintenant que je vais commencer !

— Le diable emporte Wesley ! J'espérais qu'au bout d'un an il reviendrait à la raison. Si seulement il ouvrait les yeux, il verrait que Kimberly est...

Elle s'arrêta brusquement et fixa Leah.

— Enfin Leah, que diraient les gens si vous retourniez à la ferme en laissant Wes partir tout seul ?

Leah poussa un soupir exaspéré.

— Les gens de mon milieu n'ont pas le loisir de penser. D'ailleurs, un père qui traîne sa propre fille enceinte dans une église en lui braquant un pistolet sur la tempe... Que peut-il arriver de pire ? Pour tout le monde, je suis juste une petite putain comme toutes les Simmons, et ils savaient tous depuis longtemps que cela tournerait ainsi.

— Et c'est cela que vous voulez ? Que les gens cancanent sur votre passage ?

— Avec le nom que je porte, je n'ai jamais eu le choix.

— Vous n'êtes plus une Simmons. Vous êtes une Stanford. L'avez-vous oublié ?

— Ne vous inquiétez pas, Wesley aura son divorce ou une annulation s'il préfère. Nous n'avons plus d'enfant, et il n'a aucune obligation envers moi.

— Leah, insista Regan en lui prenant les mains. Asseyez-vous et écoutez-moi. Vous ne pouvez pas vous enfuir chaque fois qu'une difficulté surgit. Je me serais évité bien des souffrances si j'avais compris cela plus tôt. Vous ne serez pas la victime de cet homme borné.

Leah réalisa soudain que Regan en voulait à Wesley.

— Oh, oui, je lui en veux, répondit Regan à sa question muette. Wesley n'a aucune idée du désastre auquel il a échappé. J'ai vite compris qui était Kimberly et j'ai pris le pari que vous seriez différente. Je ne me suis pas trompée, et nous vous aimons tous, Clay et Nicole inclus. Maudite soit cette mule de Wesley ! Je suis si fâchée contre lui que je vais finir par croire qu'il mérite d'épouser Kimberly.

Regan s'arrêta net.

— Ça y est ! s'écria-t-elle. Ça y est ! J'ai trouvé !

Elle se leva et fit quelques pas dans la pièce.

— J'ai enfin la solution, poursuivit-elle en éclatant de rire. Nous allons offrir à Wesley ce qu'il pense vouloir, c'est à dire Kimberly. Nous allons la lui offrir sur un plateau !

— Très bien, acquiesça Leah d'un air las en rassemblant ses vêtements. Ils seront très heureux ensemble, j'en suis persuadée. Maintenant, si vous voulez bien m'excuser, je vais m'en aller.

— Mais non, Leah ! s'exclama Regan en la retenant. Écoutez-moi !

Ce soir-là, Leah s'habilla avec le plus grand soin. Sa robe vert sapin au profond décolleté mettait en valeur la teinte subtile de ses yeux. Mais personne ne sembla remarquer ses efforts vestimentaires au cours du dîner. Wesley arborait un énorme bleu à la mâchoire, et Travis bougeait son bras avec précaution comme s'il souffrait. Regan, après quelques mots choisis sur son mobilier cassé, se tut.

Le silence qui régnait dans la salle à manger parut bientôt intolérable à Leah, et elle s'excusa.

— J'aimerais vous parler dans la bibliothèque, dit-elle en se tournant vers Wesley.

Sans répondre, Wes fixa sur elle un regard glacé qu'elle lui retourna. Comme elle sortait, elle entendit sa chaise grincer quand il se leva pour la suivre.

Dès qu'ils furent seuls dans la pièce, elle adressa au ciel une prière silencieuse afin de ne pas flancher au dernier moment. Le plan de Regan était astucieux et avait le mérite de sauver son honneur, mais l'idée la révulsait. Elle ne voulait rien de cet homme qui la détestait d'une manière si évidente.

— J'ai une proposition à vous faire, Monsieur Stanford, commença-t-elle, le dos tourné.

— Voyons, appelez-moi donc Wesley. Vous vous êtes donné assez de mal pour avoir ce droit, railla-t-il sur un ton méprisant.

Leah prit une profonde inspiration avant de pivoter sur elle-même.

— J'aimerais régler cette question le plus vite possible, car je n'apprécie pas davantage votre compagnie que vous la mienne.

— Je vous crois volontiers, dit-il avec un ricanement. Cette maison et la jolie robe que vous portez vous suffisent, et vous n'avez aucune envie de vous encombrer d'un homme.

— Comment ai-je pu passer cette unique nuit auprès de vous ? Cela me plonge dans la perplexité !

Mais le fait demeure, nous sommes bel et bien mariés et je veux résoudre...

— Nous en sommes maintenant au chantage ! la coupa-t-il d'un air satisfait.

— Pourquoi pas ? répondit-elle aussi calmement que possible. J'ai une solution qui nous satisfera tous les deux. Vous voulez votre Kimberly et moi, un endroit décent où demeurer.

— La plantation Stanford ne vous suffit-elle donc pas ?

— Recevez toutes mes excuses pour ce mariage forcé, poursuivit-elle, ignorant le sarcasme. Excusez-moi aussi de m'être... donnée à vous en cette nuit fatidique, mais je ne puis rien y changer. Même si notre mariage était annulé aujourd'hui, je serais obligée de continuer à vivre ici en Virginie entourée de commérages. Aussi voici mon plan.

Sans lui donner le temps de l'interrompre encore, elle enchaîna :

— Votre Kimberly est venue ici, il y a quelques semaines. Elle brûlait de nous accompagner, désireuse d'échapper aux ragots et — qui sait ? — de trouver un mari.

Leah n'apprécia nullement la grimace de Wesley devant la perspective qu'un autre homme épouse la femme qu'il aimait.

— Nos rôles semblent maintenant inversés, continua-t-elle. J'ai surpris vos propos tout à l'heure et, que vous vouliez bien le croire ou non, j'ai suffisamment d'orgueil pour ne pas m'imposer à quelqu'un à qui ma seule vue répugne. Voici maintenant ce que je vous propose : nous partons tous les quatre, mais dès que nous aurons quitté la Virginie, je cesse de me faire passer pour votre femme — notre mariage n'est de toute façon rien d'autre qu'une comédie — et je deviens votre cousine ou celle de Miss Shaw, si l'idée d'une parenté avec moi vous déplaît. Kimberly sera alors officiellement votre fiancée et vous pourrez l'épouser dès que notre mariage sera annulé.

— Et quel est votre prix pour cette offre généreuse ?

Elle accueillit la raillerie avec mépris.

— Je travaillerai en échange de mon voyage, mais une fois au Kentucky, je gagnerai ma vie en tissant. Regan m'avancera la somme nécessaire à mon installation, et nous sommes convenues d'un arrangement pour que je la lui rembourse. Vous n'aurez donc plus aucune obligation envers moi une fois que nous serons arrivés là-bas.

— Vous êtes prête à renoncer à ce mariage pour lequel vous vous êtes donné tant de mal ? s'enquit-il, incrédule.

La colère l'étouffa.

— Qu'osez-vous insinuer ? Jamais, jamais, je ne vous ai rien demandé. Quand j'ai découvert que j'attendais votre enfant, j'ai essayé de le cacher, mais mon père s'en est aperçu et il m'a battue à mort. Si vous aviez patienté un peu dans l'église au lieu de vouloir jouer les grands princes, nous n'en serions pas là. Maintenant, j'essaie de nous sortir de cette situation. Mais si la perspective de m'emmener vous affecte à ce point, dites-le-moi et je retourne à la ferme de mon père. D'ailleurs, à y bien réfléchir, cette idée me semble la meilleure. Un voyage en votre compagnie est de toute façon au-dessus de mes forces. Si vous voulez bien m'excuser, je vais sur-le-champ me renseigner auprès de Travis sur les formalités à remplir pour mettre fin à ce simulacre.

Elle ferma la porte derrière elle et s'appuya un instant contre le battant. Jamais, de toute sa vie, elle ne s'était sentie aussi furieuse. Même son père n'était pas arrivé à la mettre dans cet état. A première vue, le plan de Regan l'avait séduite, car il lui permettait à la fois de gagner sa vie et d'échapper à cette réputation de « rien du tout de Simmons » qui la suivait partout ici, mais c'était un rêve impossible. Elle caressa doucement le velours de sa robe — un luxe dont elle n'aurait plus besoin à la ferme — et, la tête haute, partit à la recherche de Travis.

L'étonnement avait cloué Wesley sur place. Il ne savait pas ce qui l'avait exaspéré le plus, du fait que cette fille ait surpris sa conversation ou de son attitude si calme. Elle avait bien manifesté une légère nervosité, mais rien à voir avec le comportement habituel d'une femme en pareille occasion.

— Sacré nom d'un chien ! jura-t-il à mi-voix en déambulant dans la pièce.

La dernière chose qu'il désirait au monde était une femme qui lui dicte sa conduite. Toute sa vie, il avait vécu sous la férule de Travis. Même lorsque ses parents étaient encore en vie, Travis avait déjà barre sur lui, donnant des ordres, imposant ses idées. Il lui semblait que son frère n'avait jamais été un enfant, n'avait jamais eu besoin de personne. Dès l'âge de quatorze ans, il dirigeait tout seul la plantation.

Au début de leur mariage, Travis s'était montré si dominateur vis-à-vis de sa femme qu'elle avait fini par s'enfuir. Au loin, elle avait enfin trouvé sa propre voie, mais elle n'aurait jamais pu le faire dans l'ombre écrasante de son mari.

Wesley avait toujours travaillé pour Travis, et lui aussi avait dû s'échapper. Ainsi avait-il parcouru le vaste monde, buvant du champagne dans l'escarpin d'une beauté à Paris, faisant l'amour à une duchesse en Angleterre, tombant amoureux d'une chanteuse en Italie.

Mais il avait vite compris qu'il faisait fausse route. Il était un fermier et ne pouvait être heureux loin de ses terres. A peine était-il rentré, Travis lui donnait déjà des ordres, et Wesley décida alors de s'établir ailleurs. Le Kentucky était réputé pour ses champs fertiles, il alla donc sur place et en revint propriétaire de plusieurs centaines d'hectares près d'une petite ville du nom de Sweetbriar.

C'est à cette époque qu'il avait rencontré Kimberly, et sa vie avait basculé à jamais. Pour la première fois, Wes avait enfin eu le sentiment de se trouver en face d'une *vraie* femme, une femme qui d'un seul regard donnait conscience à un homme de sa virilité.

Et Wes se mit à imaginer l'accueil que lui réserverait Kim à son retour des champs dans leur petite maison décorée par ses soins. Sans aucun doute, il aurait à résoudre une bonne douzaine de crises domestiques par jour, mais au moins, Kimberly avait besoin de lui. Il se sentait enfin désiré.

Tout le monde lui répétait que Kimberly n'était bonne à rien, sans comprendre que là était justement la raison de son choix : il voulait une femme douce, gentille, aimante et surtout incapable de se passer de sa protection.

Et maintenant, il l'avait perdue ! Au cours de ce long hiver solitaire, il avait eu tout le temps de regretter sa précipitation à épouser la fille Simmons. Il connaissait le dévouement de Leah vis-à-vis de ses frères et sœurs et était persuadé qu'elle était un parangon de vertu. S'il mourait demain et lui léguait sa ferme, elle saurait sans doute la faire marcher mieux que lui. Mais Kim était le délicieux petit papillon qu'il avait attendu toute sa vie.

Il posa la main sur la poignée de la porte.

— Seigneur, protège-moi des femmes efficaces ! implora-t-il tout bas avant de se lancer à la recherche de Leah.

6

A peine eut-elle quitté la bibliothèque que Leah se mit à trembler de tous ses membres. Elle pensa tout d'abord que c'était de fureur, mais elle dut bientôt reconnaître que seule la peur la mettait dans cet état. Toute l'année, elle s'était empêchée de penser à tout ce qui pourrait arriver au retour de Wesley, et le pire s'était produit. Au lieu de lui tendre les bras, Wesley l'avait rejetée en public.

Maintenant qu'elle venait de passer sa colère sur lui, elle se sentait terrifiée. Elle ne voulait pas s'installer à la ferme de son père. Elle avait vécu au milieu de deux familles aimantes, et même caressé l'espoir de fonder elle-même un foyer, comment envisager de retourner dans les marais et d'y rester — elle ne se faisait aucune illusion — jusqu'à la fin de ses jours ! Peut-être qu'avec son métier à tisser...

— Leah !

La voix de Wes interrompit le cours de ses pensées. Immédiatement, elle se redressa, se demandant depuis combien de temps elle larmoyait sur elle-même, plantée dans le vestibule.

— Oui, répondit-elle froidement, et elle se prépara à une nouvelle attaque.

— Je suis venu m'excuser, commença-t-il, les yeux fixés sur elle.

Pour la première fois, il remarquait sa beauté. Une beauté altière. Le tracé ferme de ses sourcils accentuait encore son air volontaire.

— Je n'ai pas eu le temps de réfléchir à votre plan, mais il me semble qu'il peut marcher. J'imagine que vous ne voulez pas plus que moi rester en Virginie et je me sens des obligations à votre égard.

— Non ! le contra-t-elle d'une voix calme. Vous n'avez aucune obligation à mon égard. Je me suis toujours débrouillée toute seule et je compte bien continuer.

Wesley prit un air exaspéré.

— Cela, j'en suis sûr ! Mais préférez-vous cultiver ce bout de terre marécageux qui vous appartient ou m'accompagner au Kentucky pour — que voulez-vous faire, déjà ? — tisser ?

Comment avait-elle pu se laisser séduire par cet homme autoritaire ? s'interrogea-t-elle rageusement. Il savait bien qu'elle n'avait pas le choix et se moquait ouvertement d'elle. Malgré une envie irrépressible de lui jeter son offre à la figure, elle se retint.

— Je préfère encore le Kentucky, siffla-t-elle. Et que cela soit clair entre nous, même si je ne suis qu'une vulgaire Simmons, je payerai ma quote-part. Je ne veux pas être une charge pour vous.

— Jamais cette idée ne m'a traversé l'esprit. Je suis sûr, au contraire, que vous êtes capable de venir à bout de n'importe quelle situation, rétorqua-t-il avec agacement.

Une voix mélodieuse murmura son nom, et il se retourna brusquement. Kimberly se tenait derrière lui, disparaissant dans des volutes de soie rose, ses grands yeux embués de larmes.

Kim pressa soudain le dos de sa main contre ses lèvres entrouvertes et se laissa doucement tomber par terre en battant délicatement des cils.

Wes se précipita et la saisit dans ses bras bien avant qu'elle ne heurte le sol. Il la couva d'un regard inquiet.

— Vite, de l'eau ! vociféra-t-il à l'intention de Leah qui restait figée sur place. Et du brandy !

Puis il s'installa, Kim toujours serrée sur son cœur, sur une banquette contre le mur tout en lui chuchotant des mots tendres.

Leah, qui n'avait jamais vu personne s'évanouir, croyait Kimberly à l'agonie. Elle releva ses jupes et partit en courant vers la cuisine.

— Leah ! appela Regan en se précipitant derrière elle. Que se passe-t-il ? Wesley a-t-il... ?

— Du brandy et de l'eau ! cria-t-elle à une aide-cuisinière et, tout en attrapant le plateau que cette dernière lui tendait, elle se tourna vers Regan : Miss Shaw vient de s'effondrer par terre. Je crois qu'elle est en train de rendre l'âme.

Et sur ces mots, elle se remit à courir.

— Kimberly s'évanouit régulièrement, lança Regan dans son dos. Attention au brandy, elle y prend goût !

— Régulièrement ? balbutia Leah, incrédule. Elle est sûrement malade.

Quand elle regagna le vestibule, Kim était étendue sur la banquette et Wesley, à ses pieds, embrassait le bout de ses doigts.

— Je suis un tel fardeau pour vous, Wesley chéri ! minaudait-elle d'une toute petite voix. Comme vous êtes gentil, surtout maintenant que nous ne pourrons jamais...

— Chut, mon amour ! murmura-t-il. Nous trouverons une solution, vous verrez. Ah, vous en avez mis du temps ! jeta-t-il d'une voix dure en apercevant Leah. Tenez ma chérie, buvez !

Il aida Kim à se redresser et porta un petit verre de brandy à ses lèvres. Elle le but d'un trait.

— Pas si vite, vous allez vous étouffer !

— Ô mon Dieu, je suis si mal en point que je ne sais plus ce que je fais. Vous avez bien dit que nous trouverions une solution, tout à l'heure ? Qu'entendez-vous par là ? s'enquit-elle en lançant un coup d'œil à Leah qui observait silencieusement la scène.

Wes repoussa délicatement une mèche du front de Kim.

— Nous partirons tous les quatre pour le Kentucky, vous, moi, Steven et... Leah. Là-bas, notre mariage sera annulé et je pourrai enfin vous épouser.

Kim resta un moment silencieuse.

— Et sous quelle identité voyagerons-nous ?

— Leah sera ma cousine, et vous, bien entendu, ma fiancée.

— Ne serait-il pas plus simple de faire annuler ce mariage en Virginie ? objecta-t-elle avec un nouveau regard en direction de Leah.

Il fronça imperceptiblement les sourcils.

— C'est sûrement possible, mais légalement, Leah est ma femme, et j'ai des responsabilités à son égard. Si je l'abandonne ici, les ragots la tueront.

— Mais bien sûr, Wesley chéri, murmura Kim avec lassitude en baissant les cils. Pourrez-vous jamais me pardonner ce manque de sensibilité ? Mon Dieu, je me sens gelée tout d'un coup ! Cela ne vous ennuierait-il pas trop de me chercher un châle ? Oh, comme je déteste vous importuner ainsi !

— Vous ne m'importunez jamais, la rassura-t-il tendrement.

Dès qu'elle l'entendit monter l'escalier, Kim se redressa et regarda Leah droit dans les yeux.

— C'est vrai ? Vous acceptez de renoncer à Wesley ?

— Vous vous sentez bien ? interrogea Leah, encore sous le choc de l'évanouissement de Kim.

— Mais oui, tout à fait ! Je reprendrais bien une goutte d'alcool. Le brandy me donne des ailes. C'est un peu ma récompense ! Cela fait tellement plaisir à Wes quand je m'évanouis. Leah, j'étais sûre que vous étiez une fille formidable. On m'a raconté combien vous vous étiez échinée sur cette ferme, et vos talents seront bien précieux au cours de notre voyage ! Si vous saviez comme je suis terrifiée à l'idée de monter à cheval, de porter des choses lourdes ou de faire la cuisine... je sens que nous allons devenir de grandes amies ! Oh, voici Wes.

Elle posa vite son verre vide, s'allongea sur le banc et reprit son air las.

— Voici votre châle, ma chérie, annonça Wes en l'enroulant tendrement autour des épaules aimées.

Stupéfaite, Leah se recula et observa un instant la comédie de Kim qui continuait à feindre une grande faiblesse.

Personne ne lui accorda la moindre attention quand elle quitta la pièce pour rapporter le plateau à la cuisine. Leah ne savait pas très bien s'il fallait rire ou pleurer, mais l'idée qu'on puisse se prêter à une pareille hypocrisie pour retenir un homme la scandalisait.

Les jours suivants, Leah s'arrangea pour éviter Wesley, mais elle s'habillait toujours avec le plus grand soin, et dut reconnaître que c'était dans l'espoir secret de le séduire. N'avait-elle pas enfilé sa plus belle chemise, la nuit de son arrivée, pour être prête à toute éventualité ? Peine perdue ! Car, bien entendu, son mari s'était tenu soigneusement à l'écart ! Lors de leurs inévitables rencontres, il se montrait toujours poli, mais comme à contrecœur. Au fur et à mesure qu'elle faisait ses préparatifs en vue du départ, son amour-propre reprit peu à peu le dessus.

Le jour fatidique arriva enfin. Des monceaux de paquets et de vivres s'empilaient dans le chariot recouvert d'une bâche. Wesley, assis sur la banquette, tenait fermement les rênes. On avait glissé une cage à poules derrière son siège, et une vache laitière tirait sur sa longe à l'arrière.

— Vous allez nous manquer terriblement, avoua Regan en embrassant Leah. Wesley nous écrira tout ce dont vous avez besoin. Promettez-moi de nous donner des nouvelles ! J'attends un bébé pour l'automne, chuchota-t-elle à son oreille.

— Toutes mes félicitations ! souffla Leah en lui rendant son baiser. J'espère que ce sera un petit garçon. Au revoir, Jennifer ! cria-t-elle.

Travis la serra dans ses bras avant de la hisser sur le siège. Elle se tourna vers sa famille d'adoption et agita longuement la main tandis que Wesley faisait démarrer l'attelage. Dès qu'ils furent en tête à tête, Leah se sentit mal à l'aise. Elle commença par étudier ses ongles, puis, pour arrêter ce manège stupide, elle s'assit sur ses mains.

— Nous avons rendez-vous chez les Shaw ? s'enquit-elle.

Mais comme Wesley se contentait d'incliner la tête, elle n'insista pas.

Ils passèrent devant la taverne, et Leah aurait bien aimé prendre congé de Bess, mais l'air peu amène de Wes la dissuada de demander la moindre faveur.

Le soleil était à peine levé quand ils atteignirent la plantation des Shaw. L'endroit, d'apparence modeste, semblait fort mal entretenu, mais l'attention de Leah fut immédiatement retenue par le chaos complet qui régnait autour d'un chariot chargé en dépit du bon sens. Kim jaillit de ce déballage de paquets, de vivres et d'animaux, et se précipita vers Wes.

— Oh, Wesley, mon chéri, appela-t-elle, vous arrivez juste à point. Steven refuse de prendre tous mes vêtements et aussi les jolies choses que j'emporte pour notre maison. Je vous en prie, allez lui parler !

Wesley sauta à terre, rassura Kim d'une petite tape sur la joue et s'approcha du véhicule. Leah, à qui personne n'offrit la moindre aide pour descendre, se fraya un chemin au milieu de ce fouillis inextricable sans en croire ses yeux. L'anarchie la plus totale avait présidé au chargement. Une boîte à chapeau était écrasée sous deux lourds sacs de grain et une cantine de fer se balançait sur les bras d'un ravissant petit fauteuil.

— Tu vois bien qu'il n'y a plus de place, lança une voix masculine derrière tout ce désordre.

Leah se pencha entre les bras du fauteuil et eut son premier aperçu de Steven Shaw. Il était aussi charmant que Kimberly, blond, les yeux bleus, l'air un peu efféminé, parfait !

— Wesley chéri, il faut trouver un moyen. Vous ne voudriez pas que je sois malheureuse, n'est-ce pas ?

Le ciel ne permettrait pas une pareille catastrophe ! songea Leah en se mettant à détacher les liens qui retenaient ce monticule en équilibre. Si on reprenait tout l'édifice par la base, on avait une chance de caser la totalité des paquets.

A la vue de Leah et devant son efficacité, la surprise de Wesley se transforma immédiatement en exaspération.

— Pourriez-vous monter là-haut, ordonna-t-il sans ménagement, et me passer cette cantine ?

— Bien sûr !

Peut-être va-t-il enfin se rendre compte que sa précieuse Kimberly n'est rien d'autre qu'un ornement ? songea Leah avec espoir.

— Evidemment qu'elle le peut ! marmonna-t-il tout bas sur un ton qui stupéfia Leah.

Avec l'aide de Leah, Wesley vint rapidement à bout du chargement tandis que Steven et Kim se chamaillaient un peu plus loin. A plusieurs reprises, Leah sentit le regard de Steven se poser sur elle, mais il détournait les yeux chaque fois qu'elle levait la tête.

Quand ils eurent fini, Wesley poussa un grognement en guise de remerciement et déclara qu'elle pouvait maintenant s'installer auprès de Steven.

— Avec plaisir ! lui cria-t-elle tout en retenant une furieuse envie de l'étriper.

— Puis-je vous aider ? s'enquit sans attendre Steven Shaw en indiquant d'un signe de tête le siège du véhicule.

A la lueur qui brillait dans ses yeux, Leah comprit instinctivement qu'elle devrait se méfier de lui, mais elle chassa vite cette méchante pensée.

Wesley et Kim se mirent en route les premiers. Personne ne sortit de la maison pour leur dire au revoir, et Leah se sentit soudain très seule.

— Vos amis vont-ils vous manquer ? demanda-t-elle à son voisin, mais le coup d'œil dont il la gratifia lui enleva toute envie de prolonger la conversation.

Leur voyage vers l'Ouest se poursuivit des heures durant. Ils s'arrêtèrent juste le temps d'avaler les sandwiches que Regan leur avait préparés. Kim détacha les derniers boutons de son corsage de soie bleue pour profiter de l'air qu'elle agitait avec son éventail, et Wesley lui adressa une petite moue appréciative.

— Quel séducteur, ce Wesley ! remarqua Steven. Mais il va devoir renoncer à l'une d'entre vous ! persifla-t-il en déshabillant Leah du regard.

Elle s'écarta de lui avec une grimace de dégoût.

Dans l'après-midi, comme ils approchaient d'un groupe de maisons, quatre hommes chevauchèrent à leur rencontre. Wesley arrêta brutalement son chariot et cria à l'intention de Steven :

— Envoie-moi Leah !

Leah se figea. Elle n'avait aucunement l'intention d'obéir à cet homme qui l'avait ignorée toute la journée et qui, maintenant que cela l'arrangeait, se souvenait soudain de sa présence.

— Elle n'a pas envie de te voir, déclara Steven avec un rire étouffé devant l'expression de Leah. Laisse-la donc à côté de moi !

Wesley sauta à terre en poussant un juron.

— Ils viennent accueillir les nouveaux mariés. Vous feriez mieux de monter dans mon chariot si vous ne voulez pas que toute la Virginie en fasse des gorges chaudes !

— Cela m'est parfaitement égal, c'est *vous* qui êtes inquiet !

— Allez au diable ! s'emporta Wesley en lui prenant le poignet.

Désarçonnée par ce geste inattendu, elle atterrit dans ses bras au moment où les quatre cavaliers s'arrêtaient devant eux.

— Tu ne peux pas t'empêcher de la garder près de toi, n'est-ce pas, Wes ? lança un des hommes en riant.

— Je comprends pourquoi Wes vous a enlevée dans ses bras en plein milieu de l'église.

— Reposez-moi par terre ! siffla Leah.

— Nous avons prévu une petite fête d'adieu. Nous serions heureux de vous y accueillir !

Ils dardaient tous les quatre sur Leah un regard ébahi.

— Qui aurait pu croire qu'une fille Simmons se métamorphoserait ainsi ?

— Excusez-le, dit l'un des hommes en fusillant son camarade des yeux. Vern n'a jamais su se tenir en société. Tout est prêt pour vous recevoir à l'auberge. Bess Simmons vous y attend.

— Nous viendrons avec plaisir, bien entendu ! annonça Wesley.

— Alors, à tout à l'heure ! lancèrent-ils tous les quatre en chœur avant de s'éloigner au galop.

— Maintenant, vous pouvez me lâcher, j'imagine ?

Pour la première fois, Wes sembla lui accorder quelque attention, mais il fut immédiatement interrompu par un glapissement.

— Oh, Wesley ! protesta Kim, les larmes aux yeux. Quelle situation humiliante ! C'est pour *moi* qu'on aurait dû donner cette fête.

Wesley laissa tomber Leah sans autre formalité pour se précipiter vers sa dulcinée. Pendant qu'elle essayait de reprendre son équilibre en s'appuyant contre le chariot, un rire moqueur fusa au-dessus d'elle.

— Vous ne possédez pas encore la technique des larmes ? Ma sœur est une experte dans ce domaine.

Leah ignora l'humour de Steven et alla jeter un coup d'œil sur les animaux à l'arrière du chariot. C'est là que Wes la retrouva.

— Il vaut mieux que vous montiez avec moi maintenant, annonça-t-il sèchement.

— Si vous cherchez à sauver ma réputation, c'est inutile. Vos amis sont prêts à tout venant d'une Simmons !

Elle reporta son attention sur la vache, mais Wesley la força à lui faire face.

— Je me moque bien de votre réputation, mais je ne veux pas qu'on accuse Kimberly de nous avoir séparés.

Elle se libéra d'une violente poussée.

— Comment ai-je pu imaginer que vous vous soucieriez de moi ! Si je dois jouer la comédie, c'est donc pour défendre l'honneur de votre chère Kimberly ? Cette idée me révulse !

— Ne vous avisez pas de critiquer à nouveau Kimberly devant moi ! Elle a souffert suffisamment par votre faute, et vous arborerez ce soir la mine d'une épouse épanouie, dussé-je vous hacher menu ! Est-ce clair ?

— Parfaitement clair ! siffla-t-elle entre ses dents.

Wesley tourna brutalement les talons, et Leah le vit rejoindre une Kimberly rayonnante qui s'accrocha à son bras dans un tourbillon de soie.

— Zut, zut et zut ! jura-t-elle tout bas.

— Ma sœur n'a pas sa pareille pour mener les hommes par le bout du nez ! déclara Steven derrière elle. Mais vous avez d'autres atouts. Wes a eu bien de la chance que vous vous précipitiez dans ses bras cette nuit-là. Evidemment, cela a dû moins l'amuser de vous épouser. Les hommes se marient avec des femmes comme ma sœur. Mais les femmes comme vous ne sont faites que pour une chose, l'amour. Si vous vouliez, je pourrais vous donner...

Sans lui laisser le temps de finir sa phrase, Leah lui envoya le contenu d'un seau d'avoine à la figure.

— Garce ! hurla-t-il en se frottant les yeux, mais Leah s'enfuyait déjà vers le chariot de tête où Wesley l'attendait.

Sans un mot, elle s'assit à ses côtés.

Qu'ils aillent au diable ! Qu'ils aillent au diable tous les trois ! songea-t-elle. Steven la prenait pour une putain, Wesley la brutalisait quand elle ne lui obéissait pas au doigt et à l'œil et Kimberly souriait tout en sifflant du brandy comme un matelot. Très bien, elle ferait ce que Wesley voulait ! Elle jouerait les épouses comblées ! Elle sauverait la réputation de Miss Shaw, mais tant pis pour cette mijaurée si ses procédés lui déplaisaient !

7

Leah n'ouvrit pas la bouche pendant le reste du trajet. Plus ils approchaient de l'auberge, plus elle s'inquiétait de l'accueil que lui réserveraient les amis de Wesley. La traiteraient-ils comme Steven Shaw ?

A peine se furent-ils arrêtés devant l'auberge qu'une bonne dizaine d'hommes se disputèrent le privilège de l'aider à descendre du chariot.

— Bienvenue, Madame Stanford !

— Wesley ne mérite pas une femme aussi jolie que vous.

— Clay nous a appris que vous aimiez tisser, aussi ma sœur vous envoie-t-elle quelques patrons !

— Et ma mère m'a chargé de vous remettre ces boutures.

— M... merci, bégaya Leah en contemplant tous ces visages souriants qui l'entouraient. Je n'imaginais pas...

— Nos épouses sont étonnées qu'aucune fête n'ait été organisée à la plantation Stanford pour célébrer votre mariage, déclara l'un des hommes à Wesley avec un regard chargé de reproche. Elles ont refusé de venir aujourd'hui. Elles attendent qu'on les invite en bonne et due forme.

Ce fut au tour de Wesley de bégayer.

— Non, il se trouve que... enfin, je veux dire...

Quelqu'un rit.

— Regardez-la donc, mes amis ! Si vous aviez une femme aussi jolie, vous n'auriez aucune envie de la partager !

Leah rougit sous le compliment.

— Venez à l'intérieur, vous devez être fatiguée. Puis-je me permettre ? proposa un homme en offrant son bras à Leah.

— De quel droit vous mettez-vous ainsi en avant ? protesta un autre en s'interposant.

— Plutôt que de vous laisser en venir aux mains, messieurs, je vais accompagner moi-même ma femme.

Essayant de cacher sa surprise, Leah prit le bras tendu de Wesley qui l'escorta dans l'auberge.

— Je ne t'aurais jamais reconnue ! s'exclama Bess stupéfaite quand elle aperçut sa sœur.

Leah se jeta dans ses bras et la serra avec effusion.

— C'est bien toi, n'est-ce pas ? réussit à dire Bess entre deux éclats de rire.

— C'est bien moi ! Couverte de poussière des pieds à la tête, plaisanta Leah.

— On te prépare justement un tub. Miss Regan pensait que tu aimerais te baigner comme font d'habitude les dames. Tenez-vous bien pendant son absence, ajouta-t-elle à l'intention de Wes. Je vous la ramène sous peu.

Bess conduisit rapidement Leah dans une petite pièce à l'étage où deux hommes finissaient de remplir un énorme tub. Quand ils furent sortis, Bess aida sa sœur à se déshabiller.

— Voyons, Bess ! Je peux me débrouiller toute seule. Ne joue pas le rôle de ma femme de chambre.

— Mais si ! dit vivement Bess. Quelqu'un doit s'occuper de toi ! Surtout après tout ce que m'a raconté Miss Regan. Alors, tu vas renoncer à ton mari sans même te battre ?

— Je n'ai aucune intention de me battre pour un homme qui ne veut pas de moi, riposta sèchement Leah.

— Ecoute-toi donc ! Tu es tout le portrait du vieil

homme. Toujours aussi entêtée ! Pour une fois, Leah, réfléchis. Ne cède pas Wesley ainsi !

— Tu n'y comprends rien, Bess. Wesley n'a jamais été à moi. Il veut Miss Shaw et il l'aura. Demain, je ne serai même plus sa femme en titre. Je dois jouer le rôle d'une cousine.

— Tu es sa *femme !* Rien n'y changera.

— Mais si ! Nous divorcerons dès que nous serons au Kentucky. C'est amusant comme on s'habitue vite aux bains, remarqua Leah, nue, en agitant son pied dans l'eau. J'y resterais bien toute la nuit. Cela m'éviterait de jouer les épouses comblées !

— C'est une bonne idée ! approuva Bess. Reste là, je vais te chercher des vêtements de rechange.

Leah s'assit dans le bain, mais elle avait à peine fermé les yeux que Bess réapparut, arborant un sourire ravi.

— Quelques nuages menacent le paradis, persifla-t-elle avec un petit air de triomphe. Wesley se dispute avec sa Miss Shaw.

— Elle lui pardonnera, déclara Leah avec lassitude.

— Wesley s'obstine à vouloir jouer le rôle de ton mari, et elle désire savoir jusqu'où il poussera la simulation. La perspective de le retrouver dans tes bras ne lui sied nullement. Elle l'a menacé de rétorsions !

— Et alors ? interrogea Leah sans pouvoir cacher son intérêt.

— Il a répondu qu'il n'aimait pas les menaces, qu'il agissait ainsi pour son bien, et que ce n'était après tout que son devoir !

— Son devoir !

Leah s'en étrangla de rage.

— Mais oui ! Il se fait un devoir de te toucher, pouffa Bess.

— Il y a une malle noire à l'arrière du chariot sur

la gauche. A l'intérieur, tu trouveras une robe en velours tissé de fils dorés. Peux-tu me l'apporter ?

— Une tenue de fête, hein ?

— Une petite... toute petite tenue ! rectifia Leah en s'enfonçant dans la baignoire comme Bess quittait la pièce.

Leah songeait à la robe au décolleté vertigineux que Regan l'avait obligée à emporter. Au moins si elle ne retenait pas l'attention de Wesley, d'autres se laisseraient-ils séduire.

La porte s'ouvrit.

— Cela ne t'a pas pris longtemps, remarqua Leah en ouvrant les yeux.

Wesley se tenait devant elle, comme figé par le spectacle délicieux qu'elle offrait, avec ses longues jambes fuselées et sa poitrine haute, clairement visibles sous la surface mouvante de l'eau.

— Vous pouvez sortir maintenant !

Ses yeux remontèrent le long du corps magnifique et se fixèrent sur le visage encadré de boucles humides.

— Bess m'a dit... bafouilla-t-il, puis sans terminer sa phrase, il pivota et sortit en claquant la porte.

Les mains tremblantes, elle commença à faire sa toilette, sans bien savoir si elle vibrait de rage ou d'une inexplicable émotion au souvenir de la première fois où Wesley l'avait tenue dans ses bras.

Devant l'air entendu que Bess affichait en rentrant dans la pièce, Leah se refusa à dire un mot de la visite de Wesley. Elle résista même aux insinuations à peine voilées de sa sœur.

La teinte vieil or de la robe rehaussait la carnation pâle de Leah et la coupe ajustée mettait en valeur sa silhouette.

— C'est impossible ! s'écria Leah en contemplant

son reflet dans le miroir. Je ne peux pas m'exposer ainsi.

Bess fixait la dernière boucle au sommet de la tête de Leah. Ce chignon improvisé mettait une touche finale à l'ensemble, prolongeant la finesse du cou et dégageant les épaules.

— Que si ! J'ai vu des dames encore moins vêtues et sans le moindre complexe.

Leah la fixa, incrédule.

— La nature ne les a pas aussi généreusement dotées que toi. Aussi ce qu'elles montrent avec prodigalité semble bien peu !

— Oh, Bess, tu es merveilleuse ! Comme tu vas me manquer !

— En aucun cas, si tu récupères ton mari !

— Ce qui n'est pas près d'arriver.

Sans répondre, Bess poussa sa jeune sœur sur le palier. Du haut de l'escalier, Leah observa le manège des invités. Kimberly, ravissante dans une robe de soie turquoise, avait toute une cour autour de son siège. Wesley, appuyé contre le manteau de la cheminée, ne pouvait détacher ses yeux d'elle bien qu'il fût en conversation avec deux autres personnes.

Les regards intéressés qui saluèrent sa descente lui réchauffèrent le cœur.

— Puis-je me permettre ? s'enquit un invité en bas de l'escalier en lui offrant son bras, tandis que les autres accueillaient son arrivée dans un silence éloquent.

— Merci ! dit Leah toute ragaillardie.

— Va-t-on m'abandonner ? Les femmes mariées ont-elles seules droit aux égards ? fit Kim en se levant brusquement avec une moue étudiée.

Deux hommes se précipitèrent à ses pieds, mais les huit autres demeurèrent auprès de Leah.

— Le dîner est prêt. Si nous passions à table ? proposa quelqu'un dans l'assistance.

Leah se tourna dans la direction de Wesley qui n'avait pas quitté son poste d'observation contre la cheminée et dévorait Kim des yeux. Une vague de colère la submergea, et elle s'excusa auprès de son voisin.

— Allez devant, je vous rejoins avec mon mari.

Elle se campa alors devant Wesley.

— Vous vous rendez ridicule, siffla-t-elle, mais il ne l'entendit pas, et elle dut tirer sur la manche de son costume pour attirer son attention.

— Que faites-vous ? demanda-t-il, furieux, mettant un moment à remarquer la présence de Leah. Vous voulez absolument créer un incident ? ajouta-t-il, les sourcils froncés devant le décolleté vertigineux.

Elle mit un point d'honneur à ne pas rougir.

— Vous déshabillez Kimberly du regard comme si elle était une chienne en chaleur. Ce n'est pas comme cela que vous la sauverez du déshonneur. Maîtrisez-vous un peu, voyons !

— Etes-vous toujours aussi raisonnable ?

— J'essaye, répondit-elle, étonnée par sa question.

— C'est bien ce que je pensais ! Venez, que nous donnions le change !

Ils furent accueillis par des toasts chaleureux.

— A Wesley, qui a su trouver un trésor là où personne n'aurait eu l'idée de chercher.

— A Leah, qui endure les humeurs de cette mule de Wesley !

Lorsque Leah s'installa à la place d'honneur, à la droite de son mari, elle fut saluée par un hourra général. Kimberly, assise de l'autre côté de la table, lui lança un regard peiné comme si elle se sentait trahie, et Leah éprouva une petite pointe de culpabilité en se tournant vers son voisin.

Malgré tous les avertissements, Wesley continuait à dévorer Kim des yeux. Endormant sa conscience sous le fallacieux prétexte de sauver Wesley et sa précieuse Kimberly, Leah se pencha vers son mari pour attraper le poivre, plaquant au passage sa poitrine contre lui. Il réagit immédiatement, tournant des yeux surpris — et intéressés — vers sa femme.

— Si vous me passiez le poivre, je ne serais pas obligée de faire toutes ces tentatives.

— Mais vos tentatives ne me gênent pas le moins du monde. Continuez, je vous en prie ! insista-t-il, le regard rivé sur la gorge laiteuse.

— Wesley ! jeta Kim d'une voix suraiguë, l'obligeant à détourner ses yeux de Leah, j'essaie de me souvenir de notre dernière rencontre avec les Ellington. N'était-ce pas au bal de la moisson ?

Kim essayait de rappeler à Wes un de leur tête-à-tête d'amoureux, cela ne faisait aucun doute pour Leah. Ne se rendait-elle pas compte que sa réputation était en jeu ? Leah s'accrocha au bras de Wesley et lui décocha une œillade enflammée.

— Ah ! Le bal de la moisson, les nuits au clair de lune ! murmura-t-elle. Quelquefois la lune pousse les gens à des actes inconsidérés !

— Vous feriez mieux de cesser ce petit jeu si vous ne voulez pas vous mettre dans l'embarras, glissa Wes tout contre l'oreille de Leah.

Elle s'écarta immédiatement de lui. Mortifiée, sa belle confiance en elle envolée, elle baissa la tête et chipota dans son assiette en écoutant distraitement son voisin.

Mais bientôt, la situation changea du tout au tout. Quelqu'un aborda le problème des nouvelles égreneuses de coton, et Leah oublia immédiatement ses déconvenues. Du coton, la conversation dériva vers les moutons et la prévention des maladies endémiques, et le débat devint rapidement général.

Vingt minutes plus tard, quand Bess vint desservir avec deux autres jeunes filles, Leah, les dix amis de Wesley et Wes lui-même discutaient âprement récoltes et troupeaux. Steven dînait dans son coin, complètement absorbé par le contenu de son assiette, Kimberly semblait à deux doigts de fondre en larmes, mais Leah n'avait même pas conscience d'être le point de mire de toute la table.

— Mon père s'est retrouvé ruiné du jour au lendemain quand le marché du tabac s'est effondré, déclara un convive. Maintenant, j'ai tout investi dans le coton.

— Vous avez bien raison, approuva Leah. Nous allons aussi élever des moutons et vous verrez que la laine américaine sera bientôt cotée.

— Vous aurez du mal à rivaliser avec le marché anglais.

— J'engagerai des fileuses aussi bonnes, sinon meilleures que les Anglaises !

— Ta femme sait filer, n'est-ce pas, Wes ? demanda un homme avec un bruyant éclat de rire.

Leah, soudain consciente de s'être donnée en spectacle, piqua du nez dans son assiette.

— J'ai bien peur de m'être laissé emporter !

A sa grande surprise, Wesley passa un bras autour de ses épaules.

— A la vérité, je ne suis pas marié depuis assez longtemps pour savoir si elle sait ou ne sait pas filer.

Leah leva la tête et croisa les yeux de Wesley. Ils reflétaient une certaine fierté.

— Eh bien, Monsieur Stanford, embrassez-la donc ! lança Bess de l'autre côté de la table. Vous en mourez d'envie, et nous aimerions bien avoir une preuve de votre amour pour elle !

Furieuse, Leah remarqua qu'il regardait rapidement Kim. Ah, non ! Elle ne supporterait pas qu'il l'humilie en public.

— Je n'ai pas besoin d'encouragements pour embrasser mon propre mari, susurra-t-elle en glissant ses bras autour du cou de Wesley.

A peine ses lèvres eurent-elles touché celles de son mari qu'elle commença à regretter sa témérité. Elle voulait prouver à ces étrangers qu'elle était de taille à retenir un homme comme Wes, mais tous ces faux prétextes furent immédiatement balayés par une ardeur trop longtemps réprimée.

Wes, d'abord distant, fut bientôt gagné par la fièvre de Leah. Il oublia la dizaine de paire d'yeux fixés sur eux et força sa bouche sans aucune retenue.

— Wesley, protesta quelqu'un d'un air gêné, tu as tout le temps devant toi !

Leah, aussi impuissante qu'au premier jour, s'offrait à ses caresses. Il enfouit ses doigts dans l'épaisse chevelure, et une cascade de boucles se répandit sur les épaules graciles.

Une main d'homme se posa sur l'épaule de Wes au moment où, perdant toute réserve, il commençait à explorer le doux renflement de la poitrine. La main resserra son étreinte.

— Wes !

Quand il reprit enfin ses esprits, son regard resta trouble un long moment.

Leah, sa chevelure éparse formant une masse sombre sur la veste en peau de son mari, garda quelques instants les paupières baissées. Quand elle ouvrit enfin les yeux et se rendit compte qu'elle s'était donnée en spectacle, elle se redressa sur son siège, le visage en feu. D'un coup d'œil, elle nota l'air embarrassé de Wesley.

— Je... commença-t-elle, puis elle s'aperçut soudain que ses boucles étaient tombées. Excusez-moi, je dois...

Sans finir sa phrase, elle se leva, traversa la pièce en courant et grimpa l'escalier jusqu'à sa chambre.

Elle avait à peine refermé le battant que Bess entra en coup de vent.

— Je n'ai jamais vu un baiser pareil ! De toute ma vie, je n'ai vu une femme embrassée avec une telle fougue. Ce Wesley est quelqu'un, y a pas à dire ! C'est pas seulement un bel homme, mais quel amant !

— Aurais-tu l'obligeance de te taire ? fulmina Leah. Je n'aurai plus jamais le courage de les regarder en face. Je désirais laisser l'image d'une dame et je me suis conduite comme une vulgaire catin ! Oh, Bess, je ne voulais pas te blesser ! ajouta-t-elle après une pause.

— Tu ne m'as pas blessée le moins du monde, et ces hommes, en bas, vont rêver de toi toute la nuit.

— Exactement l'effet recherché ! soupira Leah en se laissant tomber sur le lit. Crois-tu que je puisse m'enfuir par la porte de derrière et ne jamais remettre les pieds ici ?

— Je vais arranger ta coiffure avant que tu ne retournes en bas. Tu aurais dû voir la tête de Kimberly ! Elle se rongeait les ongles.

— Il n'y a pas si longtemps, tu me citais Miss Shaw comme un modèle de femme du monde.

— Arrête de bouger ! ordonna Bess. C'était avant que ma propre sœur ne devienne la plus élégante et la plus belle femme de Virginie !

— Bess, implora Leah en se tournant vers la jeune femme. Accompagne-nous là-bas. Je t'apprendrai à tisser et nous monterons une affaire.

— Abandonner ma douillette petite taverne et mes gentils habitués pour un bruyant métier à tisser, tu n'y songes pas ! Ces Stanford ne t'ont-ils donc pas mis un peu de plomb dans la cervelle ? Prends ton Wesley sous le bras et va traire des centaines de vaches dans ta ferme si cela te chante, mais ne compte pas sur moi ! Maintenant, descends et souris. Tu ne dois laisser aucun répit à Kimberly.

Leah éclata de rire.

— C'est fou ce que tu vas me manquer ! De toute façon, Kim a déjà gagné la partie. Les bras de Wesley l'attendent au bout de cette nuit et leur prochain baiser fera pâlir...

Elle se tut un instant au souvenir de leur étreinte.

— Et ce ne sera pas une surprise pour moi ! J'y suis tout à fait préparée. Si mon mari joue aussi bien la comédie de l'amour, je dois être la première à saluer son talent !

— Ce n'était pas une comédie ! cria Bess dans le dos de sa sœur.

Si Leah l'entendit, elle fit comme si de rien n'était.

8

Leah eut besoin de tout son courage pour affronter de nouveau les amis de Wesley. Elle était si sûre d'être traitée en fille de petite vertu qu'elle fut tout étonnée de leur chaleureux accueil. Trois hommes étaient arrivés pendant son absence. L'un portait un banjo et les deux autres un violon. Ils se mirent immédiatement à jouer des airs entraînants.

Sans lui laisser le temps de réfléchir, on poussa Leah vers Wesley qui la fit virevolter dans le premier menuet.

— Vous avez retrouvé votre calme, on dirait !

s'exclama-t-il avant qu'elle ne lui soit arrachée par un concurrent.

Leah tourbillonna des heures durant de cavalier en cavalier. Elle aperçut Kim dans les bras de Wesley et fit semblant de n'avoir rien remarqué.

Deux fois, autour d'elle, elle entendit prononcer le nom de Justin Stark, mais elle était toujours trop essoufflée pour demander qui c'était.

A minuit, Wesley annonça que la soirée était terminée, car ils devaient partir aux aurores le lendemain. Il prit Leah par le bras et, moitié poussant, moitié tirant, la traîna en haut de l'escalier.

Leah se sentait merveilleusement bien. Elle avait beaucoup apprécié le délicieux punch de Bess et elle gagna la chambre conjugale en chantonnant. Son plus joli déshabillé, une petite merveille en soie diaphane ornée de dentelle de Calais, était déployé sur le lit. Leah le ramassa et valsa autour de la pièce en le tenant devant elle.

— Un peu grise ? interrogea Wesley en ôtant sa chemise de peau.

— Superbe ! fredonna-t-elle tout bas, les yeux fixés sur le torse nu et viril.

Une lueur d'intérêt s'alluma dans le regard de Wesley. Leah arrêta son manège, mais sa tête continuait de tourner.

— Etes-vous prêt à me faire l'amour ? chuchota-t-elle.

Wesley observa Leah, nimbée par le halo doré de l'unique lampe, et une vague de désir monta en lui.

— Il ne tient qu'à vous de me persuader.

Leah lâcha sa chemise de nuit et, le souffle court, le cœur battant, elle attendit. Quand il fut tout près d'elle, elle enfouit ses doigts dans la toison bouclée de son torse.

— Wesley ! murmura-t-elle à mi-voix comme il inclinait la tête vers elle.

On frappa un coup violent et bref, et la porte s'ouvrit brutalement sur Steven Shaw.

— On dirait que ma petite sœur a raison.

— Que diable fais-tu ici ? interrogea Wesley avec véhémence.

— Je n'ai pas comme toi une femme à chaque étape ! Ma sœur pleure à chaudes larmes car elle te soupçonne d'agir exactement comme tu es en train de le faire.

Il jeta à Leah un regard de côté.

— Je lui ai affirmé que tu étais un homme d'honneur, mais après avoir vu ce joli brin de fille se pendre à tes basques toute la soirée, je savais bien que je mentais.

— Sors d'ici ! intima Wesley sur un ton las en s'écartant de Leah. Et dis à Kimberly que je la rejoins dans quelques minutes.

— Dès que tu en auras terminé ici ? fit Steven avec un rire étouffé en quittant la pièce, sans laisser à Wes la possibilité de répondre.

— Leah, je suis désolé, commença Wes.

Leah le fusilla du regard. L'alcool aidant, son humeur voyageait facilement entre les extrêmes.

— Désolé de ne pas avoir eu le temps d'achever ce que vous aviez entrepris ? De n'avoir pas profité d'une de ces petites putes de Simmons ?

— J'ignore de quoi vous parlez, répliqua-t-il en attrapant sa chemise. Vous êtes ma femme et...

— *Je* suis votre femme ? Moi qui vous ai supplié toute la soirée de cesser de baver devant la divine Miss Shaw ?

— Surveillez votre langue ! l'avertit-il.

— Ma langue ! Mais les Simmons n'utilisent pas leur langue à cette fin, elles en font un bien meilleur usage ! Nous avons cela dans le sang, c'est de notoriété publique !

Wesley enfila sa chemise sans manifester la moindre émotion.

— Pourquoi vous mettez-vous donc dans cet état ? C'est vous-même qui avez eu l'idée de vous faire passer pour ma cousine. Vous connaissez mes sentiments pour Kim, et j'ai toujours essayé de me montrer loyal et courtois envers vous.

— Courtois ! Vous étiez tout prêt à me culbuter ici même et vous appelez cela de la courtoisie ?

Wesley ébaucha un sourire.

— N'avez-vous pas cherché ce soir à me séduire par tous les moyens ? Et cette robe est un véritable « pousse-au-crime » !

— Je ne l'ai pas mise en votre honneur, éluda-t-elle en se détournant pour cacher son humiliation.

— Leah, je suis vraiment flatté que vous ayez déployé autant de charme pour m'ensorceler. Tous les hommes étaient à vos pieds, et j'aurais sûrement succombé sans l'intrusion de Steven. Mais pour être honnête, je préférerais que nous nous en tenions à notre marché. Et pour le bonheur de Kim, je vais m'efforcer de ne pas céder à vos irrésistibles attraits.

— Vous allez quoi ? s'enquit-elle le souffle coupé en pivotant sur elle-même.

— J'ai des devoirs envers la femme que j'aime, et elle a besoin de mon total dévouement. Je vais donc tâcher de vous résister.

— Ah, c'est donc là votre idée ! Vous ne faites que succomber à mes attaques, c'est bien cela ?

— Je dois vraiment m'en aller, nous discuterons une autre fois. Mais c'est exact, vous vous êtes déjà jetée une fois à ma tête.

— Jetée à votre tête ? Comme ce soir ?

— Leah, murmura-t-il en s'avançant vers elle. Je crains de vous avoir blessée.

— Blessée ! s'emporta-t-elle. Mais les femmes comme moi n'ont pas de sentiments. L'ignoriez-vous ? Les femmes de mon milieu sont juste capables de vendre leurs appas. Quand nous arriverons au Kentucky, je n'ouvrirai d'ailleurs pas un atelier de tissage, mais... juste mes jambes.

Les traits de Wesley se durcirent.

— Il n'est pire sourd que celui qui refuse d'entendre. Je voulais juste vous remercier de vous être mise en frais pour moi.

— On ne m'y reprendra pas, je peux vous l'assurer. La prochaine fois, je choisirai quelqu'un d'autre.

— Pas tant que vous serez ma femme.

Elle lui décocha un petit sourire pervers.

— Ne faites pas attendre Kimberly ! Sinon ses yeux seront rouges à force d'avoir pleuré, et elle n'aura plus rien de séduisant. Est-ce par les larmes qu'elle vous traîne dans son lit ?

— Kim est vierge, dit Wes sur un ton coupant.

Leah leva les mains au ciel.

— Mon Dieu ! Une prostituée et une vierge se disputent vos faveurs. Pauvre Wesley ! Vous devez passer bien des nuits sans sommeil. Allez donc la retrouver.

— Leah, je ne vous ai jamais traitée de prostituée...

— Sortez d'ici ! fulmina-t-elle.

— Si vous avez besoin de moi...

— Si j'ai besoin de vous ! Vous êtes la dernière personne dont j'aie jamais eu besoin. Si seulement je pouvais me rendre au Kentucky sans votre aide ! Retournez vite auprès de votre chère Kimberly. Elle a besoin de vous, elle !

Wesley hésita à répondre, puis il tourna les talons et sortit.

Leah tomba à genoux, le corps secoué de sanglots. Non, elle n'avait pas besoin de Wesley ! répéta-t-elle avec entêtement. Tout ce qu'elle désirait était d'être aimée pour elle-même sans être forcément prise pour une putain parce qu'elle s'appelait Simmons.

Tard dans la nuit, Leah finit par retirer ses vêtements et enfiler sa chemise de nuit. Elle avait tellement pleuré qu'elle se sentait vidée, anéantie, incapable de fonder le moindre espoir dans l'avenir.

Au petit matin, comme elle était étendue dans son lit sans avoir pu trouver le sommeil, Wesley se faufila à l'intérieur de la chambre. Les convenances le poussaient de nouveau auprès d'elle ! songea-t-elle avec mélancolie.

— Vous ne dormez pas, remarqua-t-il comme les premiers rayons du soleil filtraient à travers la pièce. Leah, au sujet d'hier soir...

Elle se leva et traversa la chambre jusqu'à la petite malle qui contenait ses affaires. Son esprit était vide et plus rien ne lui importait. Elle laissa glisser sa chemise de nuit par terre et, indifférente au spectacle qu'offrait sa nudité à Wesley, elle s'habilla.

— Vous ne vous avouez jamais vaincue, hein ?

Une fois ses vêtements enfilés, elle se tourna vers lui.

— Voilà, je suis prête. Vos amis ne sauront rien de vos frasques.

Les sourcils froncés, il posa une main sur son bras.

— Leah, je ne voulais pas vous blesser.

Les yeux de Leah remontèrent de sa main à son visage.

— Retirez votre main. Et ne me touchez plus jamais ! Jamais ! Est-ce clair ?

Sur ces mots, elle ouvrit la porte et l'attendit sur le palier. Ils descendirent ensemble l'escalier, offrant l'image d'un couple uni.

Leah prit congé de sa sœur avant de s'asseoir à côté de Wes. Il voulut l'aider à s'installer, mais elle le fusilla du regard, et il retira immédiatement sa main.

Vers midi, elle rassembla quelques brindilles et du bois mort pour faire un feu et prépara un rapide repas pendant que Kim se passait un peu d'eau sur le visage. Steven avait disparu fort à propos et Wes était occupé avec les animaux. Pendant le déjeuner, Kimberly fit les frais de la conversation, rappelant la dernière soirée où ils avaient été ensemble et se désolant à plusieurs reprises que Leah ait été absente. Cette dernière finit par lui clouer le bec en déclarant qu'elle était à cette époque trop enceinte pour aller danser.

Pendant que Leah débarrassait, Kim annonça qu'elle voyagerait désormais comme fiancée de Wesley et que Leah serait maintenant sa cousine. Elle sembla tout étonnée de ne déclencher aucune protestation.

Quand ils se remirent en route, Leah grimpa à côté de Steven. Il fit remarquer sur un petit ton égrillard qu'il serait très heureux de remplacer Wesley si elle ressentait la moindre urgence, mais comme il n'obtint aucune réponse, il s'empara des rênes sans insister.

A la tombée de la nuit, Wes galopa jusqu'à l'auberge la plus proche et décréta à son retour que l'endroit était repoussant de saleté et que le mieux serait de camper. Kim poussa les hauts cris. Manifestement, il n'était pas question pour elle de se passer de bain ! Wes se dévoua donc pour traîner des seaux d'eau, les chauffer, suspendre une couverture entre les deux chariots et lui préparer un bain. Kim s'arrangea pour allumer une lanterne derrière la bâche et donner un spectacle en ombres chinoises des plus érotiques.

— Pas de crise de jalousie ? demanda tout bas Steven à Leah tandis que Wes, en extase, observait l'écran.

Leah ne prit pas même la peine de répondre et continua à ranger la vaisselle du dîner.

Le jour suivant, la chaleur s'installa dès le matin, et Leah défit les premiers boutons de son corsage.

— Est-ce en mon honneur ? s'enquit Steven. Si c'est pour Wes, vous feriez aussi bien de les rattacher. Il s'intéresse exclusivement à ma sœur, et elle n'a pas sa pareille pour maintenir les hommes dans son sillage. Vous devriez en prendre de la graine. La première règle est de ne jamais être trop honnête, surtout avec un homme comme Stanford. Il préfère regarder une femme derrière une couverture. Ce n'est pas notre cas, ajouta-t-il avec un petit rire étouffé. Vous et moi, nous aimons le contact de la peau.

Il fit claquer son fouet, et les chevaux se mirent en marche. Leah essaya de calmer le tremblement qui l'agitait. Elle priait pour ne jamais être comme Steven Shaw.

Vers midi, ils durent passer une rivière à gué. L'eau, alimentée par la fonte des neiges, recouvrait le moyeu de la roue.

— Si nous allons tout doucement, nous n'aurons aucun problème, dit Wes à Steven comme ils se tenaient ensemble sur la berge.

— Je suis terrifiée, Wesley, minauda Kim en se serrant contre lui.

— Mais non, ma chérie, la rassura-t-il avec un sourire. Il ne faut pas vous inquiéter. Et vous, Leah, vous avez peur ?

— Non, déclara-t-elle sans ambages. Nous y arriverons, d'autres ont bien réussi avant nous.

— Je n'en attendais pas moins de vous, répliqua Wes en tournant les talons.

— Bonjour ! jeta une voix masculine de l'autre côté de la rivière.

Un homme grand et mince, qui portait le même costume de peau que Wesley, agita la main dans leur direction.

— Ah, voici Justin Stark ! annonça Wesley en lui rendant son salut. Il va voyager avec nous.

Sans accorder d'attention spéciale au nouveau venu, Leah retourna auprès des chariots.

Wesley poussa les chevaux en avant dans l'eau avec mille précautions. Ils firent un écart, mais il les reprit tout de suite en main.

— Il a peur ! railla Steven avec mépris. Il se fait du souci pour sa précieuse carcasse. Hue ! cria-t-il aux bêtes en faisant siffler le fouet au-dessus de leurs oreilles pointées.

— Non ! protesta Leah. Attendez qu'ils soient passés !

— Je n'ai pas de temps à perdre ! Et puis, je ne veux pas que ce Stark me prenne pour un trouillard !

Il fouetta l'attelage, et la voiture s'ébranla brutalement.

— Qu'est-ce qui te prend ? hurla Wes en se retournant.

— J'en ai assez que tu m'éclabousses ! vocifèra-t-il en se portant à sa hauteur.

— Restez sur la droite ! Restez donc sur la droite ! s'époumona l'homme sur la berge.

Leah, accrochée des deux mains à son siège, lui répéta la consigne, mais il n'en avait cure et continuait à faire tomber une pluie de coups sur la croupe des chevaux.

Soudain, l'animal de tête trébucha dans un trou. Il fut déséquilibré et poussa un hennissement strident en entraînant l'attelage à sa suite. Le lourd véhicule pencha dangereusement sur le côté et Steven fut projeté dans l'eau. D'un bond, Leah réussit à rattraper deux rênes tandis que les autres tombaient dans le courant.

— Ne laissez pas les rênes flotter ! cria l'homme sur la rive. Il ne faut surtout pas qu'ils s'emballent !

Leah, enroulant les rênes qu'elle avait récupérées autour de son poignet, se glissa de côté le plus loin possible sur le siège et tenta de saisir les autres.

— Aide-la, Wes ! tonna l'homme. Laisse ta voisine conduire et va donner un coup de main à la fille rousse !

Leah était si concentrée sur sa tâche qu'elle entendit à peine les vociférations de l'homme. Elle poussa un cri perçant quand les chevaux affolés faillirent lui arracher le bras.

— Leah ! s'égosilla Wesley, mais le reste de ses propos fut couvert par les hurlements hystériques de Kim.

Des larmes de soulagement aveuglèrent Leah quelques secondes plus tard quand enfin ses doigts se refermèrent sur les rênes. Bandant ses forces, elle finit par contrôler les chevaux et, guidant le chariot sur la droite, elle dépassa le trou et mit le cap sur la rive encore éloignée.

L'inconnu pataugeait dans l'eau à sa rencontre.

— Bravo ! Maintenant, tenez-les ferme !

— Steven ! cria-t-elle alors que les chevaux escaladaient la berge.

Sans attendre que le chariot soit hors de l'eau, Leah retira ses chaussures. Elle avait toujours été une bonne nageuse et elle craignait maintenant que les autres n'aient pas vu Steven tomber dans la rivière.

— Tenez ! jeta-t-elle à Justin en lui lançant les rênes ; puis, d'un même mouvement, elle sauta à bas du chariot et plongea dans le courant.

— Quelle mouche vous pique ? commença l'homme avant de reporter son attention vers les chevaux.

— Où va Leah ? demanda Wesley.

— Elle a bredouillé quelque chose au sujet de Steven.

— Il n'est pas là ? dit Wes avant de se précipiter à la suite de Leah.

Leah fouilla un bon moment le lit de la rivière sans trouver aucun signe de Steven. L'étranger était venu à leur aide lui aussi et ils se partagèrent la tâche. Ils finirent par le découvrir non loin de la berge, à demi immergé, sur le ventre et la tête sous l'eau. Il avait dû s'assommer en tombant. Wes le tira sur la rive.

Leah restait figée à côté de lui, le souffle court, épuisée par ses recherches. Après les premières minutes, elle avait dû retirer sa jupe qui entravait ses mouvements, et maintenant, elle frissonnait dans sa lingerie trempée, trop mal en point pour se soucier des convenances.

Wesley, surprenant le regard de Justin, enleva sa chemise et la posa sur les épaules de Leah. Elle lui tombait jusqu'aux genoux.

— Oh, non ! C'est impossible ! glapit Kim en s'approchant, les yeux rivés au cadavre de son frère.

Wesley abandonna immédiatement Leah pour serrer Kim dans ses bras. Ils s'éloignèrent bientôt dans l'obscurité tombante. Les sanglots de Kim troublaient à intervalles réguliers la paix du soir.

L'étranger contempla Leah un long moment en silence.

— Il faut que vous enfiliez des vêtements secs, dit-il enfin, les yeux fixés sur elle.

Elle inclina la tête sans bouger. L'homme s'approcha.

— Je suis Justin Stark, et vous ?

Leah fut incapable de lui répondre. De grosses larmes roulaient sur ses joues tandis qu'elle contemplait le corps sans vie de Steven.

Sans un mot, Justin attira Leah contre lui. Elle essaya de se dégager, mais elle était trop faible et sans doute avait-elle besoin d'un peu de réconfort, même prodigué par un étranger.

— Pleurez, pleurez donc, petite fille ! souffla Justin.

Sans comprendre d'où venait ce flot, ni pourquoi, Leah se mit à sangloter. C'était si bon d'être dans les bras d'un homme pour une fois concerné par son sort !

Saisissant une couverture roulée derrière sa selle, il commença à ôter les vêtements humides de Leah sans qu'elle proteste. Il l'enveloppa toute nue dans le plaid, la prit dans ses bras et s'assit avec elle sur un rondin. Puis il se mit à la bercer, et Leah cessa bientôt de pleurer. Même dans son sommeil, elle restait cramponnée à lui.

— Elle dort ? souffla Wesley.

Justin inclina la tête.

— Tu lui as préparé un lit ?

Wes regarda la pointe de ses chaussures.

— J'ai fait celui de Kim. D'habitude, elle s'en occupe toute seule.

Il disparut quelques minutes et revint en annonçant :

— C'est prêt !

Justin se leva tout doucement en tenant Leah serrée contre lui et, avec mille précautions, il l'installa sur la paillasse que Wes avait confectionnée à l'aide de couvertures.

Il demeura un moment à genoux auprès d'elle. Puis il se leva et poussa Wesley un peu à l'écart dans le silence de la forêt.

— Qui est-ce ?

— Ma... cousine, répondit Wes. Quelle importance cela a-t-il ?

Justin regarda Wes comme s'il était stupide.

— L'importance ? Mais c'est la femme la plus extraordinaire que j'aie jamais rencontrée. As-tu vu comment elle a repris les chevaux en main ? Et la manière dont elle a risqué sa vie pour sauver ce type ? J'ai bien vu que pendant ce temps, tu étais empêtré avec cette espèce de bonne à rien qui faisait un bruit terrible. Le Seigneur nous délivre de pareilles abruties ! Qui est-ce, au fait ?

— La femme que je vais épouser, déclara Wes tout à trac.

— Oh ! Bien... ah... ce n'est pas ce que je voulais dire, bégaya Justin. C'est seulement quand on voit les deux ensemble que la blonde « paraît » idiote... Enfin... ce n'est pas exactement ça...

— Ecoute, je crois que tu en as assez dit.

— Tu as raison, reconnut Justin gauchement. Qui est-ce ? ajouta-t-il au bout d'un moment.

— Kimberly Shaw. C'est son frère qui s'est noyé.

— Je comprends, maintenant ! Voilà pourquoi elle s'est débattue comme un beau diable pour le sauver. Je me demande si mes sœurs en feraient autant.

— Non, rectifia doucement Wes. Kimberly est la blonde et Leah celle qui a plongé.

— Et quels sont ses liens avec le mort ?

— Aucun.

— Ta cousine ? répéta Justin en se détournant légèrement. Tu es né sous une bonne étoile. A-t-elle un prétendant ? Et puis non, ne me réponds rien ! Cela m'est de toute façon égal ! Je suis décidé à tenter ma chance quel que soit le nombre d'hommes qui se mettront en travers de ma route. Que dirais-tu de m'avoir comme cousin ?

— Attends une minute, Justin. Tu vas trop vite. Tu ne sais rien d'elle. Elle est jolie, certes, mais c'est le genre de femme auprès de laquelle on se sent parfaitement inutile. Au bout d'une heure à ses côtés, on commence à croire que les hommes n'ont jamais été nécessaires sur la terre. Il n'y a rien qu'elle ne sache faire. Si tu l'épouses, en un an, elle gérera ta ferme et ta vie sans l'aide de personne, et à ses yeux tu ne vaudras guère plus que ton poids en fumier !

Après un moment d'étonnement, Justin éclata de rire et donna une bourrade à Wesley.

— Garde pour toi cette espèce d'oiseau écervelé, moi j'ai besoin d'une femme ! D'une vraie !

— Tu ne sais pas ce qui t'attend, l'avertit Wes. Deux semaines auprès de Leah, et tu chercheras quelqu'un qui te donne le sentiment d'être un homme.

— Quand une femme est une femme, cela me suffit, et je me sens tout à fait viril ! Allons nous coucher. Demain, je commence ma cour !

— Ta cour ? Mais... intervint Wes.

— As-tu des objections ?

A contrecœur, Wesley secoua négativement la tête.

— Très bien, alors. Allons nous coucher, demain nous avons un enterrement.

Wesley regarda Justin installer sa paillasse de façon à pouvoir surveiller le sommeil de Leah et regagna son propre lit.

— Pauvre homme ! souffla-t-il à mi-voix. Il existe sûrement un moyen de le protéger contre lui-même !

9

Tôt le lendemain matin, Leah fut réveillée par les sanglots de Kimberly. Wesley lui tenait la main, tentant vainement de la réconforter. Avec un gémissement dû au terrible mal de tête qui lui enserrait les tempes, Leah rejeta ses couvertures et se retrouva nue de la tête aux pieds. Avec un hoquet de surprise, elle les remonta aussitôt. Elle se souvint alors de sa soirée de la veille et s'assura d'un rapide coup d'œil que l'étranger n'était pas dans les parages.

— Wesley ! appela-t-elle d'une voix enrouée.

Tout occupé par les problèmes de Kim, Wesley fit la sourde oreille.

Leah s'éclaircit la voix.

— Wesley ! répéta-t-elle avec insistance.

— Qu'y a-t-il ? demanda-t-il enfin en levant les yeux, visiblement ennuyé.

— Pourriez-vous m'apporter quelques habits ?

Furieuse à l'idée d'implorer un service, Leah n'avait pas davantage envie de parader devant lui dans sa couverture étriquée.

Avec une grimace, il abandonna Kim et se dirigea vers le chariot. Il attrapa la première robe qui lui tombait sous la main sans prendre la peine de chercher de sous-vêtements.

— Pas étonnant que vous tapiez dans l'œil des hommes qui vous rencontrent pour la première fois ! jeta-t-il, les yeux rivés sur ses épaules nues.

Leah lui arracha la robe des mains.

— Allez donc retrouver votre Kimberly, lui lança-t-elle, juste au moment où Kim poussait une plainte à fendre l'âme.

Résignée, elle enfila rapidement sa robe sous la couverture et s'empara des seaux à eau. Sur le chemin, elle tomba nez à nez avec Justin qui, nu jusqu'à la taille, creusait une tombe.

Immédiatement, il lui prit les seaux des mains.

— Vous avez bien dormi ?

Il rit devant le petit salut coincé qu'elle lui adressa en évitant soigneusement de le regarder.

— Ce n'est tout de même pas parce que je vous ai vue toute nue que vous devez me faire une figure pareille ! D'ailleurs, j'ai déshabillé des centaines de femmes, vous savez !

Elle leva sur lui des prunelles incrédules.

— Peut-être pas des centaines, rectifia-t-il avec un sourire admiratif, et sûrement pas aussi jolies que vous. Ne vous enfuyez pas ! Etes-vous toujours aussi timide ?

— Je ne suis pas timide, le défia-t-elle, le menton pointé en avant, mais en ce moment, je...

Elle bredouilla et ajouta pour changer de sujet :

— Vous allez voyager avec nous ?

— Oui. Je vous accompagne jusqu'au Kentucky !

Ils étaient arrivés au bord de l'eau, et il remplit les seaux.

— J'ai grandi dans la ville où Wes a acheté sa ferme. Il y a travaillé tout l'hiver comme un dément. Sans doute préparait-il les lieux pour la venue de Miss Shaw !

— Sans doute ! Vous avez aussi une ferme ?

— Oui, une ferme avec un peu de terre autour. Non, laissez-moi donc ces seaux ! ordonna-t-il au moment où Leah voulut les reprendre.

— Je suis capable de me débrouiller toute seule, merci !

— J'en suis certain ! Mais seriez-vous assez

cruelle pour me priver du plaisir de vous rendre service ?

— L'idée de me montrer cruelle me répugne au plus haut point ! Faites donc, monsieur Stärk, je vous en prie !

— Justin, rectifia-t-il avec un éclat de rire. Toutes mes femmes m'appellent Justin.

— Toutes vos femmes ?

Elle rit de bon cœur avec un sentiment de bien-être qu'elle n'avait pas ressenti depuis longtemps.

— Auriez-vous oublié les événements d'hier ? les accueillit fraîchement Wesley. Vous pourriez au moins manifester un peu de compassion devant la peine de Kimberly !

Bien qu'il fût le plus petit des deux, Justin n'avait visiblement pas l'intention de battre en retraite.

— Leah a risqué sa vie pour sauver un homme qu'elle connaissait à peine. Je me demande ce que tu réclames de plus ! Je juge les gens aux actes, moi ! Et les larmes de cette mijaurée sont loin de faire le poids !

Leah abandonna les deux hommes en colère, de peur de leur laisser voir son sourire. Les mots de Justin lui avaient mis du baume au cœur, et c'est d'un pied léger qu'elle vaqua aux tâches de la matinée. Quand ils se réunirent tous autour de la tombe, les deux adversaires semblaient avoir trouvé un terrain d'entente. Kim s'appuya lourdement contre l'épaule de Wesley tandis qu'il faisait l'éloge du mort.

Après le service improvisé, elle regagna le premier chariot avec l'aide de Wesley. Justin, lui, jeta sa selle et son paquetage dans le second, attacha son cheval à l'arrière et monta sur le siège aux côtés de Leah. Il lui prit les rênes des mains en avouant :

— J'ai peur de ne pas supporter longtemps cette pécore !

Au grand soulagement de Leah, qu'une timidité soudaine paralysait, Justin fit les frais de la conversation. Il parla de ses sept frères et sœurs, de sa ville natale dont elle n'ignora plus aucun des ragots et de la belle Miranda Macalister qui rendait tous les hommes fous.

— Vous inclus ? se risqua-t-elle à demander.

— Elle m'a ensorcelé quelque temps, mais ce n'est pas mon type.

— Peut-on savoir quel est votre type ?

— Les femmes comme vous, Leah, confia-t-il, détournant les yeux quelques instants quand le cheval de tête trébucha dans une ornière.

Une vague de terreur submergea Leah à l'idée que cet homme ignorait tout de son passé, de sa sœur prostituée et de son père fou. Elle resta longtemps silencieuse, et ensuite se contenta de quelques banalités sur le tissage.

Ils s'arrêtèrent brièvement pour avaler quelques pommes de terre et de la viande froide sans que Kim daigne quitter sa place. Le soir, Leah effectua toutes les tâches ménagères et s'occupa des animaux. Justin coupa du bois tandis que Wes soignait Kim que le chagrin paralysait.

Des jours durant, Justin voyagea aux côtés de Leah, la distrayant par ses anecdotes, lui posant des questions, et plus le temps passait, plus Leah se sentait coupable.

Quant au chagrin de Kimberly, il suivait lui aussi une courbe ascendante, et Leah commença à lui porter ses repas et à subir le récit de ses lamentations.

— Non ! déclara un soir Justin en retenant Leah par le bras. D'ailleurs, il serait peut-être temps qu'elle arrête de jouer les princesses, ajouta-t-il en se tournant vers Wes.

— Kim souffre beaucoup de la mort de son frère.

— Très bien ! Dans ce cas, c'est toi qui iras la servir.

Il attrapa l'assiette que tenait Leah et la fourra dans les mains de Wesley.

Ils dînèrent tous en silence, mais Kim daigna faire une apparition et s'assit un peu à l'écart sous un arbre tandis que Wes s'efforçait de combler ses moindres désirs.

D'un air excédé, Justin jeta le reste de son café dans le feu.

— Nous avons tous besoin de repos. Il y a une cascade non loin d'ici. Demain, Leah et moi, nous nous y rendrons à cheval.

Il lui adressa une petite grimace à travers les flammes.

— Pour faire quelques ablutions et un peu de lessive !

— Ce ne sera pas du luxe, murmura-t-elle, les yeux baissés sur sa tasse.

Le jour n'était pas encore levé que Justin pressait déjà Leah de se préparer.

— Qui va s'occuper du petit déjeuner ? demanda-t-elle en réunissant les affaires sales dans un baluchon.

— Pour une fois, la Princesse se débrouillera toute seule !

— Je suis prête, annonça-t-elle en retenant un rire.

— Leah ! appela Kim en courant vers eux avec quelques robes et des sous-vêtements à la main. Je vais devoir faire le travail du camp puisque vous partez vous amuser ensemble, pouvez-vous laver cela pour moi ?

— Bien sûr ! répondit Leah, mais Justin attrapa les vêtements.

— Vous pouvez bien vous débrouiller toute seule !

Leah posa la main sur le bras de Justin et récupéra le paquet de Kim.

— Ne vous inquiétez pas, je vous les laverai.

— Venez ! intima Justin, furieux, en la traînant vers sa monture. Pourquoi entrez-vous dans son jeu alors qu'elle ne vous arrive pas à la cheville ?

Il sauta en selle et l'aida à monter derrière lui.

— Ce n'est pas vrai, chuchota-t-elle sans être sûre qu'il l'ait entendue.

Ils chevauchèrent en direction du nord, laissant derrière eux quelques maisons éparpillées çà et là. Deux heures après, Justin sauta à bas de son cheval et, la prenant par la taille, il la déposa tout doucement par terre en lui volant un baiser. Leah ne ressentit aucune émotion particulière, mais l'intention était gentille. Elle détourna cependant les yeux.

— Qui vous a blessée, Leah ? s'enquit-il en fronçant les sourcils. Je n'ai encore jamais vu une femme aussi jolie que vous se prêter comme une esclave aux caprices d'une autre.

— Vous ne savez pas grand-chose de moi, fit-elle en s'écartant brusquement. Et je ne suis l'esclave de personne !

— Alors pourquoi avez-vous aussi peur de Wes ?

— Peur ? s'étonna-t-elle. Je n'ai pas peur de lui — ni d'aucun homme ! Mais il existe des choses entre nous qui ne vous regardent pas. Et maintenant, laissez-moi commencer ma lessive !

— Oubliez un moment la lessive ! ordonna-t-il fermement en lui arrachant le baluchon des mains. Qu'y a-t-il entre Stanford et vous ?

— Pas ce que vous imaginez ! s'emporta-t-elle, les yeux étincelants. Wesley Stanford me hait, et je le lui rends bien, comme à tous ceux qui ont laissé ma famille crever de faim pendant qu'ils se pavanaient dans leurs beaux équipages.

Elle se recula de quelques pas, sûre qu'il la mépriserait maintenant qu'il connaissait la vérité à son sujet, et décidée à ne surtout pas s'en émouvoir.

— Vous êtes bien tous pareils ! cracha-t-elle. Vous imaginez que les filles pauvres sont toutes des putains. Eh bien, détrompez-vous ! Il n'y en a qu'une seule chez les Simmons.

— Vous croyez cela de moi ? bégaya Justin. Que je vous prends pour... pour...

— Allez-y donc, dites-le ! vociféra-t-elle. Ils ne se gênent pas pour utiliser ce mot, ceux de votre monde.

Justin restait cloué sur place par l'étonnement.

— Mais pour qui me prenez-vous ? Un riche dandy habitué à être servi ? J'imagine la tête des habitants de Sweetbriar s'ils vous entendaient, fit-il soudain avec un bruyant éclat de rire. Oh, Leah, vous n'imaginez pas comme c'est comique ! J'ignore votre degré de pauvreté, mais je peux vous assurer que je suis difficile à battre dans ce domaine. Asseyez-vous là que je vous conte la véritable histoire de ma famille.

Ce fut au tour de Leah de manifester son étonnement devant le récit de la vie de Justin. Il n'avait pas réellement menti quand il lui avait parlé auparavant, mais il n'avait pas tout dit de peur de la choquer, car il l'avait bel et bien prise pour une dame, une vraie...

Son père, Doll Stark, était l'homme le plus paresseux de tout l'est du Mississippi. Il passait ses journées à plaisanter dans la boutique des Macalister tandis que sa femme et ses enfants s'échinaient pour tirer quelque pitance de leurs maigres terres. Quand il rentrait, il engloutissait en un seul repas leur nourriture de la semaine.

En ville, tout le monde se contentait de plaisanter sur la paresse de Doll. Personne ne s'inquiéta jamais du bien-être de la famille Stark. Les habitants se mobilisèrent une seule fois pour défendre leurs précieux Macalister quand Corinne, la sœur aînée de

Justin, salit leur réputation par quelques mensonges.

— Les Macalister ? Ceux qui ont une jolie fille ?

— Ceux-là mêmes, confirma Justin. A vous maintenant !

Leah hésita. Au moins, le père de Justin était-il apprécié par ses concitoyens ! Que pourrait-elle trouver à la décharge de sa famille ? Mais un coup d'œil à Justin suffit à la persuader qu'il était prêt à patienter jusqu'à la fin des temps pour entendre son histoire !

Elle parla de son enfance, de son frère aîné bandit, de son père fou et de ses terribles colères, du travail de titan qu'elle avait toujours dû accomplir.

La forêt lui sembla particulièrement silencieuse quand elle arrêta son récit. Elle retint sa respiration, attendant avec inquiétude la réaction de Justin.

— Et alors que vous étiez sa cousine, Stanford n'a pas levé le bout du petit doigt pour vous aider ? Il ne m'en a jamais parlé, mais je crois bien qu'il est riche !

— A millions ! murmura Leah sans oser lever les yeux.

— Pourquoi a-t-il fini par venir à votre secours ? Vous aurait-il engagée pour servir la Princesse Kimberly ?

Leah prit une profonde inspiration.

— Quand mon père est mort, mes frères et sœurs ont été adoptés par des voisins. Et comme j... je désirais m'installer ailleurs, dans un endroit où personne ne me connaisse, la femme de Travis m'a avancé un peu d'argent pour ouvrir un atelier de tissage et Wesley m'a autorisée à voyager avec lui.

Justin resta un moment silencieux, et Leah se demanda s'il accordait foi à la dernière partie de son histoire.

— Où avez-vous appris vos bonnes manières ? s'enquit-elle pour faire diversion.

— Auprès de la femme de Macalister. Une vraie lady anglaise. Et vous ?

Leah raconta en riant tous les efforts conjugués de Nicole et de Regan. L'idée que ses origines importaient peu à Justin commençait à faire son chemin dans son esprit. Tous les hommes n'étaient peut-être pas comme Wesley ? Peut-être même que dans ce nouvel Etat, personne ne la jugerait en fonction de son père ?

— Elles ont fait du bon travail, approuva Justin en se levant. Et maintenant, assez de choses sérieuses pour aujourd'hui. Venez voir la chute d'eau !

Il lui prit la main et lui fit escalader le flanc rocailleux et escarpé d'un coteau. Au sommet s'ouvrait un bassin avec une petite cascade dissimulée aux regards indiscrets.

— Ce n'est pas la plus grande que je connaisse, mais sûrement la plus retirée. Que diriez-vous d'un bain ?

Une ombre de méfiance voila les yeux de Leah, mais il ignora ses soupçons.

— Allez-y en premier, je vous attends au pied de la colline. Quand vous aurez fini, appelez-moi !

Sur ce, il tourna les talons.

Leah n'hésita qu'un instant avant de se déshabiller et d'entrer dans l'eau. Utilisant le savon qu'elle avait apporté pour la lessive, elle se lava les cheveux et les rinça sous la cascade. Massée par la pression de l'eau, elle émergea un moment plus tard avec un merveilleux sentiment de légèreté. Plus de passé secret, un homme séduisant à ses pieds, un nouvel horizon devant elle, et des cheveux propres — une femme pouvait-elle exiger davantage de la vie ? Elle en riait encore quand elle rejoignit Justin.

— J'en ai pour une minute, affirma-t-il en grimpant allégrement la pente.

Pleine d'énergie, Leah s'agenouilla sur une pierre

près du ruisseau qui descendait la colline et commença sa lessive. Justin fut bientôt de retour et, avec une grimace, se mit à l'aider.

— Cette petite chose transparente appartient à la Princesse Kimberly, j'imagine ? interrogea Justin en agitant une chemise de jour diaphane garnie de dentelles.

— Non, elle est à moi, reconnut Leah, rouge comme une pivoine, en la lui arrachant des mains.

— Ah ? fit-il en haussant un sourcil. Alors ceci est sans doute à Son Altesse, s'esclaffa-t-il, des pantalons déchirés et d'une couleur indéfinissable à la main. C'est lui rendre service que de jeter cette horreur, ajouta-t-il en laissant tomber l'objet.

— Non ! protesta Leah en réprimant un fou rire, et elle se précipita dans le ruisseau, ses jupes relevées jusqu'aux genoux, à la poursuite du pantalon que le courant emportait.

Justin s'élança derrière elle et réussit à s'emparer du malheureux dessous tout en saisissant Leah par le bras.

— Attention à vous ! menaça-t-il gentiment comme elle s'accrochait à lui, déséquilibrée.

L'instant suivant, il la serrait dans ses bras et l'embrassait. Leah le trouva en net progrès par rapport à la fois précédente. Ni l'un ni l'autre n'entendirent Wesley patauger dans l'eau. Une fois à leur niveau, il attrapa Justin par les épaules et le fit tomber à la renverse.

— Bravo ! On peut vraiment te faire confiance, tonna-t-il. Est-ce que tu attaques toujours les femmes dont tu es supposé prendre soin ?

Quand Justin émergea, il écumait de rage. Leah s'interposa entre les deux hommes.

— Vous n'avez pas le droit de vous immiscer dans mes affaires, cria-t-elle à Wesley.

— M'immiscer ? cracha-t-il. Mais vous êtes ma... vous êtes sous ma garde ! Va au diable, Justin ! Que dirais-tu si un homme se conduisait ainsi avec ta sœur ?

— Je le sommerais de l'épouser, déclara Justin. Je m'en vais, Wes, car je ne veux pas de bagarre. Pas entre un futur mari et la famille de son épouse !

Sur ces mots, Justin sortit de l'eau et enfourcha sa monture. Wesley se tut jusqu'à ce qu'il l'entende partir au galop.

— Que veut-il dire par mari ? demanda-t-il sur un ton accusateur.

Leah empoigna le pantalon de Kim qui était resté accroché à une branche et marcha vers la berge. Ses jupes trempées lui collaient aux jambes.

— Je vous ai posé une question, répéta Wes quand ils furent sur la terre ferme.

— Je ne lui ai fait aucune confidence sur nous, soyez tranquille, railla-t-elle. Je n'ai pas traîné votre précieux nom dans la boue. Maintenant, si vous voulez bien m'excuser, je dois relaver un vêtement de votre fiancée.

La bouche de Wesley se durcit.

— C'est d'elle que vous parliez, n'est-ce pas ?

Leah lui envoya le pantalon de Kim à la figure.

— Cela vous surprendra peut-être d'apprendre que les petites gens ont d'autres sujets de préoccupation que leurs supérieurs !

— De toute façon, vous n'aviez pas l'air en grande conversation à mon arrivée. Vous étiez mouillés tous les deux. Vous êtes-vous baignés ensemble ? L'avez-vous encore laissé vous déshabiller ?

Il la prit par les épaules et l'attira contre lui.

— Quand il vous a embrassée, avez-vous ressenti les mêmes sensations qu'avec moi ? murmura-t-il.

Leah aurait beaucoup donné pour réagir quand

Wesley l'attira à lui, mais elle perdit immédiatement pied. Toute pensée cohérente, toute haine s'évanouirent dès qu'il posa ses lèvres sur les siennes. C'était une reddition totale !

Quand il relâcha son étreinte, la tête lui tournait et elle manqua chanceler.

— Non, décidément, Justin est loin d'avoir obtenu le même résultat, décréta Wes avec une telle morgue que les yeux de Leah s'ouvrirent tout grands.

De toutes ses forces, elle voulut effacer cet air suffisant de son visage, et sans réfléchir elle usa d'un tour que lui avait appris son frère : un bon coup de genoux entre les jambes !

Il se recroquevilla immédiatement, et Leah en profita pour courir jusqu'à son cheval, sauter en selle et partir au galop. Elle éclata de rire à la pensée qu'il devrait rentrer à pied, mais au bout de quelques minutes, elle arrêta sa monture. Et si Wesley était blessé ? Elle hésitait toujours sur la marche à suivre quand il se laissa tomber d'une branche au-dessus d'elle et s'empara des rênes.

— Comment... ? bredouilla-t-elle.

Sans répondre, il reconduisit le cheval jusqu'à la cascade en le tenant par la bride.

— Descendez et ramassez les vêtements, ordonna-t-il à Leah d'une voix dure quand ils furent arrivés.

Elle obéit. Il enfourcha sa monture, prit le linge et lui tendit la main pour la hisser derrière lui. Sa mine furibonde la terrorisait tant qu'elle s'efforça de garder ses distances durant tout le parcours pour qu'il oublie sa présence.

Mais le cheval fit un écart, et elle manqua tomber.

— Si vous ne pouvez pas supporter mon contact, au moins accrochez-vous à cette damnée selle ! railla-t-il.

De nouveau, Leah obéit, et ils poursuivirent leur chemin en silence.

La haine qu'il nourrissait contre elle formait comme un halo rouge et brûlant autour de lui, et Leah prenait bien soin de ne pas s'y brûler les doigts.

10

Deux jours plus tard, quand ils rencontrèrent les Greenwood, Leah leur proposa de se joindre à eux : Hank, Sadie et leurs trois bruyants petits garçons s'avéraient les personnes idéales pour détendre l'atmosphère qui, depuis l'épisode de la cascade, s'était chargée d'électricité.

De nombreux convois se dirigeaient vers le Kentucky, tout un petit peuple de fermiers étant attiré par les terres riches et fertiles qu'on distribuait sur simple demande. Mais si certains colons respiraient la prospérité, le bien des autres se limitait visiblement aux effets qu'ils portaient sur le dos et à quelques malheureuses provisions.

Leah se rappelait avoir vu passer autrefois une de ces familles pauvres devant chez elle. Des enfants faméliques, en haillons, marchaient péniblement vers l'Ouest à la suite de leurs parents, et ce souvenir continuait à la hanter. Aussi, en secret, commença-t-elle à nourrir quelques-uns des nécessiteux qu'ils croisaient sur leur route. Le soir où ils avaient rencontré les Greenwood, alors que tout le monde était assis autour du feu de camp, elle suggéra timidement de porter quelques provisions à une famille nombreuse installée non loin de là. Ce fut une des rares fois où Kim exprima une opinion ferme.

— Vous prenez beaucoup de liberté avec le bien d'autrui, me semble-t-il ! Chacun doit apprendre à se débrouiller tout seul. Si nous nous mettons à aider les gens, nous risquons d'en faire des assistés à vie.

Un silence éloquent accueillit cette déclaration, puis quelqu'un s'empressa de changer de sujet.

Cette nuit-là, Leah attendit que tout le monde soit endormi avant de se glisser subrepticement jusqu'au chariot. Là, chargée du sac de provisions préparé dans l'après-midi, elle se dirigea vers le misérable campement et le déposa bien en vue.

Elle était à peine sur le chemin du retour quand une voix masculine derrière elle la fit sursauter.

— Chut ! Vous allez les réveiller, souffla Wes en lui faisant signe de le suivre un peu plus loin sous les arbres.

Leah sentit la panique l'envahir. Wes l'avait prise sur le fait. Pourvu qu'il ne la renvoie pas en Virginie ! Elle s'arrêta derrière lui sans oser lever les yeux, et il demanda :

— Que leur avez-vous donné ?

— Du bacon, de la farine, des p... pommes de terre, bégaya-t-elle avant de lui lancer un regard implorant. Je vous rembourserai. Je ne voulais pas vous voler. Mais ces gens avaient l'air si affamé et...

— Tss, tss, fit-il, et elle s'aperçut qu'il souriait. Regardez plutôt !

Il indiquait du doigt le campement d'où elle venait. A côté du sac qu'elle avait déposé s'en trouvait un autre.

— Le vôtre ? interrogea-t-elle, étonnée.

— Le mien, confirma-t-il. Moi non plus, je ne pouvais pas supporter de les voir si affamés.

Un silence complice les réunit un instant.

— Depuis combien de temps... ? commença Wes.

Elle fixa ses pieds nus.

— Depuis le début. Aussi ai-je été ravie d'être chargée des provisions. Cela me permettait de savoir jusqu'où aller sans être découverte. Mais je ne voulais pas vous voler, répéta-t-elle avec une petite moue désolée.

— Les pommes de terre sont encore dans mes moyens, ironisa-t-il. J'imagine que nos réserves baissent.

— Elles sont très basses, en effet. Je voulais vous en parler à la première occasion.

— L'occasion fait le larron, jeta-t-il avec un petit rire étouffé, je n'en doute pas ! Vous me direz ce qui manque, et je m'en occuperai. Vous pourriez même doubler votre estimation par mesure de sécurité. Maintenant, rentrons vite avant qu'on ne découvre notre absence.

Ils marchèrent ensemble jusqu'au camp, et Wes reconduisit Leah à sa paillasse où il l'abandonna avec un clin d'œil de conspirateur. Elle s'endormit immédiatement, un sourire aux lèvres.

Le lendemain matin, Leah n'osait pas croiser le regard de Wesley, de peur de découvrir que leur aventure nocturne n'était qu'un rêve.

— Cela ne vous ennuie pas que nous voyagions avec vous, c'est bien vrai ? demanda Mme Greenwood pour la énième fois.

— Bien sûr, affirma Leah avec un sourire radieux. J'attends avec impatience de mieux faire connaissance avec vos enfants. J'ai l'habitude d'en avoir autour de moi, et leur compagnie me manque.

— Ne vous gênez surtout pas ! Ensemble, ils forment un trio infernal.

Un cri de bébé retentit. Leah se précipita pour ramasser le petit dernier, Asa, qui venait de tomber. L'enfant était habitué aux étrangers, et Leah ne put retenir ses larmes quand il s'accrocha à elle.

— Ça ne va pas ? murmura Wesley derrière son dos, comme s'il l'observait depuis un moment et guettait le moindre signe de détresse de sa part.

— Mon bébé aurait à peu près cet âge, dit-elle d'une voix étranglée en serrant le petit garçon contre elle.

— Notre bébé, rectifia Wes, mais elle ne l'entendit pas, car elle était déjà repartie vers le campement.

Les jours suivants, Leah voyagea avec Mme Greenwood, et elles échangèrent, ravies, leurs recettes : les crèmes de beauté de Leah contre les bons petits plats de Sadie.

— Alors, c'est lequel des deux ? demanda brusquement Sadie.

— Je ne sais pas ce que vous voulez dire, répondit Leah en continuant à fixer les chevaux des yeux.

— J'ai d'abord penché pour Justin, déclara Sadie avec un petit rire étouffé. Il ne vous quitte pas d'une semelle, mais Wesley, lui, ne vous quitte pas des yeux. Alors je l'ai interrogé sur votre degré de parenté.

— Vous l'avez interrogé ? répéta Leah stupéfaite.

— J'ai renoncé à me guérir de mon indiscrétion depuis des années — et Hank aussi. C'est une vraie maladie chez moi. Je ne peux pas m'empêcher de me mêler des affaires des autres.

— Alors, qu'a répondu Wesley ? s'enquit doucement Leah.

Sadie la regarda du coin de l'œil.

— Que vous étiez devenus cousins par mariage.

— Voilà bien le mot juste, railla Leah.

Ce soir-là éclata la première querelle entre Sadie et Kimberly. Cela commença tout à fait innocemment. Sadie avait l'habitude de répartir les tâches de chacun. Leah, Wes, Justin et Hank s'occupaient des bêtes pendant que Sadie préparait le dîner en surveillant les enfants. Elle demanda quelques services à Kimberly qui, au bout d'un moment, s'esquiva en bredouillant une vague excuse et ne reparut que lorsque tout le monde fut assis pour le dîner.

Sadie resta silencieuse tout au long du repas, lançant de temps à autre des regards furieux à Kimberly. Quand Leah se leva pour débarrasser la vaisselle, elle gronda d'une voix dure :

— Miss Kimberly pourrait peut-être proposer son aide puisqu'elle n'a participé ni à l'installation du camp, ni à la cuisine, martela Sadie d'une voix dure.

— Voyons, Sadie ! intervint son mari avec l'air de quelqu'un qui aurait bien voulu disparaître sous terre. Je vais m'occuper du rangement.

Kimberly se tenait à la limite du campement, prête à s'évanouir dans la nature, Wes fixait le fond de son assiette et Justin observait Sadie avec intérêt.

— Elle n'a pas levé le petit doigt de la journée : ni pour le couvert, ni pour la vaisselle, ni pour aider à charger ou décharger, ni pour conduire un attelage ou soigner les animaux. Je ne serai jamais la bonne de personne, Hank Greenwood. Ici, en Amérique, nous sommes tous libres et égaux.

Kim, trop éberluée pour se défendre, adressa un regard implorant à Wes. Il se leva lentement.

— Venez, Kim, dit-il. Je vais vous aider à débarrasser.

Tout le monde s'égailla à droite et à gauche tandis que Hank attrapait le bras de Sadie et l'emmenait un peu à l'écart.

— Tu es contente, maintenant ? En quoi les faits et gestes de chacun te concernent-ils ?

Près de Wesley, Kim se mit à pleurer.

— Comment avez-vous pu la laisser dire des choses pareilles sur mon compte ? gémit-elle en se précipitant dans ses bras. Vous savez bien que je ne suis pas forte comme Leah. Personne ne se rend compte non plus combien je souffre de l'absence de Steven. Oh, Wesley, s'il te plaît, ne m'abandonne pas ! Je ne pourrais pas vivre sans toi.

Leah commençait à prendre racine à force d'observer la scène quand Justin, s'emparant de son bras, la poussa dans l'ombre.

— D'accord pour un petit tour ? Sadie a vidé son sac, et le mien par la même occasion. Je n'arrive pas à comprendre comment Wes la supporte.

Leah s'écarta brusquement de lui.

— Je suis fatiguée d'entendre tout le monde déblatérer sur Kim ! Elle doit sentir tout le mal que vous pensez d'elle, et cela ne l'aide pas à se corriger. Oh, excusez-moi ! Je suis sans doute fatiguée, rectifia-t-elle avant de rejoindre le camp en courant.

Wesley était justement en train de remplir une bassine d'eau chaude pour la vaisselle, et Kim, l'air maussade, tenait un torchon.

— Allez-vous-en ! glissa-t-elle gentiment à Wesley. Je vais finir avec Kim.

— Je n'avais pas l'intention... commença Kim quand elles furent seules. Cette femme est odieuse. Sait-elle au sujet de Steven ?

— A ses yeux, le chagrin n'est pas une excuse pour ne rien faire, expliqua Leah en se mettant au travail. Si vous restez auprès de moi demain, je vous donnerai des occupations.

— Mais je ne manque pas d'occupations, Leah ! Wesley aime que je sois parfaite, et mes cheveux, par exemple, me donnent tant de mal. Parfois, je vous envie de ne pas vous rendre malade pour une tache de graisse sur votre robe ou un peu de suie sur le bout de votre nez. Vous plaisez à Justin comme vous êtes, alors que Wesley me veut exemplaire. Personne ne comprend-il cela ?

Kim s'approcha de Leah et se mit à chuchoter :

— Je commence à m'inquiéter. Wesley ne m'embrasse plus aussi souvent...

— Kim, la coupa Leah exaspérée. Pourquoi me dites-vous cela ? Comment puis-je vous aider ?

— J'espérais que vous aviez quelques secrets, puisque... eh bien, puisque vous n'êtes plus vierge. Et votre sœur vous a peut-être indiqué...

La mine de Leah la stoppa dans son élan.

— Je ne voulais pas vous offenser. J'espérais que vous saviez quelque chose...

— Kimberly, déclara Leah d'une voix contenue, c'est vous qui terminerez la vaisselle.

Et sur ces mots, elle tourna les talons.

Cette nuit-là, Leah fut réveillée par une petite tape sur son épaule. Elle ouvrit les yeux. Wesley, un doigt sur la bouche, lui faisait signe de le suivre. Elle enfila sa robe et marcha derrière lui dans les bois. Après quelques minutes, il se tourna vers elle.

— A un bon kilomètre d'ici, il y a une famille qui a besoin d'aide, j'ai préparé quelques provisions et j'ai pensé que peut-être vous seriez contente de m'accompagner ? A moins que vous ne soyez trop fatiguée ?

Il ressemblait à un petit garçon inquiet à l'idée que son offre puisse être repoussée.

— Mais bien sûr, approuva-t-elle.

Ils avancèrent un moment en silence.

— C'est une jolie nuit, n'est-ce pas ?

— Très !

— Vous vous êtes disputée avec Justin ? demanda-t-il tout à trac.

Elle lui jeta un regard de défi.

— Vous vous êtes disputé avec Kimberly ?

Ils échangèrent un sourire.

— Il vous plaît, n'est-ce pas ? insista-t-il.

— Il est du même bord que moi. Nous avons grandi dans la misère tous les deux.

— Oh ! Je me demande si je n'aurais pas échangé ma fortune contre un peu de liberté. Travis est si pesant !

— Voilà bien une réflexion de nanti. Aucun frère ne peut être pire que la pauvreté.

— Au moins, vous étiez libre de vos pensées. Travis m'a toujours dicté ma conduite. Voilà pourquoi Kim...

Il s'arrêta brusquement.

— Kim ? reprit-elle.

— Kim a besoin de moi, dit-il d'un air entêté.

— Est-ce le camp ? fit-elle pour changer de conversation.

— Non. Il est plus loin. Ils se sont installés, pour des raisons que j'ignore, dans un petit canyon et risquent d'être emportés à la première averse un peu forte. Une petite escalade dans le noir ne vous fait pas peur, j'espère ?

Leah inclina la tête, mais elle ne tarda pas à regretter son manque de curiosité au sujet de cette « petite escalade ». Il ne s'agissait — ni plus, ni moins — que de se laisser glisser le long d'une paroi rocheuse pour atteindre le fond d'un canyon. Wesley s'engagea le premier, puis, comme elle le suivait tant bien que mal, il saisit ses chevilles et remonta ses mains — sans aucune nécessité, songea-t-elle — le long de ses jambes jusqu'à ses hanches et enfin l'arracha à la paroi et la déposa à terre. Elle voulut lui dire son fait, mais il affichait un air si conquérant qu'elle rit de bon cœur avec lui. Il lui prit la main et l'entraîna à sa suite.

— C'est là ! fit-il enfin. Attendez-moi ici. Je pose mon sac et je reviens.

Leah se blottit derrière un rocher et observa Wes

qui s'approchait des voyageurs endormis. A l'instant où il pénétrait dans le camp, un homme arriva de la direction opposée, un fusil de chasse passé sous le bras et un chien à ses côtés.

Wes les aperçut et agitait la main pour les saluer quand le chien poussa un grognement et bondit vers lui tandis que l'homme pointait son arme. Wes lâcha son sac et rebroussa chemin à toute allure dans la direction de Leah.

— Partez ! lui cria-t-il en essayant de dominer le vacarme croissant de voix et d'aboiements.

— Reviens ici, espèce de vermine ! cria quelqu'un derrière Wesley.

Leah empoigna ses jupes et piqua un galop en précédant Wes de quelques mètres. Le coup partit, et une volée de plombs siffla à ses oreilles. Wes grogna derrière elle, mais quand elle se retourna, il lui donna une bourrade dans l'épaule.

— Vite, le mur !

L'instant d'après, une main se posa sur son postérieur et la projeta en avant. Elle grimpa la paroi à quatre pattes, fit un vol plané au sommet et rampa un moment sur les genoux avant de reprendre sa course folle.

Wesley l'empoigna soudain à bras-le-corps et la jeta par terre, juste au moment où une nouvelle décharge de plombs fouettait les branches au-dessus de leurs têtes.

— Que se passe-t-il ? murmura Leah écrasée sous son poids.

— Taisez-vous ! souffla-t-il en la protégeant de son propre corps.

— Ils sont partis ! dit une voix en dessous d'eux. En tout cas, c'est pas moi qui vais aller les chercher en haut de ces rochers. Bah ! Ils y réfléchiront à deux fois avant de revenir chaparder.

Ils restèrent un long moment sans bouger.

— Wesley, chuchota Leah avec difficulté. Je n'arrive pas à respirer.

Il roula sur le côté, se leva et lui empoigna la main.

— Fuyons vite !

Il l'entraîna derrière lui en courant, puis soudain se laissa tomber assis, appuyé contre un arbre, la poitrine haletante, et Leah suivit son exemple. Quand ils eurent retrouvé leur souffle, Wesley partit d'un franc éclat de rire.

— Et voilà pour notre générosité de Bons Samaritains !

— C'est un miracle si nous sommes encore en vie, pouffa nerveusement Leah.

— Imaginez sa tête quand il va découvrir nos provisions !

— Si le chien ne les trouve pas avant lui, persifla Leah en donnant libre cours à son hilarité. Oh, Wesley, jamais je n'ai rien escaladé aussi vite de ma vie ! J'ai eu peur que vous me fassiez voler au-dessus du sommet.

— J'ai bien essayé. Le souffle de ce chien sur mes mollets me donnait des ailes. Vous ne vous êtes pas blessée ?

— Juste quelques égratignures et des courbatures en prévision pour demain. Et vous ?

— Je baigne dans mon sang, plaisanta-t-il, mais cela n'a rien de grave.

— Montrez-moi vite ! exigea-t-elle, alarmée, en lui faisant face pour déboutonner sa chemise.

— Mon Dieu, mais quelle avidité ! Ne déchirez rien !

— Taisez-vous, Wesley ! ordonna-t-elle en mettant à découvert deux profondes éraflures, bien visibles au clair de lune. Leur aspect est plutôt rassurant, mais il faut les laver. Allons chercher de l'eau.

— Oui, Madame ! lança-t-il joyeusement en lui emboîtant le pas vers le ruisseau qui coulait un peu plus bas.

Wesley ôta sa chemise pendant que Leah déchirait un bout de son jupon pour nettoyer les plaies.

— Que deviendraient les hommes sans les dessous féminins ? murmura-t-il. Vous êtes ravissante, Leah, ajouta-t-il en emprisonnant son menton pour l'obliger à le fixer.

La surface de l'eau, irisée par la lune, reflétait leurs deux silhouettes que le courant semblait pousser indéfiniment l'une vers l'autre.

Les doigts de Leah quittèrent timidement la blessure et remontèrent vers la douce toison du torse.

— Nous sommes toujours mariés, murmura-t-il, brisant la magie de l'instant, et Leah retomba brutalement sur terre.

— Si vous essayez de me séduire, Wesley Stanford, autant vous dire que c'est raté. Tenez ! Nettoyez vous-même votre blessure.

Et sur ce, elle sauta sur ses pieds et prit la direction du camp. Wes ramassa sa chemise et courut après elle.

— Je ne cherchais rien du tout, Leah ! C'est vrai ! implora-t-il. J'ai juste pensé...

Elle fondit sur lui.

— Que j'étais une femme facile ! Autant en profiter, n'est-ce pas ? Pourquoi donc n'essayez-vous pas de séduire votre virginale Kimberly, hein ? Parce que c'est une fille bien et moi une rien du tout ? Eh bien, vous vous trompez ! Si je me suis donnée à vous, c'est que *je* le voulais bien, mais la prochaine fois, je choisirai un homme qui ne me jouera pas de vilains tours.

— Vous voulez dire Justin, termina-t-il pour elle, furieux. Leah, reprit-il d'une voix changée, vous vous trompez. Je ne cherchais pas à vous séduire parce que vous êtes une fille expérimentée, mais parce que vous êtes très jolie et...

— Et que n'importe quelle fille jolie et expérimentée peut faire l'affaire, hein ?

Son orgueil fut le plus fort et, sans un mot, il passa devant elle pour regagner le camp.

Immédiatement, la fureur de Leah la quitta. Wes avait dit la vérité. Ce qui était arrivé était fortuit ; et elle avait eu tort de gâcher ce moment d'intimité.

Elle se retint de rappeler Wesley. Après tout, il valait mieux l'éviter et concentrer toute son attention sur Justin. Peut-être ce dernier arriverait-il à lui faire oublier les sentiments qu'elle ressentait toujours pour Wesley.

11

Leah n'éprouva aucune difficulté à concentrer son attention sur Justin. Il était toujours dans les parages, souriant, attentif, cherchant tous les moyens de lui plaire.

Un soir où il venait de lui donner une brassée de fleurs sauvages, Sadie s'approcha du chariot.

— Alors, c'est le plus petit qui a des chances d'être choisi ?

— On peut difficilement taxer Justin de petit, répliqua Leah sans essayer de donner le change. Et de toute façon, je n'ai pas le choix. Wesley et Kim sont fiancés, et il en est très amoureux.

— Il l'a peut-être été à une époque ! persifla Sadie. En tout cas, c'était avant qu'il ne passe vingt-quatre heures par jour en sa compagnie.

— Que voulez-vous dire ?

— Ne faites pas l'innocente avec moi, ma petite dame, protesta Sadie. Vous avez certainement remarqué ce qui se passe entre eux, j'en donnerais ma main à couper !

— Je n'ai rien remarqué du tout ! objecta Leah. Et en plus, les faits et gestes de Wesley m'importent peu. Je crois que je suis justement en train de tomber amoureuse de Justin.

Sadie se racla la gorge avec véhémence avant d'aller vider une cuvette d'eau sale derrière les buissons.

Quelques jours plus tard, ils installèrent leur campement auprès de trois familles dont l'une possédait un violon, et tout le monde fut invité à une fête impromptue.

Leah lava avec soin sa chevelure et la brossa jusqu'à ce qu'elle brille de tous ses feux, puis elle choisit une robe de soie d'un rose soutenu, au profond décolleté, dont la texture entremêlée de fils d'or renvoyait la lumière à chacun de ses mouvements.

— On dirait une princesse, remarqua le fils aîné de Sadie dès qu'il l'aperçut.

Il y avait une majorité d'hommes, aussi Leah et Kimberly furent-elles immédiatement emportées dans un tourbillon.

— C'est fort désagréable, murmura Kimberly en tâchant de reprendre son souffle entre deux danses.

Leah fut entraînée avant d'avoir pu lui répondre.

— Vous avez l'air de vous amuser, déclara Wesley quand il l'attira un peu plus tard dans ses bras.

— Je refuse de polémiquer avec vous, fit-elle, jouissant du clair de lune et de la musique.

— Vous êtes ravissante, Leah, souffla-t-il. Vous avez changé depuis...

— Wesley ! appela Kimberly avec insistance.

— Vous feriez mieux d'obéir, dit-elle en s'écartant.

— Pas tout de suite ! protesta-t-il sans lui lâcher la main. Je partirai quand je l'aurai décidé.

Elle le toisa d'un regard froid.

— Vous partirez dès que Miss Shaw tirera sur votre laisse. Et maintenant, si vous voulez bien m'excuser !

Elle tremblait en s'éloignant, et dès qu'elle vit Justin, elle s'accrocha à son bras.

— Emmenez-moi loin de cette foule, murmura-t-elle, et il s'empressa de la conduire à l'écart dans les sous-bois.

Une fois hors de vue du camp, Leah se précipita littéralement dans ses bras. Elle posa ses lèvres sur les siennes, dévorée par un impérieux besoin d'être aimée sans restriction.

— Acceptez de m'épouser ! chuchota Justin, couvrant son visage et son cou de baisers. Acceptez cette nuit même !

— Ce n'est pas parce que je... je me jette à votre tête que vous devez vous croire obligé à quoi que ce soit, protesta-t-elle en s'écartant.

— Leah ! s'insurgea-t-il en l'attrapant par les épaules. J'ignore de quoi vous parlez. Je vous aime, Leah. Je veux vous épouser, tout simplement...

— Pour combien de temps ? coupa-t-elle. Aucune amie ne vous attend chez vous ? Non ! Je ne peux pas...

Elle se libéra de son étreinte et courut vers son chariot, manquant de bousculer Wesley et Kim.

— Je refuse de retourner là-bas, bredouillait Kim au milieu de ses larmes. Je suis fatiguée et je déteste que ces hommes me touchent.

— Vous n'aimez pas cela, hein ? Même quand c'est moi !

— Ce n'est pas vrai ! Sauf quand vous me faites mal. Je vous en prie, Wesley, ne nous disputons pas ! Je suis trop fatiguée.

Leah ne voulait pas en entendre davantage, elle s'avança.

— Laissez-moi m'occuper d'elle, proposa-t-elle avec sollicitude en passant un bras autour des épaules de Kim.

— Vous voulez vous en occuper, n'est-ce pas ? s'emporta-t-il pour une raison qui échappa à Leah. Vous êtes de taille à affronter n'importe quelle situation, hein ? Leah, la vaillante ! Rien n'est trop difficile pour vous ? Allez donc veiller sur quelqu'un d'autre, je prendrai soin de Kim.

Sur ces mots, il fit pivoter Kim brutalement et la traîna vers les chariots.

La surprise cloua Leah sur place. Quelle mouche l'avait donc piqué ? Voulait-il que toutes les femmes ressemblent à sa chère Kim ?

Furieuse, elle tourna les talons. Pourquoi perdait-elle son temps à essayer de comprendre Wesley alors qu'on venait de la demander en mariage ? Et pourquoi diable Justin lui avait-il fait une telle proposition ?

Une forte migraine lui enserrait les tempes quand elle se mit au lit et, avant peu, les larmes affluèrent. Elle pleurait amèrement — et elle ne savait même pas pourquoi !

Trois jours durant, il plut sans discontinuer. Le déluge semblait ne jamais devoir s'arrêter.

Justin conduisait le chariot à travers de profondes mares de boue, Leah à ses côtés. Aucun couvre-chef, aucun vêtement de pluie ne réussissait à les protéger de l'humidité.

Le quatrième jour, un rayon de soleil brilla faiblement. Mais le soir, la terre était encore gorgée d'eau et l'installation du camp pour la nuit ne fut pas facile. On avait dû l'établir à distance des véhicules, et Leah, toujours lourdement chargée, tentait de ne pas perdre l'équilibre entre les flaques.

Wesley, debout près d'un chariot, l'observait à la dérobée, abrité derrière le large bord de son chapeau.

Leah sortit un ballot de provisions du chariot et retourna lentement vers le campement.

— Tenez ! dit Wes en lui tendant un sac qui contenait une poêle. Vous en aurez besoin.

Leah rebroussa chemin pour le prendre.

— Ah ! Et cela aussi, ajouta-t-il, et il lui lança un paquet de brides.

— Il vaudrait mieux que je revienne pour prendre tout cela, objecta-t-elle en regardant l'étroit passage qu'elle devait emprunter entre les flaques.

— Vous n'y arriverez pas en une seule fois ? s'enquit Wes, les sourcils froncés.

— J'ai bien peur que non, commença-t-elle comme il envoyait encore une bride sur son autre épaule.

— Mon Dieu ! J'allais oublier, annonça-t-il avec une petite moue exaspérante, et il ajusta autour de son cou la courroie d'un gros sac qu'il laissa pendre sur son dos.

— Ce sera tout ? s'enquit-elle avec agacement comme ses jambes fléchissaient sous le poids.

— On dirait. Ah, non ! se reprit-il. Il y a encore le chapeau de Justin.

Et il posa le couvre-chef trop grand sur le sommet du crâne de Leah.

— Je n'y vois plus très bien, marmonna-t-elle en redressant la tête.

— Cela ne doit pas vous gêner, pourtant ! Rien ne vous gêne, n'est-ce pas, Leah ? Allez-y vite ! On vous attend.

Il lui fit effectuer un demi-tour et la poussa d'une tape sur l'épaule vers l'étroite bande de terre. Au premier pas qu'elle ébaucha, le chapeau tomba davantage sur ses yeux. Elle releva alors le menton mais ne réussit qu'à déséquilibrer le sac sur son dos.

Pourtant, elle progressa quelques minutes sans trop de difficultés, puis son pied s'enfonça brutalement et l'une des brides glissa de son épaule. Exaspérée, elle essaya de la remonter, mais au même moment ses efforts pour libérer sa chaussure de la boue furent couronnés de succès.

Elle se balança un instant dans le vide avant de s'effondrer en arrière dans la gadoue. Pourtant, clignant des yeux, elle se redressa sur son séant sans lâcher ses paquets. Une coulée de boue descendit de son front, longea son nez, et comme elle atteignait sa bouche Leah la chassa en soufflant de toutes ses forces.

Le rire de Wesley lui fit relever les yeux. Il se tenait sur la terre ferme, penché vers elle avec une expression moqueuse.

— On dirait que la vaillante Leah est enfin prise en flagrant délit d'incapacité ! railla-t-il joyeusement.

Leah leva un bras couvert de boue et tenta de repousser ses cheveux dégoulinants de son front. Le chapeau de Justin flottait à côté d'elle. Elle n'avait aucune idée de ce que voulait dire Wesley. Un à un, elle posa ses paquets sur la terre ferme.

— Vous ne pouviez pas demander de l'aide quand vous avez perdu l'équilibre ? dit Wes en lui prenant le sac de provisions des mains. Heureusement que je suis là pour vous tirer de ce bourbier. Que feriez-vous sans moi ?

— Sans vous et vos paquets, je n'y serais sans doute pas tombée.

— Et vous n'avez pas eu l'idée de refuser, Leah ? interrogea-t-il, sans sourire cette fois. Pourquoi vous entêtez-vous toujours à faire tout toute seule ?

Ah, c'est trop fort ! songea-t-elle. Voilà comment elle était récompensée de ses efforts pour protéger Kim — la femme qu'*il* aimait — et pour faire tout le travail à sa place !

Comme il prenait le dernier ballot, elle referma sa main sur un paquet de boue et le lui envoya en pleine figure. Surpris, il crachouilla, et elle se mit à le bombarder à pleines poignées. Au bout d'un moment, elle s'arrêta et contempla son œuvre.

— Hum-m ! Je doute fort que Kim vous accueille à bras ouverts, annonça-t-elle d'un air épanoui.

— Espèce de petite...

Mais sans terminer sa phrase, il prit son élan et sauta sur elle. Leah roula sur le côté juste à temps pour l'éviter et il plongea la tête la première dans la vase. Quand il se releva, ses yeux formaient deux petites taches blanches et Leah ne put retenir son hilarité.

— Wesley, hoqueta-t-elle en se mettant debout. Laissez-moi vous aider.

Le sourire de Wes ne lui disait rien qui vaille quand il prit la main qu'elle lui tendait.

— Non ! eut-elle juste le temps d'articuler avant d'atterrir dans une giclée de boue. Vous êtes insupportable ! protesta-t-elle. Regardez de quoi j'ai l'air !

— C'est bien ce que je fais, fit-il avec un rire étouffé, les yeux fixés sur la robe trempée qui moulait impudiquement ses formes. C'est un bien joli spectacle !

Furieuse, elle s'arracha au magma gluant et se précipita sur lui les poings en avant.

Il ouvrit les bras pour l'accueillir, et comme elle essayait de le frapper, il la serra contre lui et roula avec elle dans la boue.

— Assez ! hurla-t-elle en essayant de se dégager. Wesley !

— Vous avez des limites, Leah, reconnaissez-le ! Vous voyez bien que vous n'y arrivez pas ! se moqua-t-il en l'immobilisant entre ses jambes. Alors ?

— Alors ? Je n'ai jamais prétendu le contraire ! fulmina-t-elle en se débattant de toutes ses forces.

Il lui adressa un large sourire.

— Oh, mais c'est fou ce que vous êtes sale !

— A qui la faute ? s'emporta-t-elle.

Mais soudain elle partit d'un brusque éclat de rire.

— Vous n'êtes pas un modèle de propreté, vous non plus ! déclara-t-elle en cessant de se débattre pour l'observer.

— Avouez donc ! Quelles sont vos autres lacunes ?

— Quoi ? Oh, Wesley, vous ne pouvez pas attendre pour poser vos questions stupides ? Aidez-moi donc à me lever que je puisse aller prendre un bain.

Il resta impassible sous son masque de boue, et elle soupira.

— Je suis nulle dans beaucoup de domaines.

— Comme ?

Elle réfléchit un long moment.

— La chasse ! annonça-t-elle ravie. Un jour, mon frère m'a emmenée avec lui, et j'ai eu si peur qu'il a dû me ramener à la maison. Nous avions entendu un ours pendant la nuit. Vous voyez ! Voilà un bon exemple !

— Quoi d'autre ?

— Zut, à la fin ! J'ai de la boue plein les oreilles ! S'il vous plaît, aidez-moi à me relever. Bon, d'accord ! Je ne sais pas lire, ni écrire, les fusils m'effrayent et la solitude aussi. Je déteste les hommes qui me traitent comme une fille Simmons.

Elle cracha la dernière phrase avec une bonne dose de venin, mais il ignora volontairement cette déclaration.

— Les fusils, tiens ?

Il resserra son étreinte et exécuta une nouvelle série de tonneaux en l'entraînant avec lui.

— Wesley !

— Ah-h ! La chasse et les fusils ! répéta-t-il en continuant à rouler dans la boue.

Il ne restait plus à Leah qu'à s'accrocher à lui tout en s'efforçant de ne pas se noyer.

— Regardez-moi ça ! lança la voix de Sadie. Mais ma parole, ils se roulent dans la boue !

— Je vous ai entendues citer le bain de boue dans votre programme de beauté, mesdames ! Leah a bien voulu me faire tester son efficacité, n'est-ce pas, Leah ?

— Lâchez-moi, espèce de bon à rien !

— Wesley ! appela Kim. Que faites-vous ? Etes-vous tombé ?

— Cela m'en a tout l'air, glissa-t-il à l'oreille de Leah, puis il s'écarta légèrement d'elle pour regarder Kim. Leah est tombée, et j'ai plongé dans la boue derrière elle.

Le défi perçait dans sa voix.

— Mon Dieu ! fit Kim. Mais personne n'a jamais nagé dans la boue !

Leah se retint de rire, ce qui était tout à son honneur, tandis que Wes se relevait lentement.

— Eh bien, nous allons nous débarbouiller, annonça-t-il.

Il tendit la main à Leah. Elle hésita un instant avant de la prendre, mais aucune ironie ne brillait dans ses yeux, et il l'emporta dans ses bras sans qu'elle proteste.

— Wesley... commença Kim.

— Je dois emmener Leah à la rivière, fit-il, narquois, en passant devant elle.

Wesley abandonna Leah sur la berge et remonta au camp, l'air soucieux. Kimberly arriva peu après avec une serviette et des vêtements propres.

— Leah, déclara-t-elle avec embarras, une dame ne devrait pas s'ébattre dans une mare de boue en galante compagnie. Cela ne me semble pas convenable du tout !

— Mais je ne l'ai pas fait exprès, Kim ! Je suis tombée !

— Et Wesley est venu à votre secours ?

Kim désirait être rassurée, mais Leah inclina simplement la tête.

— Wesley n'est plus aussi gentil qu'il l'était, poursuivit Kim. La nuit dernière, il s'est emporté contre moi et aujourd'hui, il m'a à peine adressé la parole.

— Que disiez-vous quand il s'est emporté ?

— Je parlais de notre prochain mariage et je me réjouissais que la date approche et que je puisse porter du blanc à cette occasion. Je veux dire, à cause de son premier mariage, vous ne...

Le regard de Leah lui fit perdre son assurance.

— Non, il ne s'agit pas de vous, Leah. Bien entendu, vous porterez une robe blanche pour votre mariage avec Justin. Ni moi ni Wesley ne dirons rien à personne. C'est promis !

Leah remonta vers le camp. Qu'avait donc pu riposter Wes au sujet de la virginité de Kim ? Elle avait oublié de le demander et ne le saurait sans doute jamais !

12

La terre promise du Kentucky approchait de jour en jour. Leah n'en ressentait aucune excitation, mais bien plutôt de l'inquiétude. Comment accueillerait-on une femme divorcée là-bas ?

Assise à côté de Justin dans le chariot, elle gardait le silence. Aucun homme ne voudrait d'elle après avoir appris qu'elle avait été mariée et avait perdu un bébé ! Kim connaissait le prix de sa virginité et elle s'y accrochait de toutes ses forces.

— A quoi pensez-vous, Leah ? finit par demander Justin.

— Oh, à rien de bien intéressant !

— J'espérais que vous réfléchissiez à ma proposition.

— En un sens ! Mais vous ignorez tant de choses à mon sujet.

— Vous pouvez tout me dire, vous savez. Je ne me choque pas facilement. Même si vous ne partagez pas mes sentiments à votre égard, je demeurerai votre ami.

Elle resta un moment silencieuse. Comme elle aurait voulu pouvoir le croire ! Mais si elle lui avouait tout maintenant, il ne voudrait plus jamais la revoir ni lui parler. Et ce n'était pas désagréable de garder à ses pieds, encore quelques jours, un homme qui voulait l'épouser.

— Il ne s'agit pas de Wesley, n'est-ce pas ? interrogea-t-il sans cacher son hostilité.

— Wesley Stanford est amoureux de Lady Kimberly, et le monde entier se résume pour lui aux yeux de sa belle ! Il serait bien le dernier homme à s'intéresser à moi.

— J'aimerais en être aussi sûr que vous.

Elle ne répondit pas. L'angoisse d'être marquée au fer comme une femme facile la tenaillait. Peut-être vaudrait-il mieux qu'elle quitte Sweetbriar, une fois son divorce obtenu, en espérant que sa réputation ne la suivrait pas ?

L'abattement régnait sur le camp ce soir-là. Wesley était penché sur son assiette, Kim avait les yeux rouges et gonflés, et Justin observait avec mélancolie Leah vaquer à ses tâches comme un automate.

— Eh bien, dites-moi, j'ai vu des enterrements plus joyeux ! Vous n'êtes donc pas contents d'arriver au bout du voyage ? demanda Sadie avec un soupir.

Le jour suivant, Wesley envoya un émissaire à sa ferme prévenir de leur prochaine arrivée. Plus on approchait de la frontière du Kentucky, plus l'humeur générale devenait morose. Justin alla jusqu'à reprocher à Leah de refuser sa proposition pour mieux faire des ravages parmi la gent masculine dès son arrivée. Il ne fit que déchaîner des sanglots et ne renouvela pas ses accusations.

Deux fois de suite, Leah surprit Wesley en train de refuser un service à Kim qui se réfugia dans leur chariot pour dormir. A leur arrivée, elle finissait par s'aliter douze heures la nuit et trois bonnes heures dans l'après-midi.

Wesley n'ouvrait plus la bouche. Il participait aux tâches d'un air absent comme s'il ne voyait pas les gens autour de lui.

— Pour moi, ce jeune homme rumine une décision importante, déclara Sadie au moment où elle prenait congé. Il mûrit son choix. J'espère que ce sera le bon !

— Vous êtes une incorrigible romantique, Sadie. Son choix est fixé depuis belle lurette. A mon avis, il lutte pour respecter Kim jusqu'au mariage !

Elle n'ajouta pas que son propre mariage avec lui avait injustement prolongé le supplice de Wesley et serra chaleureusement tous les membres de la famille sur son cœur, ravie qu'ils n'aient jamais appris la vérité à son sujet.

Le reste de leur petit groupe se remit péniblement en marche vers Sweetbriar.

Quatre jours après le départ de Hank et de Sadie, deux hommes se dirigèrent vers eux au galop. L'un d'eux, Oliver Stark, était le jeune frère de Justin, âgé de dix-neuf ans, qui travaillait pour Wesley. L'autre, John Hammond, était un homme grand et séduisant, aux cheveux prématurément gris, qui avait dépassé la trentaine.

— Tout va bien à la ferme, annonça Oliver avec un large sourire. Ça vous a pris un bon bout de temps, hein, pour arriver jusqu'à nous !

— C'est une surprise de vous voir ici, John, déclara Wesley en lui tendant la main.

— Votre émissaire raconte partout que vous êtes accompagné de deux ravissantes créatures. Et je partage bien son avis, fit-il en apercevant Leah et Kim.

Kim, les yeux rouges comme à son habitude, fixait le sol.

— Venez que je vous présente aux dames, dit Wes, mais Kim lui prit le bras avec un regard implorant.

— Laissez-moi d'abord parler à Leah ! chuchota-t-elle.

Visiblement mécontent, Wes finit par accepter et bombarda les nouveaux arrivants de questions au sujet de Sweetbriar et de sa femme.

Intriguée, Leah suivit Kim à l'arrière du chariot. Kim semblait très contrariée.

— Vous ne vous sentez pas bien, Kim ? interrogea Leah avec sollicitude.

— Wesley est une brute, s'indigna-t-elle. Quand il a pris une décision, rien ne peut le faire changer d'avis.

Ainsi, la femme qui lui volait son mari lui faisait ses confidences. C'était difficile à croire !

— Vous devriez pourtant vous en réjouir. Il a décidé de vous épouser et rien ne le fera changer d'avis, même le fait qu'il soit déjà marié.

Kim lui décocha un regard chargé d'hostilité.

— Il change d'avis parfois. Il y met le temps, mais ensuite, il ne veut plus en démordre.

— Que voulez-vous dire ?

Leah poussa soudain une exclamation en manquant perdre l'équilibre. La caravane était arrêtée au bord d'un raidillon, contre le flanc d'une colline escarpée. Aucun arbre ne les séparait du ruisseau qui coulait en contrebas.

— Attention ! cria Kim. Vous vous êtes rattrapée de justesse !

— Ce n'est pas assez pentu pour être dangereux. A moins, bien sûr, que la voiture ne me tombe dessus !

— Leah, murmura Kim après un moment de réflexion, j'ai besoin de mon chapeau rose. Il se trouve dans une petite malle marron à l'autre bout du chariot. J'irais bien moi-même, mais vous êtes tellement plus agile que moi. Puis-je vous demander ce service ? S'il vous plaît ?

Devant l'hésitation de Leah, elle insista.

— Vous serez bientôt débarrassée de moi !

Leah soupira. Kim était si perturbée ces derniers temps qu'elle ne pouvait pas lui refuser ce petit geste. D'ailleurs tout ce qui retardait leur arrivée avait ses suffrages. Ellc grimpa à l'arrière du véhicule et se mit à la recherche de la malle de Kim.

Cette dernière, la mine préoccupée, retourna auprès des hommes à l'avant du chariot. Ils étaient en grande conversation et ne remarquèrent pas sa présence. Elle se glissa entre l'attelage et le flanc du coteau. Puis, vérifiant d'un coup d'œil que personne ne l'observait, elle enleva sa capeline, en retira une longue épingle et la planta d'un geste résolu dans la croupe du cheval de tête.

— Holà ! cria John Hammond.

Kim tourna un regard affolé vers l'homme qui venait de la prendre sur le fait.

Mais personne ne réagit au cri de John, car au

même instant le cheval se cabra, semant la panique dans l'attelage, et le lourd chariot se mit à culbuter dans la pente.

— Sapristi ! jura Wes en regardant le chariot dévaler le flanc de la colline. Leah ! hurla-t-il soudain. Où est Leah ?

Le regard prisonnier de celui d'Hammond, Kim était incapable d'articuler un son. Sans attendre de réponse, Wes se précipita à la suite du chariot, Justin sur les talons. Oliver et John leur emboîtèrent le pas, tandis que Kim, immobile, demeurait sur la route.

Le véhicule s'arrêta enfin, laissant tout un sillage de sacs éventrés et de malles brisées, mais on ne trouva Leah nulle part. Wesley se mit à fouiller ce qui restait du chargement, rejetant en désordre les coffres et les paquets de toute sorte pendant qu'Oliver détachait les chevaux qui poussaient des hennissements plaintifs.

— Mais enfin, où est-elle donc ?

— Kim est en haut sur la route !

Wesley se retourna brutalement. Leah se tenait tranquillement derrière lui.

— Qu'est-il arrivé ? Et les chevaux, comment vont-ils ? poursuivit-elle en se précipitant pour aider Oliver.

— Le diable vous emporte ! siffla Wesley avant de l'enlever dans ses bras et de l'embrasser avec fougue.

— Wesley ! protesta-t-elle en le repoussant. Tout le monde nous regarde.

Justin affichait un air menaçant et John observait la scène avec intérêt.

Wes la reposa à terre, et, pour la première fois depuis longtemps, son visage rayonnait de bonheur.

— Messieurs, permettez-moi de vous présenter mon épouse, Leah Stanford.

Seul, John vit Kim s'évanouir et il monta précipitamment la pente pour la rejoindre.

Leah sentit ses jambes se dérober sous elle. Wesley la souleva de terre et la fit tourbillonner en l'air.

— Vous ne faites aucun commentaire, chérie ?

13

Au sommet de la colline, Kimberly pleurait bruyamment. A ses côtés, John Hammond tentait l'impossible pour la consoler. Justin n'arrivait pas à maîtriser sa colère et il augmentait encore le chaos causé par l'accident en jetant tout ce qui lui tombait sous la main à droite et à gauche sous prétexte de ranger. Oliver ne comprenait visiblement rien au drame qui se jouait sous ses yeux tandis que Leah, encore sous le choc, essayait de trier le contenu du chariot renversé.

Seul Wesley gardait tout son calme. Il affichait un sourire radieux, chantonnait même à l'occasion et distribuait des tâches à chacun.

— Leah, mon cœur ! s'écria-t-il, passez-moi, voulez-vous bien, cette petite boîte à chapeau.

Obligeamment, Leah s'en empara, mais devant le sourire béat de Wes, elle ne put se retenir de la lui envoyer à la figure et se mit à dévaler la pente vers le ruisseau, les larmes aux yeux.

Wes la rattrapa et la fit pivoter vers lui.

— Que se passe-t-il, chérie ? N'êtes-vous pas heureuse que tout le monde sache maintenant la vérité ?

Elle s'écarta de lui, essayant de retrouver son calme.

— Je savais bien que cela devait arriver, mais...

vous auriez dû annoncer en même temps notre divorce. Et pour l'amour du ciel, cessez de m'appeler « chérie ».

— Notre divorce ? répéta-t-il étonné. Mais non, vous n'y êtes pas ! J'ai décidé que nous resterions mariés. Il n'y aura pas de divorce.

— Je... je ferais mieux de m'asseoir, déclara-t-elle d'une voix blanche avant de s'effondrer sur la terre humide. Pourriez-vous recommencer ?

— Eh bien, je crois que vous me plaisez, annonça-t-il avec la plus grande assurance. J'étais tellement hors de moi au début de notre union que je ne vous ai laissé aucune chance. Il faut dire que vous ruiniez tous mes plans !

Il s'accroupit devant elle.

— Au cours du voyage, j'ai fini par vous apprécier. J'étais persuadé de ne jamais aimer une autre femme que Kim avant de découvrir qu'elle a davantage besoin d'une bonne que d'un homme. Mais vous, en revanche, vous avez terriblement besoin de moi avec votre manie de toujours jouer au Bon Samaritain !

— Alors vous voilà convaincu que j'ai besoin de vous, maintenant !

— Tout à fait. Et en plus, vous êtes nettement plus amusante que Kim. J'ai énormément hésité, mais maintenant ma décision est prise. C'est d'ailleurs beaucoup plus logique et tellement plus simple !

— Et Kim ?

Wes fixa ses pieds.

— Je ne sais même pas si je l'ai aimée. D'ailleurs, ai-je jamais aimé aucune femme ? Et puis, je la soupçonne de porter plus d'intérêt à mon portefeuille qu'à ma personne. Nous en avons parlé ensemble, et je lui ai promis une somme coquette jusqu'à ce qu'elle se marie. Cela ne devrait pas tarder, jolie comme elle est !

Il se tut un moment.

— Pourquoi ne dites-vous rien ? Vous vouliez bien m'épouser, non ? C'était bien votre but, n'est-ce pas, en cherchant à me séduire ?

Leah se leva et fit quelques pas à l'écart.

— Je veux m'assurer que j'ai bien compris. Vous ne m'aimez pas et vous n'avez jamais aimé Kim non plus. Mais avec moi, vous choisissez la solution de facilité ! Vous évitez à la fois les complications d'un divorce et d'un remariage. Et en outre, je suis plus amusante et j'ai besoin de vous pour me protéger... de moi-même ! C'est bien cela ?

— Les grandes lignes sont exactes, mais vous débitez votre petit speech de manière si détachée que cela me donne froid dans le dos. Nous formerons une bonne équipe, Leah, vous allez voir. Et nous damerons le pion à Travis ! Nous bâtirons ensemble un endroit à notre mesure et, comme je sais que vous êtes féconde, nous aurons plein d'enfants.

— Aimeriez-vous vérifier aussi mes dents ?

— Vous perdez la raison, rétorqua-t-il en se redressant. Je comble votre désir le plus cher et voilà comment vous me récompensez. Vous voulez peut-être que je me jette à vos pieds en vous jurant un amour éternel ? Je ne suis pas sûr de savoir ce qu'est l'amour. J'ai cru aimer Kim, mais maintenant ses larmes et son incapacité totale m'exaspèrent, voilà tout, et je désire autre chose.

Elle tenta de se calmer en prenant une profonde inspiration.

— Et que m'arrivera-t-il le jour où vous déciderez que rire avec moi et me protéger ne vous suffisent plus ? Irez-vous rechercher Kim ou en choisirez-vous une autre ?

— M'accuseriez-vous d'être... d'être inconstant ?

— Autant qu'une femme dans le choix de ses vêtements !

Il avança d'un pas vers elle, et Leah recula prudemment.

— Je ne veux pas rester votre femme, s'emporta-t-elle. Gardez votre ferme, et aussi vos enfants, je n'en veux pas, mais pas le moins du monde ! Même si vous avez décidé que je vous plaisais, la réciproque n'est pas vraie. Et je vais de ce pas annoncer notre intention de divorcer.

Elle tourna les talons, mais il referma la main sur son épaule.

— Je vous le défends, gronda-t-il à voix basse. Je n'ai pas pris cette décision à la légère, mais après mûre réflexion.

— Moi non plus, je ne prends pas cette décision à la légère. J'ai toujours su que nous devions divorcer et j'ai fini par l'accepter. Nous effectuerons toutes les formalités dès notre arrivée à Sweetbriar et ensuite, je m'en irai. Je quitterai peut-être aussi le Kentucky par la même occasion.

La main de Wes se crispa sur son épaule.

— Vous parlez sérieusement ? Vous préférez cela plutôt que de rester mariée avec moi ?

— Je n'ai pas vraiment le choix. J'arriverai peut-être un jour à me débarrasser de ma mauvaise réputation, par contre je suis sûre d'être à jamais incapable de vivre avec un homme aussi... malhonnête, aussi changeant.

Il parut sincèrement choqué.

— Personne n'a jamais insinué une telle chose, personne ! Je n'ai jamais pris mes responsabilités à la légère.

— Dites-le donc à Kim ! s'emporta-t-elle en pirouettant sur elle-même.

— Que le diable vous emporte ! fulmina-t-il en

l'attrapant par les deux épaules et en la forçant à lui faire face. Si vous étiez un homme je vous ferais ravaler vos paroles. Mais vous êtes une femme, et qui plus est ma femme. Je ne reviendrai pas là-dessus. Est-ce clair ? D'ailleurs, j'ai prévu pour demain une partie de chasse en tête à tête. Nous allons partir ensemble, prendre nos repas ensemble et dormir ensemble.

— Retirez immédiatement vos mains ! protesta-t-elle, furieuse, en tentant de se dégager.

— Elles seront ravies de se promener en toute liberté sur votre joli petit corps et je vous conseille de vous y habituer, car désormais j'ai bien l'intention de faire valoir mes droits d'époux.

— Je vous hais ! siffla-t-elle.

— En ce moment, on ne peut pas dire que je vous porte non plus dans mon cœur !

— Je ne vous serai jamais soumise. Je ne serai jamais votre femme. Vous entendez ?

Il laissa ses mains glisser de ses épaules et la transperça d'un regard glacé.

— J'ai peur que vous n'ayez pas le choix en la matière. Vous êtes bel et bien ma femme. Demain à l'aube, vous viendrez avec moi même si je dois vous attacher à ma selle. Est-ce clair, tête de mule ?

— Tout à fait ! Vous avez le droit et la force pour vous ! Mais ne chantez pas trop vite victoire, je vous donnerai du fil à retordre. Est-ce clair, espèce d'ours mal léché ?

Une moue dubitative releva le coin de sa bouche.

— Vous vous jetterez à mon cou, Leah, assura-t-il d'un air charmeur. Avant que nous ayons quitté la forêt, vous mendierez mes caresses !

— Vous avez une bien haute opinion de vous. Autant vous ôter vos illusions : je ne mendie jamais !

Il fronça les sourcils.

— Eh bien, présentons les choses autrement :

nous resterons dans la forêt froide, humide et inquiétante jusqu'à ce que vous dormiez dans mes bras avec le sourire aux lèvres et un petit corps chaud et consentant. Ainsi si vous voulez jamais revoir une maison et un bon lit, vous serez bien obligée de vous rendre.

Elle le fixa avec étonnement.

— Avez-vous oublié où j'ai grandi ? J'ai découvert tout récemment le confort que vous avez toujours connu. Je tiendrai beaucoup plus longtemps que vous dans de telles conditions !

Wesley emprisonna le menton de Leah dans sa main et se pencha lentement jusqu'à ce que leurs bouches se touchent. Le contact de ses lèvres était doux et chaud et, malgré elle, Leah se serra contre lui. Il l'écarta brusquement.

— Alors ? Vous croyez que vous me résisterez longtemps quand les lynx et les ours viendront rôder autour de notre feu de camp ? Ce sera le moment de vous souvenir que vous êtes toujours la bienvenue dans mon lit !

Elle le regarda avec animosité. Sa paume était tiède contre sa joue, et elle se dégagea d'une secousse.

— Maintenant, allez vous préparer pour demain !

Et sur cet ordre, il tourna les talons.

— Voilà la chose la plus stupide... maugréa-t-elle pour elle-même.

Wesley imaginait pouvoir changer de femme comme de chemise. Eh bien, il verrait de quel bois elle se chauffait !

Redressant les épaules, elle remonta vers le camp.

Elle arriva juste à temps pour voir le poing de Justin s'écraser sur la figure de son mari. John Hammond et Oliver empoignèrent immédiatement Wesley.

— Tu aurais pu me prévenir depuis le début, vociférait Justin. Et Leah ! Tu lui as fait traverser un enfer ! Elle ne mérite pas cela. Te voir peloter Kimberly depuis des mois alors qu'elle est ta femme !

Leah, arrêtée un peu plus bas, était ravie de s'entendre défendre avec autant de véhémence.

— Leah ! cria Justin en courant à sa rencontre.

Il la prit aux épaules et plongea ses yeux dans les siens.

— C'est vrai, n'est-ce pas ? Pourquoi ne m'avoir rien dit ?

Comme il l'attirait dans ses bras, Wesley le prit au collet.

— C'est ma femme, Stark, et si tu tiens à ta peau, je te conseille de la lâcher tout de suite !

Leah se jeta entre les deux hommes avant que la bataille ne reprenne.

— Il est légalement mon mari, Justin, confirma-t-elle, et il a le droit de changer d'avis aussi souvent que cela lui chante. Aujourd'hui il me veut, demain il m'abandonnera !

— Leah ! protesta Wes menaçant.

— Je suis désolée, Justin. J'aurais souhaité avoir le courage de tout vous expliquer. Mais j'avais peur...

Elle baissa les yeux, incapable de poursuivre.

— Je comprends, Leah, dit Justin. C'est lui qui est à blâmer. Tu ne la mérites pas, Stanford !

Wesley passa un bras possessif autour des épaules de Leah.

— Que je la mérite ou non, elle est à moi et j'ai bien l'intention de la garder.

14

La forêt résonnait de mille bruits inquiétants et Leah avait du mal à suivre Wesley. Elle essayait de percer du regard les fourrés et les sous-bois et le moindre craquement la faisait sursauter.

Tout au long de la matinée, Wesley s'était tourné vers elle avec un sourire encourageant à chacune de ses exclamations de terreur. Maintenant, il ne manifestait plus aucune émotion et, pour la énième fois, elle se jurait de rester muette, mais c'était peine perdue.

Jamais, au cours de son existence, elle ne s'était trouvée seule, et ici, dans cet endroit retiré, loin de toute vie humaine, même la présence de Wesley n'arrivait pas à atténuer le sentiment d'isolement qui lui serrait le cœur. Très tôt, ce matin, ils avaient emballé quelques provisions.

— Quels chevaux prenez-vous ? demanda John Hammond.

— Là où nous allons, aucun cheval ne peut passer, répondit Wesley en lançant un gros sac sur son épaule.

Sans faire aucun commentaire ni même regarder Wesley, Leah prit un sac nettement plus petit en se promettant bien de cacher sa peur.

— Prête, madame Stanford ? interrogea Wes.

Refusant toujours de croiser son regard, elle lui emboîta le pas.

Cela faisait maintenant des heures qu'ils marchaient et ils n'avaient plus rencontré aucune trace de civilisation depuis longtemps. Leah était fatiguée. Il lui semblait tout à coup qu'ils étaient les seuls survivants d'un monde englouti.

— Vous sentez-vous capable de monter jusque-là ? interrogea Wes en désignant du doigt une ouverture, sans doute l'entrée d'une grotte, au sommet d'une paroi à pic.

Leah inclina la tête, ignorant toujours ostensiblement son compagnon.

— Donnez-moi votre sac.

— Je peux très bien le porter, répliqua-t-elle en commençant l'escalade.

Wesley saisit son sac et le dégagea à moitié de son dos.

— Je vous ai dit de me le donner : si vous continuez à me provoquer, je vous jette en travers de mon épaule et je vous porte comme un ballot.

Sans un mot, les yeux fixés au sol, elle fit glisser le sac de ses épaules et le lui tendit. L'ascension n'était pas facile, particulièrement avec sa jupe longue, mais chaque fois qu'elle avait une difficulté, Wes était là pour dégager le tissu des ronces, pour lui faire reprendre son équilibre ou pour l'aider à se hisser.

Une fois en haut, ils se trouvèrent sur une sorte de corniche. Leah, plaquée contre le rocher, tentait de sonder les profondeurs de la grotte.

— Y a-t-il des ours ? chuchota-t-elle.

— C'est possible, marmonna Wes avec indifférence en posant son barda sur le sol. Je vais m'en assurer.

— Soyez... prudent, dit-elle tout bas.

— Inquiète à mon sujet ?

Elle croisa ses yeux.

— J'ai juste peur de me retrouver seule ici.

— Touché ! grogna-t-il en retirant de sa gaine le long couteau qu'il portait à la ceinture et en prenant une bougie dans son sac.

— Et le fusil ? demanda-t-elle sidérée.

— Inutile dans un corps à corps. Ai-je droit à un baiser avant de descendre dans l'arène ?

— Je devrais vous récompenser de nous avoir conduits dans la tanière d'un ours ? Merci bien ! Peut-être même y a-t-il toute une famille tapie dans un coin ? Je ne donne pas cher de notre peau !

Une lueur amusée traversa son regard.

— Ah ! Mourir avec le goût de vos baisers sur mes lèvres !

— Allez-y donc ! Qu'on en finisse !

Wesley reprit un air sérieux avant de disparaître dans l'anfractuosité.

— C'est plus grand que je ne pensais, cria-t-il bientôt d'une voix caverneuse. Ah, je vois des peintures indiennes sur les murs et les restes de feux de camp.

Elle l'entendait marcher dans la grotte. Quand il reprit la parole, sa voix semblait lointaine.

— Aucun signe d'ours, en tout cas. Quelques os. Comme si beaucoup de gens avaient campé ici.

Pendant un moment il ne dit plus rien, et Leah, perdant quelque peu son appréhension, s'approcha de l'ouverture. Elle entendait Wes se déplacer et distinguait tout juste la lueur tremblotante de la bougie.

— Alors ? appela-t-elle. L'endroit est sûr ?

— Tout à fait. C'est propre comme un sou neuf !

C'est alors que tout se joua en quelques secondes.

— Oh-oh ! rugit Wesley. Courez, Leah ! Cachez-vous !

Instantanément, Leah se figea en plein milieu de l'ouverture. Wes sortit comme l'éclair, un énorme ours noir à ses trousses.

L'ours passa si près d'elle qu'elle faillit être renversée, mais elle n'arriva pas à bouger pour autant et réussit tout juste à observer du coin de l'œil Wes dévaler la pente.

— Montez à un arbre ! lança-t-il en se retournant.

Un arbre ? songea Leah. A quoi cela ressemble-t-il ?

Elle était encore en train de s'interroger quand elle entendit un plongeon retentissant sur sa gauche en contrebas.

Bouge, Leah ! s'enjoignit-elle. Bouge, bon sang !

Quand elle s'y résolut enfin, elle y mit toute son ardeur. Ignorant l'ordre de Wes de monter à un arbre, elle se précipita vers l'endroit d'où était venu le bruit. Elle s'arrêta, haletante, au bord d'un petit lac entouré de rochers. Tout était calme. Le soleil dardait ses derniers rayons, les oiseaux chantaient et l'air embaumait l'herbe fraîche.

Soudain on emprisonna sa cheville et elle se sentit tirée en avant. Instinctivement, elle se débattit.

— Arrêtez ! siffla la voix de Wes — sa voix seulement car il était toujours invisible.

Dès qu'elle lui eut obéi, il la précipita dans l'eau.

— Quoi... ? hoqueta-t-elle comme Wes lui enfonçait la tête sous la surface.

Retenant sa respiration, elle le vit plonger lui aussi et lui jeta un coup d'œil furieux dans l'eau transparente. Il désigna un point au-dessus d'eux, et elle aperçut l'ours qui humait l'air. Wes lui fit signe de la suivre sous l'eau.

Il nagea jusqu'à l'autre côté du bassin et sortit la tête derrière un rideau de feuillage. Leah l'imita, à bout de souffle. Wes mit immédiatement son doigt sur sa bouche.

L'ours était toujours là. Elle se recula légèrement, et Wesley, ouvrant les bras, la serra dos contre lui. Elle n'osait se débattre de peur d'attirer l'attention de l'animal.

Il se mit à lui grignoter le lobe de l'oreille. Elle essaya de se dégager. Il relâcha son oreille avec un signe de tête significatif dans la direction de l'ours.

A l'aide d'une mimique, elle tenta de lui faire comprendre qu'elle préférait encore être écharpée par la bête, mais il resserra son étreinte.

Il nicha sa tête contre son cou, et sa bouche traça un sillon de feu jusqu'à la racine de ses cheveux.

Agréablement chauffée par le soleil de la journée, l'eau relaxait tous les muscles de Leah. Elle se lova contre Wes et tourna légèrement la tête pour s'offrir davantage à ses caresses.

— L'ours est parti, murmura-t-il à son oreille.

— Mmm ? répondit-elle, les yeux fermés.

Les lèvres de Wes voyagèrent lascivement vers son épaule. Tout son corps semblait se diluer dans l'eau, et Leah éprouvait un merveilleux bien-être.

— L'ours est parti, répéta Wes. Que diriez-vous de continuer sur la terre ferme ? Mais si l'eau vous inspire davantage, je me ferai un plaisir...

Elle pirouetta dans une gerbe d'eau.

— Comment osez-vous ?

— Comment j'ose ! la singea-t-il dans un éclat de rire. Pourquoi vous mentez-vous à vous-même, Leah ? Vous prenez feu dès que je vous touche. Restons dans l'eau. Je n'ai jamais...

Leah, qui tentait de regagner la berge sans perdre sa dignité, pivota vers lui, des éclairs dans les yeux.

— Sachez que vos précédents exploits ne m'intéressent pas ! Et sachez pour votre gouverne que *tous* les hommes me mettent en transe. Nous sommes nées avec le diable au corps, nous autres Simmons. Vous l'ignoriez ? C'est pourtant bien ce qui vous attire chez moi, n'est-ce pas ?

— Bon sang, Leah ! s'emporta-t-il en s'approchant d'elle. Cessez de débiter ces sornettes ! Regardez-vous avec Justin. Je parierais qu'il ne vous a jamais touchée !

— Et vous perdriez votre argent ! riposta-t-elle au moment où elle atteignait la berge.

Elle secoua énergiquement sa jupe pour en chasser l'eau.

Wesley se tenait derrière elle, dans son costume de daim trempé qui soulignait sa puissante musculature.

— Vous me donnerez ce que je veux, Leah !

Elle garda obstinément les yeux baissés.

— Nous camperons de ce côté-ci, ajouta-t-il avec un signe de tête.

Dès qu'il fut parti, les épaules de Leah s'affaissèrent, et elle s'assit sur un rocher, sa robe trempée étalée autour d'elle. Non ! Elle ne devait pas céder ! Combien de fois s'était-il conduit comme un goujat ? Le premier soir, il s'était cru quitte en lui jetant une pièce. Plus tard, il l'avait abandonnée après leur mariage, enceinte et contusionnée. Et dernièrement, quand il était revenu du Kentucky, ne lui avait-il pas ouvertement préféré Kimberly ?

Si elle comptait bien, cela faisait trois fois ! Il l'avait abandonnée trois fois, et elle devrait maintenant lui faire confiance ?

Que se passerait-il quand ils quitteraient la forêt ? Wesley n'avait pas craint de la présenter comme sa femme devant quelques amis, mais le clamerait-il à Sweetbriar, devant toute une ville ? Non, il aurait trop honte d'elle. Une Simmons, c'était tout juste bon à traîner dans les bois !

Aussi lui jouait-il un méchant petit tour qui se résumait ainsi : ou elle partageait son lit, ou elle restait des mois dans la forêt. Et si elle cédait ? Eh bien, il retournerait à sa gentille petite ferme en annonçant partout qu'elle était une femme de mauvaise vie et qu'il l'avait épousée sous la contrainte. N'importe quel juge lui accorderait le divorce. Wes serait libre et Leah...

Elle se leva et respira à pleins poumons. Si elle succombait au charme de Wesley et qu'il l'abandonnât une quatrième fois, elle ne s'en remettrait jamais. Aussi, dans son propre intérêt, devait-elle lui résister.

A travers les arbres, elle aperçut le scintillement des flammes. Wes avait fini d'installer leur campement. En frissonnant, elle le rejoignit.

— Un petit café ? proposa-t-il en lui tendant une tasse fumante.

Elle secoua la tête et s'empara de la poêle qu'il tenait à la main.

— Non ! Reposez-vous donc pendant que je fais le dîner, dit-il en la lui reprenant.

— Ne soyez pas stupide, s'insurgea-t-elle d'un ton excédé, les hommes sont incapables de faire la cuisine.

— Incapables ? Eh bien, chère petite épouse, asseyez-vous ici que je vous prouve le contraire.

Elle obéit, les yeux fixés sur ses mains.

Wesley fit griller le bacon en le remuant doucement dans la poêle.

— Vous ai-je déjà parlé de Paris ? demanda-t-il.

— Paris ? répéta-t-elle en le regardant étonnée. Je n'ai jamais entendu ce nom en Virginie.

Wesley lui sourit. Sa robe humide moulait délicieusement ses formes, et il se rappela avec un sourire le décolleté plongeant qu'elle arborait la nuit de la fête à l'auberge. Elle ferait grande impression à Paris dans une tenue pareille.

— Paris est de l'autre côté de l'océan, dans un pays qui s'appelle la France.

— Excusez-moi, mais je n'ai pas votre culture. Mon père ne voyait pas l'intérêt d'envoyer ses esclaves d'enfants à l'école.

Il ne releva pas le persiflage.

— Un soir, nous étions quatre à dîner dans une salle à manger privée...

Il se tut brusquement.

— Ce n'est peut-être pas une histoire pour vous, reprit-il. Je vais plutôt vous raconter comment mon frère Travis a courtisé Regan.

— Oh, oui ! approuva Leah ravie.

— Alors, allez mettre des vêtements secs, et je vous donnerai tous les détails pendant le dîner.

Tout en avalant du bacon et des haricots, Leah écoutait, médusée et persuadée que Wes exagérait, comment Travis avait obtenu le retour de sa femme. Il parlait de centaines de roses, d'un nombre incalculable de demandes en mariage sur papier parfumé et, pour conclure, d'un cirque dont Travis aurait été la vedette dans un numéro où il défiait carrément la mort !

— Combien de roses ? demanda Leah.

— Des milliers d'après Travis, mais Regan se contente de rouler des yeux quand on lui pose la question. Alors, comment savoir ?

— Je n'ai jamais vu d'éléphant.

— Travis a rapporté tout un chariot de fumier d'éléphant, imaginant que son tabac doublerait de volume.

— Et alors ?

— Je n'ai remarqué aucune différence ! Maintenant que vous avez eu votre histoire, il est temps d'aller au dodo.

Leah se raidit, et une imperceptible lueur traversa les yeux de Wes.

— Je vous ai préparé un lit ici, annonça-t-il froidement. Je dors de l'autre côté. Si vous avez peur, prévenez-moi. J'ai le sommeil léger.

Sur ces mots, il renversa le fond de sa tasse dans le feu et se dirigea vers sa propre pile de couvertures.

Heureuse qu'il renonce à toute tentative de séduction, Leah gagna à son tour sa paillasse.

Wesley resta un long moment éveillé à observer les étoiles.

Il détestait la manière dont Leah sursautait chaque fois qu'il s'approchait d'elle, et cette réaction le surprenait. D'après Travis, elle s'était donnée à lui par amour. Alors pourquoi, maintenant qu'il avait décidé de rester auprès d'elle, agissait-elle comme s'il était atteint d'un mal contagieux ?

Bien sûr, il s'était montré dur avec elle au début, mais elle semblait si compétente, si autonome, n'ayant besoin de rien ni de personne, bref tout ce qu'il détestait. Au cours du voyage, la vérité lui avait enfin sauté aux yeux. Leah, plus que personne, avait besoin d'être protégée. C'était si facile d'accumuler les tâches sur son dos. Le mot « non » ne figurait pas dans son vocabulaire.

Il s'était efforcé de convaincre Kim de restreindre ses exigences, et elle lui avait répondu avec étonnement que Leah se proposait d'elle-même. Il se rendait compte chaque jour davantage que toute conversation avec Kim était impossible, et il finissait par envier Justin dont Leah semblait boire les moindres paroles. Alors, avec un pincement au cœur, il songeait que Leah était *sa* femme.

Il commença à se poser de sérieuses questions le jour où Kim fit toute une histoire pour une malheureuse piqûre de mouche. Le soir même, il remarquait que Leah tentait d'appliquer quelque chose sur sa nuque. De guerre lasse, elle finit par accepter son aide, et il vit de ses yeux les trois dards.

— Et vous n'avez rien dit ? demanda-t-il.

— Ce ne sont que des piqûres de guêpe, répondit-elle en haussant les épaules.

L'inquiétude l'avait alors tenaillé.

La vie à la ferme n'était pas facile et, contrairement à ce que tout le monde croyait, il ne disposait pas de fonds inépuisables. Travis lui avait donné tout le liquide qu'il possédait, mais leur richesse était liée à la terre. Que deviendrait-il si sa femme piquait des crises d'hystérie à chaque piqûre de mouche ? Allait-il labourer les champs pendant la journée et faire le ménage en rentrant chez lui ? Devrait-il apporter à Kim son petit déjeuner au lit et se contenter chaque soir de deux baisers sur les joues ?

Il se souvenait de la frayeur de Kim le jour où il avait voulu obtenir d'elle un peu plus de passion. A peine s'était-elle ressaisie qu'elle le fustigeait comme un petit garçon !

Plus il s'écartait de Kim, plus il prenait conscience de l'efficacité et de l'incroyable générosité de Leah. Elle ne demandait rien en échange de sa constante sollicitude.

Il ne se rappelait pas exactement quand il avait pris sa décision — sans doute graduellement — mais il savait désormais que pour rien au monde il ne divorcerait d'elle pour épouser Kim.

Se défiant des réactions de Leah, il chercha alors un moment favorable pour lui faire part de sa décision. Après mûre réflexion, il décida de la mettre en situation de dépendance vis-à-vis de lui — un vrai casse-tête ! Aussi quand elle lui avoua sa terreur de la chasse en forêt et de la solitude durant leurs ébats dans la boue, son choix se fixa immédiatement sur un petit voyage à deux loin de la civilisation.

Et maintenant que les conditions étaient réunies, elle lui battait froid. Même s'il vivait des centaines d'années, il ne comprendrait jamais rien aux femmes !

Eh bien, si c'était nécessaire, ils passeraient des mois dans la forêt. Son programme était arrêté : la courtiser et la vaincre. Et pourquoi pas lui faire un enfant ? Ce n'était pas une mauvaise idée du tout. Enceinte, elle lui créerait beaucoup moins de problèmes. Et il serait heureux de retourner à Sweetbriar avec un bébé « en route ».

Oh, Leah ! songea-t-il en la contemplant à la lueur du feu mourant, aucune femme n'a jamais résisté à un Stanford !

Et sur cette certitude, il se tourna sur le côté et s'endormit.

15

Leah se réveilla terrorisée. La forêt était calme et la lune avait à peine commencé sa course dans le ciel — mais quelque chose clochait. Elle tourna la tête vers Wesley. Les yeux grands ouverts, il était visiblement sur ses gardes. Elle se raidit tout en remarquant qu'il approchait furtivement son fusil de lui.

— C'est pas la peine, M'sieur, fit une voix derrière Leah qui la glaça des pieds à la tête. Nous sommes des voyageurs comme vous et la dame.

Une silhouette dégingandée surgit de l'ombre. A la lueur de la lune, elle aperçut un visage barbu.

Avec une lenteur étudiée, Wesley s'assit, son fusil toujours à portée de la main.

— Qui est avec vous ? demanda-t-il d'une voix endormie.

L'acuité de ses prunelles rassura Leah.

— Y a que moi et un des garçons. Ça vous dérange pas que je prenne un peu de café ?

L'homme n'attendit pas la réponse pour s'agenouiller devant le pot encore tiède, sans même jeter un coup d'œil dans la direction de Leah.

Pas étonnant ! songea-t-elle avec agacement. Son frère n'avait jamais porté aucune attention aux femmes sauf s'il y avait de l'argent ou une rançon à gagner. Après avoir enlevé Nicole Amstrong quelques années auparavant, il avait disparu sans laisser de trace et sans jamais donner aucun signe de vie à sa famille. Il avait beaucoup maigri et paraissait plus vieux, mais Leah n'eut aucun doute, c'était bien son frère, sur le point de commettre quelque méfait, et Wesley avait raison de garder son arme près de lui. Peut-être Abe changerait-il d'avis s'il la reconnaissait !

— J'apporte une tasse, dit-elle bien haut, les yeux rivés sur le dos étroit enveloppé d'une mauvaise veste noire.

Elle crut le voir se raidir au son de sa voix. Elle s'approcha alors et rajouta rapidement quelques branches dans le feu pour le ranimer. Puis elle lui versa avec détermination une tasse et la lui tendit au-dessus des flammes.

Il la fixa à peine un instant, et Leah ne fut pas sûre qu'il l'ait identifiée. Après tout, elle n'avait plus rien de commun avec la gamine dont il gardait le souvenir, elle était maintenant une femme aux manières policées. Lui n'avait pas changé. Un visage étroit, des yeux rapprochés, un nez en bec d'aigle au milieu d'une barbe ébouriffée et sale.

— J'aimerais voir votre ami, dit Wes.

Abe se tourna vers Wes, ignorant de nouveau Leah.

— C'est un gamin, y a pas de méchanceté chez lui, mais si vous y tenez... Bud, viens ici.

Leah versait une autre tasse de café et elle faillit la laisser tomber devant l'homme qui jaillit de l'ombre. A côté de ce géant, Wesley et même Travis passaient pour des nains. Il mesurait au moins deux mètres, si ce n'est plus, et portait d'amples pantalons de lin grossier rentrés dans de hautes bottes noires qui moulaient ses gigantesques mollets. Une peau de mouton était jetée en travers de son torse nu et ses bras ressemblaient à des troncs d'arbres sculptés. L'homme, effectivement tout jeune, avait un beau visage sombre posé sur un cou de taureau.

— C'est juste un des garçons, répéta Abe avec un rire étouffé.

— Un peu de café ? articula Leah avec difficulté en se tordant le cou pour regarder le géant.

— Bud aime avoir les mains libres, dit Abe sans laisser au « garçon » le temps de répondre. Vous faites que passer ?

— Nous chassons, répondit Wes, toujours immobile.

Abe redressa son corps maigrelet et renversa le reste de son café par terre.

— Faut qu'on y aille maintenant. Et merci pour le café, ma petite dame !

Il tendit la tasse vide à Leah. Ses petits yeux fixèrent un instant les siens, puis descendirent le long de sa robe. Elle comprit alors qu'il l'avait reconnue.

— Viens, Bud, dit-il, et il s'évanouit dans l'obscurité, le géant muet marchant sans bruit derrière lui.

De noires pensées tourbillonnaient dans la tête de Leah. Abe ruminait sûrement quelque mauvais coup. D'ailleurs, il n'avait jamais rien fait d'honnête dans sa vie !

— Que voulaient-ils à votre avis ? interrogea Wes en l'observant.

Leah sursauta comme une coupable au son de sa voix. Elle ne pouvait décemment pas avouer à Wes que cette créature peu ragoûtante était son frère et qu'il projetait sans doute de leur prendre leur bourse après les avoir assommés. Si ce n'était déjà fait, c'est parce qu'il les avait trouvés en alerte. Mais ce n'était que partie remise. Abe poignardait toujours les gens dans le dos. Une sale petite manie !

— J'imagine qu'ils voyageaient comme nous, fit-elle en s'étirant exagérément. Je tombe de sommeil.

Elle arrangea son lit avec affectation, adressa un petit sourire à Wes, bâilla et fit mine de se rendormir.

Pourtant, jamais de sa vie elle n'avait été aussi éveillée. Quelque part dans la forêt, son frère, perfide, voleur, rusé et lâche, veillait — et elle savait qu'il exigerait d'elle un paiement pour ne pas les avoir brutalisés.

Elle écoutait de tous les pores de sa peau. Elle retenait sa respiration tandis que Wesley, semblant ajouter foi à ses propos, s'était rendormi.

Une heure passa. Tout son corps était moulu. Quand donc Abe allait-il se décider ? fulmina-t-elle, étudiant la meilleure méthode pour rouler vers Wesley et attraper son fusil.

Une autre heure passa. Elle commença à se demander si elle oserait jamais tirer sur son propre frère.

Un sifflement aigu perça enfin le silence. Elle se glissa tout doucement hors de sa couche et quitta le campement. Sans céder à la peur qui l'étreignait dans la forêt envahie d'ombre, et chassant la pensée du géant attaché aux pas de son frère, elle se fraya un chemin, butant contre des racines ou du bois mort, vers le signal qui résonnait chaque fois qu'elle s'écartait du but.

Elle parcourut un bon kilomètre avant qu'Abe ne surgisse de derrière un saule.

Leah fit un bond en arrière et porta la main à sa gorge.

— Effrayée, p'tite sœur ?

— Comme par n'importe quel autre criminel !

Il sembla presque peiné.

— J'espérais que tu serais contente de me voir.

— Où est ton géant ?

Abe leva simplement les yeux, indiquant l'espace au-dessus d'eux. Leah suivit son regard et vit l'ombre d'un gigantesque bras. Elle poussa un cri de surprise en découvrant le garçon à quelques centimètres d'elle.

— Ne fais pas attention à lui, dit Abe, et il l'attira légèrement à l'écart. Il n'a pas grand-chose là, ajouta-t-il en indiquant son front du doigt.

— Il n'en a sans doute pas besoin, termina Leah en se dégageant. A quand remonte ton dernier bain ?

Et elle fronça le nez de façon éloquente.

— Ça, c'est bien la meilleure ! La dernière fois que je t'ai vue, t'étais bien pire que moi. J'imagine que c'était avant que tu fréquentes les Stanford.

Leah se redressa de toute sa hauteur.

— Il se trouve que je suis Madame Wesley Stanford.

— Toi ! ricana Abe. Toi, une Simmons, mariée à un Stanford ? T'entends ça, Bud ? Ma propre petite sœur pense qu'un Stanford l'a épousée !

Bud ne broncha pas.

— J'savais pas que t'étais une pareille menteuse, pouffa Abe. Toutes les Simmons sont des putes, mais des putes honnêtes. Même ma... Hé !

Il ne put terminer sa phrase car Leah lui administra une gifle retentissante.

— Espèce de petite... attaqua-t-il. Tu veux que je lance Bud contre toi ? Les vermisseaux de ton genre, il les réduit en bouillie avec un seul de ses poings. Bud !

Bud ne bougea pas. Leah fit un effort surhumain pour rester immobile, elle aussi, les yeux rivés à ceux du géant en espérant qu'il ne remarquerait pas combien elle tremblait. Bud l'observa un instant avant de fixer au loin la forêt.

— Bon ! C'est sans doute pas son jour ! couina Abe.

Leah relâcha sa respiration.

— Il a une mère lui aussi et il me donne raison.

— Sacré nom d'un chien ! Bud et Cal n'ont pas de mère. Quelqu'un les a sculptés dans une montagne. Ecoute, Leah, oublie ces cervelles d'oiseau. J'ai à te parler.

— Qui est Cal ?

— J'viens de te dire de les oublier ! Bon, j'ai jamais pensé que t'étais une pute. Même si tu l'étais, ça me serait bien égal parce que tout ce qui m'intéresse c'est... ton cerveau. T'as toujours été la plus brillante de la famille. Tu m'suis ?

— Trop bien. Je commence à voir où tu veux en venir !

— Bravo !

Son sourire découvrit une incisive noircie.

— Je savais bien que t'étais une fine mouche. Et puis élégante, avec ça, et jolie comme une dame !

— Ne perds pas ton temps en flatteries. Que veux-tu ?

— Je veux que tu nous rejoignes.

— Vous rejoindre ? demanda-t-elle avec effroi.

— Fais pas comme si t'étais mieux que moi. Parce que moi, je vais devenir quelqu'un !

Leah attendit silencieusement qu'il continue. Ce n'était pas la peine de le contrarier, surtout avec le gros balourd qui les dominait de toute sa taille.

— Je veux que tu nous rejoignes, Revis, moi et les garçons. Nous faisons nos affaires sur le dos des voyageurs qui empruntent la piste de l'Ouest. T'as voyagé avec eux et tu connais leurs habitudes. Habile comme t'es, t'auras pas de mal à organiser nos coups de main.

— Coups de main ? souffla Leah qui commençait à entrevoir la vérité.

Elle avait bien entendu parler du gang qui dévalisait les colons, mais il ne s'était jamais attaqué à leur petit groupe.

— Tu es un voleur ? C'est ainsi que tu crois devenir quelqu'un ?

— J'ai pas l'intention de voler toute ma vie, déclara Abe, piqué dans son amour-propre. J'mets de l'argent de côté pour m'acheter un petit commerce... enfin ça viendra quand j'aurai réglé quelques dettes.

— De jeu, bien entendu ? railla-t-elle. Et tu m'imagines faisant partie de votre odieuse bande de voleurs ?

— Pas d'injures ! Espèce de petite pute ! Et Ma et Pa, ils savent que tu te caches avec un Stanford ?

— Ils sont morts tous les deux ! Et je te répète que je suis mariée avec Wesley Stanford.

— Elle est bien bonne, et Bud a des ailes pour voler ! Tu prétends que t'es la femme de Stanford, et vous dormez chacun de votre côté ?

Leah regarda par terre.

— C'est une longue histoire, marmonna-t-elle.

— J'vois qu'une façon pour qu'un Stanford épouse une Simmons, moi ! Il t'a fait un enfant, hein ? D'ailleurs, marié ou pas, il a pas l'air de vouloir de toi. Ça saute aux yeux ! Pourquoi il te cache dans les bois, sinon ?

Les mots d'Abe la touchèrent au vif.

— Je dois partir. Le jour va se lever, murmura-t-elle. Wes va me chercher.

— Ça m'étonnerait. Y sera trop content d'être débarrassé d'une Simmons, qu'il l'ait épousée ou non. Viens avec nous, Leah. On fera de toi une femme riche.

— Riche ! cracha-t-elle. Riche à force de voler le bien des autres ? Voler des gens qui ont trimé toute leur vie pour pouvoir partir ? Tu me rends malade !

Malade ! Je me demande si la racaille comme toi a le droit de vivre !

— Comment oses-tu... brailla-t-il avant de s'avancer, menaçant, mais Bud d'un seul pas le cloua sur place.

Stupéfaite, son cœur martelant sa poitrine, elle se risqua à jouer le tout pour le tout et posa sa main sur le bras du géant.

— Bud, dit-elle, la gorge nouée, pourriez-vous me reconduire auprès de mon mari ? Je ne connais pas le chemin.

Sans un mot, Bud s'éloigna entre les arbres.

— Et maintenant, laisse-moi tranquille sinon je te le ferai regretter, jeta Leah avant de suivre l'ombre de Bud.

Elle se glissa sous ses couvertures apparemment quelques minutes avant que Wes ne se réveille. Elle s'efforçait de cacher sa nervosité de son mieux, mais le moindre bruit la faisait sursauter. Connaissant son aversion pour la forêt, Wesley l'assura qu'elle n'avait rien à craindre.

— Ce sont les hommes qui sont dangereux, affirma-t-il en l'observant. Prenez, par exemple, les deux énergumènes de la nuit dernière.

— Oui ! Et alors ? s'enquit-elle nerveusement. Ils n'étaient pas dangereux, n'est-ce pas ?

— Peut-être pourriez-vous répondre ?

— Moi ? Pourquoi moi ? Je ne sais rien d'eux, moi !

Il resta un moment silencieux.

— On prête aux femmes un sixième sens ! D'instinct, elles devinent si on peut se fier aux gens ou non.

Leah s'en voulut de sursauter de nouveau. Il ne savait pas que l'inconnu de la veille était son frère et qu'elle était allée le rejoindre. Mais si elle continuait à se comporter comme une coupable, il découvrirait la vérité.

— Seules les femmes riches ont le loisir de se livrer à ce genre de passe-temps. Une fille comme moi prend les gens comme ils sont, dit-elle sèchement.

Il était sur le point de parler, mais se ravisa.

— Fidèle à vous-même, marmonna-t-il. Très bien, Simmons-Stanford, restez près de moi !

Sur ces mots, il la planta là et se mit à progresser entre les arbres.

— Zut, zut et zut ! pesta-t-elle en avançant derrière lui.

Toute la journée, il marcha loin devant elle. Elle entrevoyait parfois ses vêtements de daim, mais la plupart du temps, elle le suivait péniblement, la tête baissée, tâchant d'écarter la pensée de son frère.

Au crépuscule, elle finit par se persuader qu'Abe avait encore le sens de la famille et renoncerait à ses projets perfides. Elle surveillait cependant toujours la végétation autour d'elle, s'attendant à moitié à ce qu'il lui tombe dessus. Ce serait bien dans son style !

Une détonation retentit soudain et se répercuta sans fin dans le sous-bois.

— Wesley ! hurla-t-elle en se précipitant vers son mari. Wesley !

Immobile et silencieux, Wesley était étendu par terre, à moitié assis contre son sac à dos, un trou béant dans la poitrine.

— Wesley ! répéta Leah avec un sanglot, en tombant à genoux auprès de lui. Wesley !

Il ne répondit pas, toujours immobile.

— Il respire encore, lança une voix au-dessus de sa tête. J'ai jamais eu l'intention de le tuer.

— Ordure ! siffla-t-elle en se ruant sur son frère.

Il mit ses mains devant son visage pour se protéger.

— Je t'avais dit que j'avais besoin de toi ! Mais comme t'as aucun sens de la famille, j'ai dû me débrouiller.

Devant une telle ineptie, elle s'arrêta de frapper Abe et reporta son attention sur Wesley. Bud était accroupi auprès de lui, sondant la blessure de ses énormes doigts.

— Il est vivant, n'est-ce pas ? interrogea-t-elle en s'agenouillant de nouveau.

Bud inclina la tête en sortant un couteau de sa ceinture.

— Non ! hurla Leah en se cramponnant à deux mains au bras monumental. Ne le tuez pas, je vous en prie ! Je ferai tout ce que vous voudrez !

Le géant lui décocha un regard sévère avant de couper la chemise de Wesley.

— Qui parle de tuer quelqu'un ? Viens avec moi. Bud va s'occuper de Stanford, déclara Abe.

— Je ne l'abandonnerai pas, s'entêta Leah. Je te le ferai payer, Abe Simmons. Si mon mari meurt, tu...

— Y va pas mourir. J'suis un bon tireur. Ça m'a pris tout l'après-midi pour établir ce plan. Mais j'savais bien que tu ferais n'importe quoi pour pas perdre l'argent des Stanford. Pendant qu'il guérit, tu pourras nous aider !

— Tu es stupide... commença-t-elle. Comment astu pu imaginer un pareil plan ? Wesley, vous m'entendez ?

Leah avait conscience de la présence de Bud auprès d'elle et elle lui était reconnaissante de son aide.

— Allons, s'énerva Abe en essayant de l'entraîner. On a des choses à discuter.

— Je ne discuterai pas si...

— Tu préfères que je l'achève ? Comme t'as pas le sens de la famille, j'vois pas pourquoi je m'occuperais de toi.

— Tu ne t'es jamais occupé que de toi.

— Alors, tu t'décides ? répéta-t-il, furibond.

— Non ! Je...

Wesley poussa un gémissement, et elle s'interrompit immédiatement pour se tourner vers lui.

— Leah, sauvez-vous ! souffla-t-il péniblement.

— Non ! cria-t-elle. Il n'est pas... ?

Elle regarda Bud qui secoua négativement la tête.

— T'as le choix, reprit Abe. Tu m'aides, et je te promets de le soigner. Tu refuses, et je le laisse crever ici. Tu ferais bien de te dépêcher ! A voir comme il perd son sang...

— Je t'aiderai, le coupa-t-elle, une main sur le front glacé de Wesley. Que veux-tu que je fasse ?

16

Leah regardait le grand corps endormi de Wesley. Sa blessure une fois nettoyée lui était apparue moins grave qu'elle ne le craignait, bien qu'il eût perdu beaucoup de sang. Il était étendu de tout son long sur un lit douteux, dans une vieille cabane cachée sur le flanc de la montagne.

Elle se leva tout doucement de son siège au chevet de Wes et emporta la bassine d'eau sale au-dehors pour la vider. De chaque côté de la porte, leurs silhouettes auréolées par les premiers feux de l'aube, les deux frères, Bud et Cal, se dressaient tels des cerbères — ou des anges tutélaires. Elle était si inquiète au sujet de Wesley qu'elle ne se souvenait plus très bien quand Cal avait fait son apparition, mais maintenant ils étaient là tous les deux, massifs et silencieux, impossibles à distinguer l'un de l'autre. Ils avaient porté Wesley inconscient jusqu'à la cabane et aidé Leah à le soigner sans un mot.

— Il dort, annonça-t-elle aux deux géants. Avec le temps, il va se rétablir.

— J'te l'avais bien dit, jeta bruyamment Abe.

Elle sursauta comme il surgissait à l'angle de la hutte.

— Pourquoi faut-il toujours que tu te faufiles comme une ombre ? s'emporta-t-elle en le foudroyant du regard.

— On peut pas imaginer une sœur plus hostile ! Tu vas m'écouter ou je m'en prends à ton richard.

Tout son être se révoltait à la pensée de coopérer avec son ignoble frère.

— Que veux-tu donc ? s'enquit-elle sur un ton belliqueux.

Abe ignora l'agressivité de Leah.

— J'ai juste besoin que tu fasses travailler ta matière grise. Et peut-être un peu de cuisine, ajouta-t-il à mi-voix.

Elle releva brusquement la tête.

— Non ! Mais tu plaisantes... Alors ce n'est pas pour vos sales affaires que vous avez besoin de quelqu'un mais pour préparer votre frichti ?

Il sourit de toutes ses dents pourries.

— C'est cela, Leah. Un peu de ménage, un peu de cuisine, quoi ! Tu vois, c'est pas sorcier. Et on est moins nombreux que chez Pa !

Leah se sentait presque soulagée. Même si le travail était un peu rude, tout valait mieux que de tremper dans leurs histoires.

Abe l'observait.

— Tu te sens mieux, hein ? dit-il comme s'il parlait à un petit chat perdu. Juste un peu de ménage, un peu de cuisine. C'est vrai que les garçons, ils ont de l'appétit.

— Et que me donne-t-on en échange ?

— Tu pourras prendre soin de ton riche mari. Encore qu'y vaudrait mieux que t'en parles pas à Revis. Ça sera not'secret, déclara-t-il, ignorant les deux frères.

Leah leur jeta un coup d'œil, mais ils restaient impassibles. Comprenaient-ils combien Abe les traitait avec mépris ?

— Qui est Revis ?

— Mon associé ! affirma-t-il avec orgueil. Nous faisons tourner le manège ensemble.

— Que se passera-t-il quand Wesley sera guéri ?

— Je dirai à Revis que tu t'es enfuie. C'est d'jà arrivé souvent ! Nous n'avons pas notre pareil pour épuiser les femmes !

— C'est parce que tu avais besoin d'une cuisinière que tu as blessé mon mari ? lui cracha-t-elle au visage. Si des cuisinières passent volontiers dans le coin et qu'il est si facile de les remplacer, pourquoi avoir tiré sur quelqu'un ?

Abe parut un instant ébranlé.

— Je voulais ma p'tite sœur près de moi, dit-il enfin avec un sourire radieux. Ça fait un bail qu'on s'était pas vus !

Leah attrapa une bûche sur le tas appuyé contre un des murs et se rua sur lui.

— Tu m'fais de la peine, Leah ! Et tu ne retrouveras jamais ton chemin hors de la forêt, déclara-t-il en se couvrant le visage de ses bras.

Avec lassitude, elle relâcha son arme.

— Espèce d'ignoble maître chanteur, siffla-t-elle avant de retourner vers la cabane.

— Hé ! vous, les garçons ! lança Abe dans son dos. Attendez un peu que je dise à Revis comment vous m'avez laissé traiter, presque tuer ! Y va vous chauffer les oreilles !

Leah prit tout son temps pour empaqueter ses quelques effets avant de suivre son frère. Elle aurait voulu informer Wesley de sa destination, mais il dormait toujours profondément. Un pli barrait son front, mais sa respiration était régulière.

Elle s'assit auprès de lui et caressa sa joue. Tous ses griefs à son encontre s'étaient envolés, seuls ses souvenirs de petite fille amoureuse lui revenaient à l'esprit.

— Ça suffit ! Revis veut son petit déjeuner. Il aime pas que les garçons restent trop longtemps hors de sa vue.

Leah se pencha et déposa un baiser sur les lèvres brûlantes.

— Je reviendrai bientôt, promit-elle avant de sortir.

Abe regarda furtivement le soleil levant.

— Allons-y, commanda-t-il sèchement.

Il devenait visiblement de plus en plus nerveux. La piste qu'ils empruntèrent pour redescendre était un labyrinthe au milieu des ronces et des rochers. Tandis qu'ils se frayaient péniblement un passage, Leah essayait de rassembler ses idées. Sans doute avait-elle intérêt à en apprendre le plus possible sur cette bande de voleurs.

— Où sont Bud et Cal ? demanda-t-elle en écartant une branche d'églantier de son visage.

— Ils aiment pas se déplacer avec les autres. Même Revis n'a pas pu les faire changer.

— Ce Revis arrive à les maîtriser ?

Abe s'arrêta et la regarda.

— Si t'es en train d'imaginer les mettre de ton côté, tu ferais mieux d'y renoncer tout de suite.

Leah essaya de ne pas lui laisser voir que c'était exactement son but.

— Revis et les garçons, y sont frères, déclara Abe

d'un air suffisant avant de se détourner. Y a des familles où on se tient les coudes, ajouta-t-il.

— Tu veux dire qu'ils sont *trois* géants ?

— Non, Revis a une taille normale et il est pas stupide, lui. Mais la mère de Revis a adopté les deux autres tout petits, et avec Revis y sont comme les doigts de la main.

Leah lui fit un pied de nez à son insu, fatiguée de ses perpétuelles allusions à sa déloyauté.

Ils marchèrent un moment en silence.

— Est-ce que Bud et Cal parlent ?

Abe renifla avec mépris.

— Que si on les oblige. Avec leurs cerveaux tout petits, sûrement qu'ils ont pas grand-chose à dire.

— Parce que d'après toi, plus les gens ont de choses à dire, plus leur cerveau est gros !

— T'es trop intelligente pour moi, Leah. Je parle pas aussi bien que toi, mais Revis si. Teste tes bons mots sur lui, mais ne t'avise pas de le menacer avec une bûche ! Les garçons te le feraient payer cher et ça me rendrait malade qu'on brutalise ma sœur.

Leah ne daigna même pas répondre.

Quelques minutes plus tard, ils arrivèrent en vue d'une cabane délabrée, au bord d'une petite clairière. Une pile de bois reposait contre un mur et un ruisseau serpentait non loin. Une femme émaciée surgit de l'arrière de la maison et commença à empiler des bûches sur ses bras maigres.

— Qui est-ce ? demanda Leah.

— Verity, dit Abe. C'est notre dernière... cuisinière. Elle a pas tenu très longtemps. Faut dire que ces garçons ont de l'appétit, ajouta-t-il avec un regard fuyant.

Sans interroger Abe davantage, elle poursuivit sa descente, les yeux fixés sur la malheureuse qui ne leva même pas la tête à leur arrivée.

— Prépare-nous à manger, lui ordonna Abe.

Sans manifester aucune hâte, Verity rentra dans la cabane.

Bud et Cal apparurent soudain, comme s'ils n'avaient jamais quitté l'endroit.

Après une minute d'hésitation, Leah suivit Verity à l'intérieur. Elle lui prit les bûches des mains et annonça :

— Asseyez-vous ! Je m'occupe de la cuisine.

Une lueur de surprise traversa le regard de Verity qui alla s'accroupir par terre dans un coin.

— Pas là ! jeta Leah choquée. Installez-vous à la table !

Verity tourna des yeux terrorisés vers Leah et secoua la tête.

— Vous avez peur d'Abe ?

Verity secoua de nouveau la tête.

— De Bud et Cal ?

Elle fit encore un signe négatif.

— De Revis ? souffla Leah, et elle s'aperçut que la femme se recroquevillait à la seule mention de ce nom. Eh bien, on ne peut être plus clair, murmura-t-elle en inspectant le contenu des sacs de provisions. Exactement le genre d'homme qui attire Abe !

Leah s'était toujours sentie à l'aise dans une cuisine. Gardant à l'esprit l'idée qu'un bon repas lui gagnerait peut-être la sympathie de Bud et Cal, elle se mit au travail avec plaisir.

Quand elle découvrit une robe de femme dans un des sacs de provisions, elle comprit immédiatement que toutes ces marchandises étaient leur butin. Mais elle refusa malgré tout de se laisser abattre. Bud et Cal l'avaient aidée à soigner Wesley ; elle les remercierait avec un bon repas, un très bon repas même.

— Dépêche-toi un peu ! lança Abe. Revis risque de rentrer d'un instant à l'autre.

— Si tu ne te mettais pas dans mes jambes, j'irais peut-être plus vite, répliqua-t-elle en tendant un œuf dur à Verity.

— Elle mérite rien. Ici, on mange que quand on travaille.

— Sors d'ici ou je préviens Bud et Cal que tu m'empêches de faire la cuisine.

Surprise et ravie, elle vit Abe devenir livide et quitter immédiatement la cabane.

— On dirait bien qu'Abe craint les garçons, murmura-t-elle en se tournant vers Verity pour avoir une confirmation, mais la femme enfournait gloutonnement l'œuf dans sa bouche.

Leah mit une heure et demie à préparer un repas dont l'abondance l'étonna elle-même.

— Bud, Cal ! appela-t-elle de la porte de derrière.

— Et moi, alors ? pleurnicha Abe en la bousculant pour passer.

L'intérieur se composait d'une seule pièce meublée d'une grande table et de cinq chaises. Des sacs de toutes sortes jonchaient le sol, des couvertures étaient empilées dans un coin et une vaste cheminée occupait tout un mur.

Quand Leah rentra, Bud et Cal étaient déjà installés et commençaient à déjeuner. Leah s'assit à côté d'eux. Abe présidait la table. Quand elle voulut faire asseoir Verity, la femme se terra encore davantage dans son coin.

— T'occupe pas d'elle, gronda Abe. Elle a peur de Revis. J'sais pas pourquoi. C'est pourtant quelqu'un de bien, hein, les garçons ?

Ils ne bronchèrent ni l'un ni l'autre, trop occupés à vider le contenu de leur assiette. Ils se tenaient plutôt bien, beaucoup mieux qu'Abe en tout cas, qui engouffrait d'énormes bouchées.

Tout en grappillant dans son assiette, Leah s'inquiétait pour Wesley. Se reposait-il ? Allait-il essayer de se lever pour la chercher ? Comment arriverait-elle à retrouver son chemin pour le rejoindre ?

— Finis ton assiette ! ordonna Abe. Revis n'aime pas les maigrichonnes.

Un signal d'alarme se déclencha dans le cerveau de Leah.

— En quoi mon poids concerne-t-il ton associé ?

— Euh ! Eh bien, répondit-il avec précipitation. C'est que Revis est un vrai gentleman et il aime les jolies femmes.

Elle se pencha en avant.

— Aucun gentleman ne vit de rapines !

— Bien parlé, lança une voix derrière Leah.

Elle pivota sur elle-même tandis qu'Abe bondissait de sa chaise si brutalement qu'elle se renversa.

— M'sieur Revis ! bredouilla-t-il.

Un mélange de crainte et de respect perçait dans sa voix.

Leah ne s'était fait qu'une idée très vague du physique de Revis. Elle ne correspondait pourtant en rien à celui qui se tenait sur le seuil. C'était un homme grand, large d'épaules et étroit de hanches, avec des cheveux noirs bouclés. Ses yeux sombres, presque noirs, retenaient l'attention dans un visage régulier au menton énergique. Il les riva immédiatement sur ceux de Leah tandis qu'un sourire sardonique relevait le coin de ses lèvres.

Leah frissonna de tout son corps.

— C'est elle, M'sieur Revis, annonça Abe. C'est ma sœur. Elle est jolie, hein ? Et forte aussi. Vous verrez, elle sera pas usée par le travail en un mois ou deux !

Leah n'arrivait pas à détourner son regard de l'homme. Il était terrorisant et fascinant à la fois. Elle déglutit péniblement.

Lentement, d'une démarche de félin, l'homme

s'approcha d'elle. Il portait une chemise de soie, des pantalons de laine noire et des bottes de cuir, noires également. Il lui tendit la main avec grâce.

Elle la prit et pendant un moment, elle crut être de retour dans le salon des Stanford. Elle se leva comme s'il l'invitait à danser.

— Elle est vraiment charmante, acquiesça Revis de sa voix profonde.

— Je savais qu'elle vous plairait, M'sieur Revis. Je le savais. Elle a le feu au corps. Elle va vous rendre heureux.

Leah se tenait au milieu de la cabane sordide, sa main dans celle de Revis. Elle entendait Bud et Cal poursuivre tranquillement leur repas derrière elle. Peu à peu, les paroles d'Abe atteignirent son cerveau.

Ses yeux se portèrent d'Abe à Revis, et soudain tout devint clair. Revis n'était l'associé de personne, surtout pas celui d'Abe Simmons. Et Leah n'était pas embauchée pour faire la cuisine, mais pour distraire de ses charmes ce scélérat.

— C'est un malentendu, déclara Leah en retirant sa main. Je suis ici pour faire la cuisine.

— N'est-elle pas drôle ? intervint Abe avec un rire nerveux. Ma petite sœur connaît bien les hommes, elle les adore. Et je peux voir qu'elle vous aime beaucoup, M'sieur Revis. Allez, Leah, donne-lui un baiser.

Leah fondit sur son frère, défigurée par la rage.

— Ah, il te fallait une cuisinière ! Et tu espérais bien qu'elle se transformerait à volonté en fille de joie ! Comment as-tu osé ? Ecoute-moi bien, espèce de fumier, je ne suis la putain de personne et surtout pas de ce brigand !

Un masque de cire figea les traits d'Abe.

— M'sieur Revis, elle n'en pense pas un mot. Elle croit qu'y faut se faire désirer.

— Espèce de... ! s'étrangla Leah en bondissant sur Abe.

Revis saisit Leah par la taille et l'attira à lui.

— Vous me plaisez. J'aime que mes femmes aient du caractère, déclara-t-il en caressant le bras de Leah de sa main libre. J'adore dompter les tigresses.

— Voilà une petite gâterie, alors ! s'exclama-t-elle en lui décochant un coup de pied dans les tibias.

L'expression qui se peignit sur le visage de Revis la récompensa de cet acte téméraire. Même si elle le payait cher, elle ne regretterait rien. Dès qu'un homme se croyait séduisant, il n'imaginait pas un instant qu'on puisse lui résister.

— Ce n'est pas un sale voleur qui va me toucher ! lança-t-elle fièrement, mais l'instant d'après elle reculait devant lui.

— Attrapez-la, M'sieur Revis ! C'est une ingrate ! Elle mérite d'être punie, glapit Abe.

Revis progressait toujours, ses prunelles glacées et terrifiantes rivées sur Leah.

Elle longea la table à reculons et attrapa au passage une chaise pour se protéger.

— Laissez-moi, gronda-t-elle. Je ne veux pas que vous me touchiez.

— Vous êtes beaucoup trop jolie pour que je me soucie de vos désirs !

Revis lui arracha la chaise qu'il lança à travers la pièce.

— Aidez-moi ! implora-t-elle en posant une main sur l'épaule de Bud sans cesser de reculer, mais il l'ignora.

— Les garçons n'obéissent qu'à moi, dit Revis en poursuivant sa progression. Tout le monde ici exécute mes ordres. Arrêtez donc ce jeu et venez me rejoindre ! Ceux qui ne se plient pas à ma volonté le regrettent amèrement.

Verity se recroquevilla dans son coin en poussant des petits cris plaintifs.

— C'est ce qui est arrivé à Verity ? Vous l'avez violée ?

Une moue satisfaite plissa la bouche de Revis.

— Quand mes femmes me désobéissent, je les punis.

Malgré elle, Leah frissonna. Si elle s'en sortait, Abe le payerait cher. Elle chercha son frère du coin de l'œil et Revis profita de ces quelques secondes d'inattention pour fondre sur elle. Il lui saisit le poignet et, lui tordant le bras derrière le dos, la tint serrée contre lui.

— Ah, tu as le feu au corps, ma mignonne ! Eh bien voilà un feu que tu vas me faire partager !

— Arrêtez ! cria-t-elle sans arriver à masquer le tremblement de sa voix.

Les lèvres de Revis se posèrent sur son cou.

— Tu verras, c'est toi qui me supplieras bientôt.

Diverses pensées agitèrent son esprit. Si Revis obtenait ce qu'il voulait, c'en était fini d'elle, et probablement de Wesley aussi. Il fallait à tout prix qu'elle le repousse. Mais elle n'arriverait à rien sans l'aide de Bud et de Cal...

— Je n'aime pas les démonstrations en public, souffla Revis. Venez dehors, je vous ferai découvrir l'homme derrière le voleur qui vous terrifie.

— Je ne suis pas terrifiée... commença-t-elle.

La main de Revis se referma sur son cou.

— Peut-être devriez-vous l'être. J'aime les femmes qui résistent.

— Parce que vous n'en trouvez aucune qui consente ?

Revis haussa un sourcil.

— Vous avez besoin d'apprendre les bonnes manières ! Quelques coups vous rendront moins farouche.

— Elle les mérite bien, approuva Abe.

— La ferme ! gronda Revis sans quitter Leah des yeux. Votre stupide frère vous a-t-il parlé de moi ? Je prends ce que je veux et je l'utilise jusqu'à épuisement. Ce n'est pas la peine de me résister, je gagne toujours.

Sur ces mots, il s'empara de sa bouche dans un baiser sauvage. Une lueur de triomphe brillait dans ses yeux, et Leah comprit qu'il était persuadé de son entière reddition. Après une telle démonstration, elle allait tomber à ses pieds.

Elle lui cracha au visage et tourna la tête au moment où il levait le bras pour la frapper.

— Bud et Cal ! jeta-t-elle. Si vous ne me protégez pas, je ne ferai jamais plus la cuisine pour vous !

L'étonnement arrêta Revis au milieu de son geste. Il relâcha brutalement Leah et la poussa contre le mur. Un horrible sourire tordait son visage.

— Vous voulez monter mes frères contre moi ?

— Non... Je ne veux pas que vous me touchiez, c'est tout !

Il lui paraissait plus terrifiant que jamais, et ses ongles s'enfoncèrent dans la paroi derrière elle comme si elle espérait se creuser un chemin vers la liberté.

— Vous avez besoin d'apprendre qui est le maître ici !

Alors qu'il levait de nouveau la main pour la frapper, une énorme poigne retint son bras.

— Elle fera la cuisine, dit Bud d'une voix ferme.

Le visage stupéfait de Revis valait le coup d'œil. Flanqué de ces deux géants, il paraissait presque petit. Son regard alla de l'un à l'autre avant de se poser sur Leah. La haine qu'elle y lut la fit frissonner.

Il libéra alors son poignet d'une secousse, pivota sur ses talons et quitta la cabane.

17

La nuit était bien avancée quand Leah réussit à se glisser furtivement hors de la cabane des bandits. Revis n'avait pas reparu, mais la scène avait tellement effrayé Verity que Leah mit des heures à la calmer avant qu'elle ne finisse par s'endormir.

Avec quelques mots bien sentis, elle avait cloué le bec d'Abe qui vitupérait sa conduite, et avait passé le plus clair de sa journée à cuisiner. Pendant le déjeuner, elle remercia Bud et Cal de leur aide et, devant leur absence de réaction, elle plaqua un baiser sonore sur la joue de chacun des deux garçons.

— Tu crois quand même pas que tu vas retourner ces crétins contre Revis ? brailla Abe.

— Abe, intervint Leah d'une voix égale. Je t'ai suffisamment entendu pour aujourd'hui. Si tu...

— Fais bien attention que je souffle pas deux mots à Revis de ton riche bonhomme. Réfléchis à deux fois avant de me menacer !

Leah n'osa pratiquement plus ouvrir la bouche, et Abe se permit de lui rappeler de temps à autre avec un ricanement quelques petites tâches à effectuer.

La nuit était noire quand elle se mit en marche vers la hutte où était caché Wesley. Tout au long du chemin, elle tenta d'inventer une histoire pour lui expliquer son absence.

Elle arriva épuisée à destination. Son cœur battait à coups redoublés : comment se portait Wesley ?

Elle alluma une lanterne à côté du lit et poussa un soupir de soulagement en entendant sa respiration régulière. Il ouvrit immédiatement les yeux.

— Leah ? souffla-t-il.

— Je suis là maintenant. Je vous ai apporté quelques provisions. Pouvez-vous manger ?

Il demeura un moment silencieux à l'observer.

— Où étiez-vous, Leah ? demanda-t-il doucement en tâchant de s'asseoir.

— Non ! Restez couché et je vous donnerai la becquée.

Elle essaya de le retenir mais il lui écarta les mains.

— Je veux une réponse.

C'était un ordre. Soudain c'en fut trop pour Leah, elle s'effondra sur le matelas et se mit à pleurer, le visage enfoui entre ses mains.

— Leah, chérie, dit-il en se penchant vers elle. Ce n'était pas mon intention...

— Je... je suis désolée, murmura-t-elle entre deux sanglots. Je suis si fatiguée et j'ai dû faire face à tellement d'événements !

— Quel genre d'événements ? interrogea-t-il, la mâchoire crispée. Qui a tiré sur moi et où avez-vous passé la journée ?

Leah essuya ses yeux d'un revers de main. Fatiguée ou pas, elle se devait de réussir le rôle de sa vie.

— Oh, Wesley ! s'écria-t-elle. C'était un accident. Ces hommes chassaient et ils ont tiré sur vous par erreur. Ils m'ont aidée ensuite à vous transporter ici avant de partir. Ils craignaient d'éventuelles poursuites dès que vous iriez mieux.

Elle prit une profonde inspiration.

— A peine étions-nous ici qu'une petite fille est venue implorer mon aide. Sa mère et ses six frères et sœurs avaient attrapé la rougeole. Son père était mort, et elle était toute seule pour veiller sur eux. Comme vous aviez surtout besoin de repos, je n'ai pas hésité à vous abandonner pour la suivre. Et je me suis échinée toute la journée.

Elle se tut brusquement et fixa un regard implorant sur lui. Elle n'était pas sûre d'être de taille à l'affronter maintenant.

Les yeux de Wesley plongèrent dans les siens. Jamais de sa vie, il n'avait entendu pareil tissu de mensonges, pourtant tout chez elle le suppliait de la croire. Elle avait des cernes sous les yeux et une robe tachée. Personne ne vivait dans ces bois, il en était sûr, mais des voleurs y avaient, paraît-il, installé leur repaire et les importuns payaient cher leur curiosité. Et Leah qui prétendait y avoir rencontré une mère et ses sept enfants ! Pour le moment, il était trop faible pour se lever et tenter de découvrir la vérité. A la mine terrifiée de Leah, il comprit qu'il ne tirerait rien d'elle.

— C'est bien votre genre de vous charger des problèmes des autres, déclara-t-il avec un petit sourire forcé.

— Vous... vous ne m'en voulez pas ? l'interrogea-t-elle en retenant sa respiration.

— Leah, dit-il tendrement, suis-je donc un tel tyran ? Comment avez-vous pu imaginer que je vous retiendrais ici en livrant à une mort certaine une pauvre veuve et sept orphelins ?

— Non... je ne savais pas trop quelle serait votre réaction. Vous semblez moins gravement blessé que je ne le craignais. J'étais inquiète de vous savoir seul.

... Et trop effrayée par je-ne-sais-quoi pour demeurer auprès de moi, songea-t-il, mais il prit sa main et déposa un baiser sur sa paume.

— Pouvez-vous rester ou devez-vous repartir ?

Elle redoutait le voyage de retour dans la montagne au milieu de la nuit, mais elle craignait encore plus la réaction de Revis s'il ne la trouvait pas.

— Je dois partir. Serez-vous capable de vous débrouiller ? s'enquit-elle en se levant.

— Vous allez me manquer affreusement mais je survivrai. Partez et tâchez de dormir tout votre saoul. Je vais me restaurer et faire un somme, moi aussi. Je souffre encore trop pour bouger, déclara-t-il d'une voix qu'il voulait fatiguée.

— Parfait, murmura Leah, et elle quitta la cabane tant qu'il lui restait encore un peu d'énergie.

— Nom d'un chien ! jura Wesley aussitôt que la porte se fut refermée.

Dans quel pétrin s'était-elle encore fourrée ? La nuit dernière, elle s'était glissée dans la forêt pour retrouver ce bon à rien qui leur avait rendu visite au campement. Ensuite, elle avait passé sa journée à sursauter au moindre bruit. Enfin, on avait tiré sur lui, et pendant qu'il saignait comme un bœuf, elle s'était battue comme un beau diable avec ce scélérat. Aujourd'hui, il l'avait attendue toute la journée et, quand enfin il l'avait revue, elle semblait vieillie de dix ans et était défigurée par la peur.

Que diable se tramait-il ?

Maintenant d'une main le bandage autour de ses côtes, il bascula hors du lit avec mille précautions. Sa blessure n'était pas aussi grave qu'il l'avait fait croire à Leah et il s'était débarrassé d'elle à dessein, de peur qu'elle ne l'examine à nouveau. A menteur, menteur et demi !

Une fois dehors, il tendit l'oreille. On entendait distinctement Leah descendre le flanc de la colline. Si elle désirait passer inaperçue, elle s'y prenait vraiment mal !

Sur le point de prendre la piste, il entendit des pas sur sa gauche. Sûrement quelqu'un de lourd, songea-t-il, sans doute le géant de l'autre jour. Lui aussi suivait Leah.

Wesley se glissa sans bruit à leur suite, ramassant au passage une grosse branche d'arbre. Il marcha un bon moment derrière eux avant de s'immobiliser au-dessus de la cabane dans la clairière. Il observait silencieusement Leah qui se dirigeait vers la porte de derrière quand brusquement l'homme dégingandé en surgit et se précipita à sa rencontre.

Les mots « où diable étais-tu ? » montèrent jusqu'à Wes.

Il s'accroupit par terre pour observer la scène. Un pied massif se posa soudain sur la branche dont il s'était muni. Il fit un bond et se trouva nez à nez avec le jeune géant. Instinctivement, il recula son poing, prêt à la bataille, mais quelqu'un derrière lui s'en empara. Il pivota sur lui-même et découvrit un second géant identique au premier.

— Si l'un de vous touche à ma femme, je le tue ! s'écria-t-il en libérant son bras, comme s'il était en position de menacer qui que ce soit.

— Elle est en sécurité pour l'instant.

— Rentrez avant que votre blessure ne se mette à saigner.

Il scruta l'un après l'autre les visages éclairés par la lune et comprit alors que Leah courait un grand danger.

— Ma femme a besoin d'aide, n'est-ce pas ? interrogea-t-il en priant pour que sa confiance ne soit pas trahie.

— Venez ! Nous parlerons dans votre hutte.

Quatre heures plus tard, Wesley était de nouveau seul dans la petite cabane. La lanterne était éteinte et la pièce plongée dans la pénombre, mais Wesley était sûr que sa fureur était suffisante pour illuminer le monde entier.

Bud et Cal avaient mis un certain temps à se livrer. On voyait qu'ils n'avaient pas l'habitude de parler, mais devant l'intérêt de Wesley, ils étaient devenus intarissables.

Ils ne se souvenaient pas de leurs parents et avaient été adoptés tout petits par la mère de Revis, alors que leur taille suscitait déjà l'étonnement et même parfois la malveillance. Elle les utilisait d'ailleurs comme un attelage de bœufs supplémentaire et quand Revis, déjà voleur mais plein de charme et surtout de gentillesse à leur égard, leur avait proposé de partir vers l'Ouest, ils ne s'étaient pas fait prier.

Ils vivaient dans la forêt depuis quatre ans déjà mais, malgré tout ce qu'ils devaient à Revis, ils ne supportaient pas sa façon de traiter les femmes qu'il ramenait chez eux. Ils avaient bien essayé de les aider, mais à chaque fois elles poussaient des cris de frayeur, terrorisées par les histoires affreuses qu'Abe inventait sur leur compte.

Seule Leah avait réagi différemment.

— Leah prend les problèmes de tout le monde à cœur, grommela Wes. Allez-vous l'aider à s'échapper ?

Bud et Cal échangèrent un regard.

— Elle ne partira pas sans vous. Si elle s'en va, Abe a menacé de vous dénoncer.

— Revis vous tuerait, déclara carrément Bud. Il ne supporte pas que d'autres hommes touchent ses femmes.

— Moi non plus ! gronda Wesley avant de questionner les deux garçons sur les activités de Revis.

Une bande de voleurs écumait la région bien avant l'arrivée de Revis, et Bud et Cal lui apprirent l'existence d'un chef surnommé le Danseur, auquel Revis rendait des comptes, mais ils ignoraient tout de lui.

— Si je pouvais découvrir son identité... fit Wes rêveur.

Les deux géants se levèrent.

— Nous devons repartir. Revis va rentrer. Rétablissez-vous vite, et nous protégerons votre jolie dame.

— C'est une dame, n'est-ce pas ? répéta Wes avec fierté au moment où ils le quittaient.

Assis tout seul, il réfléchissait à ce qu'il venait d'entendre. Le dévouement de Leah le bouleversait. Il n'avait pourtant pas fait grand-chose pour gagner son amour. La pensée de Kimberly lui traversa l'esprit, et il fut bien sûr qu'elle n'aurait pas risqué son joli petit cou ni sa précieuse virginité pour sauver qui que ce soit.

— Je vous le rendrai, Leah, c'est juré ! murmura-t-il au milieu des ténèbres.

18

Leah ne dormit pas beaucoup cette nuit-là. Elle fit d'horribles cauchemars sur tous les dangers qui guettaient Wesley, seul dans cette cabane au milieu des bois. A son réveil, ses yeux étaient bouffis et son crâne près d'exploser.

— Tu ferais mieux de prendre une autre tête, remarqua Abe au moment où elle commençait à préparer le petit déjeuner. Revis aime les jolies femmes.

— Je fais ce qui me plaît ! Et les goûts de Revis sont bien le cadet de mes soucis.

— Vaudrait mieux que ça te plaise de lui plaire ! susurra Abe en se penchant vers elle. Car ça pourrait bien me plaire à moi de lui dire où se cache ton riche amant !

Leah mit le bacon à frire dans la poêle avec des mains tremblantes.

Elle finissait de ranger la vaisselle quand elle aperçut Revis. Appuyé contre un mur, il se curait les ongles avec un couteau à la lame longue et fine.

Elle sursauta puis, se ravisant, elle passa devant lui le menton levé. Il attrapa ses cheveux et la tira lentement vers lui en les enroulant autour de son poignet.

— Ainsi, Madame a une trop haute opinion d'elle-même pour adresser la parole à un voleur !

— Lâchez-moi ! J'ai du travail et vous m'importunez. Bud et Cal...

Il tira sa tête en arrière d'un coup sec.

— Je vais vous faire regretter de les monter contre moi, déclara-t-il en approchant sa bouche de la sienne.

Ses lèvres se retroussèrent dans un affreux sourire puis Leah ressentit une brutale secousse. L'instant d'après, il la repoussait en exhibant triomphalement une longue mèche. Instinctivement, elle massa avec sa main l'endroit où il avait arraché ses cheveux tandis qu'il éclatait d'un rire sauvage.

Toute la journée, Revis l'épia. Il surgissait de nulle part, de la forêt ou de derrière la pile de bois, ou encore il restait à la regarder silencieusement dans un coin de la cabane. Jamais pourtant il ne s'approcha assez pour la toucher, car depuis l'épisode de la mèche, Bud et Cal se relayaient auprès d'elle.

Au coucher du soleil, Revis disparut. Aussitôt, Leah annonça à Bud qu'elle allait rejoindre son mari. Il inclina la tête. L'avait-il bien comprise ou était-il aussi stupide qu'Abe le prétendait ? C'était encore un mystère à éclaircir !

Tout seul dans sa hutte, Wesley maudissait sûrement le sort qui le liait à une Simmons, songeait Leah en gravissant péniblement le flanc de la colline. Dire qu'il n'avait pas voulu divorcer parce qu'il la trouvait plus « drôle » que Kimberly... eh bien, il était servi, maintenant !

Quand elle poussa la porte, elle avait l'air si misérable que Wesley faillit presque en rire. Depuis qu'il la connaissait, elle avait toujours fait face avec courage, quels que soient les coups du sort, et Wesley n'avait jamais craint d'exprimer ses opinions, car elle était de taille à se défendre.

Mais celle qui pénétrait dans la cahute avait quelque chose de brisé, comme si elle avait abandonné toute envie de se battre.

Immédiatement, il eut l'intuition du seul remède à sa détresse : la prendre dans ses bras et lui faire l'amour.

Il lui tendit la main, mais Leah ignora son geste.

— Je vous ai apporté quelques provisions.

— Je n'ai pas faim, merci. Venez vous asseoir !

Ce sera donc sans fin ! songea-t-elle. Revis me poursuit toute la journée et Wesley me tourmente la nuit...

— Je dois rentrer.

— Leah, déclara Wes avec une surprenante fermeté pour quelqu'un de si malade, asseyez-vous !

Elle n'avait aucune envie de lutter, et d'ailleurs que pouvait-il bien faire dans son état ?

Quand elle se laissa tomber sur l'extrême bord de la paillasse, il passa un bras autour de ses épaules et l'attira en arrière contre le mur. Puis il blottit le petit corps tendu contre le sien, chaud et confortable.

— Du poulet, des pommes de terre, du pain, énuméra-t-il d'une voix douce, détaillant le contenu du panier.

De sa main libre, il le prit et le posa par terre. Cela fait, il resta à moitié penché contre elle.

— Je... je dois partir, répéta-t-elle en le repoussant timidement.

— Leah, murmura-t-il en suivant du doigt le contour de sa joue. Vous n'avez pas peur de moi, n'est-ce pas ?

— Bien sûr que non, protesta-t-elle. Je dois partir, c'est tout. Je n'ai peur d'aucun...

Il la fit taire d'un baiser, pas un petit baiser de rien du tout, mais un baiser qui n'en finissait pas, un baiser qui ranimait toutes les fibres de son corps.

— Que disiez-vous ? interrogea-t-il tout en effleurant sa joue et son cou de sa large main.

— Aucun homme, fit-elle en essayant de garder les yeux fixés sur lui. Je n'ai peur d'aucun homme, aucun...

Wesley laissa ses lèvres descendre le long du cou de Leah en une multitude de petits baisers brûlants.

— Il m'est venu à l'esprit aujourd'hui, Leah, que bien que vous soyez mariée depuis un bon moment et ayez même eu un bébé, personne ne vous a jamais fait l'amour.

Elle s'écarta brusquement de lui.

— C'est absurde ! Comment aurais-je eu un bébé si... c'est-à-dire vous... enfin, la nuit de l'orage, nous...

— Ma délicieuse épouse, je vous prenais pour une prostituée et je vous ai utilisée comme telle. Si j'avais su qu'il s'agissait de notre nuit de noces, je vous assure que je me serais conduit autrement.

— Autrement ? releva-t-elle avec curiosité.

Les caresses de Wesley éveillaient en elle des sensations nouvelles et exquises.

— Ah, mais c'est trop facile ! clama-t-elle soudain. Vous n'avez pas le droit de me toucher. J'ai juré de vous résister. Ce n'est pas parce que je suis une Simmons que...

— Chut ! Leah, murmura-t-il.

Il prit ses lèvres et les retint prisonnières jusqu'à ce que les bras de Leah se referment derrière sa nuque et l'attirent contre elle. Alors il l'allongea auprès de lui.

Quand il s'écarta, il lut l'étonnement dans ses yeux et une vague de culpabilité l'envahit. Cette femme qui était la sienne ignorait tout des choses de l'amour. Lentement, avec d'infinies précautions, il commença à remodeler son corps de ses doigts, à le faire naître tout doucement à la vie.

Sa robe était sale et beaucoup trop lâche. D'une main experte, il détacha un à un les petits boutons du corsage.

— Wesley, il me semble... balbutia Leah. Peut-être ne devrions-nous pas... Ô mon Dieu !

La main de Wesley se glissa à l'intérieur de la robe, sa chaleur se propageant à travers la fine lingerie qu'elle portait. Il l'embrassa de nouveau en la soulevant légèrement pour dénuder ses épaules.

L'enchantement se peignit alors sur les traits de Wesley. Jamais il n'avait vu pareille merveille de finesse et de légèreté. La soie arachnéenne épousait les formes de Leah, voilant à peine sa peau d'un blanc laiteux, et soulignant les pointes rosées des seins.

Le rouge monta immédiatement aux joues de la jeune femme.

— La couturière de Nicole a décidé que puisqu'il me fallait des vêtements solides, mes dessous devaient être... devaient être...

— Voyons un peu le reste, chuchota avidement Wesley.

Et sans laisser à Leah le temps de protester, il lui enleva quatre jupons en coton, révélant la splendeur de ses longues jambes mises en valeur par des pantalons de dentelle à la transparence plus qu'évocatrice.

— Leah ! Oh, Leah ! murmura-t-il d'une voix tremblante en la serrant contre lui et en l'embrassant passionnément.

La réponse de Leah ne se fit pas attendre. Personne ne lui avait jamais enseigné les plaisirs de l'amour, et parfois ses réactions dévoilaient des inhibitions enfantines. Elle lui rendit son baiser avec enthousiasme.

D'abord surpris — peut-être se rappelait-il aussi les restrictions de Kim dans ce domaine —, Wesley sourit devant l'ardeur de sa femme. Ses mains entreprirent un lent voyage à la découverte du corps offert. La peau tiède, à peine voilée par la soie mouvante, mettait un comble à son excitation.

Sa bouche nichée contre le cou de Leah, il batailla avec la fine chemise de jour délicatement brodée.

Leah perdait la raison à son contact. Ses doigts se crispèrent sur la nuque de Wesley, s'emmêlant dans ses cheveux.

Elle protesta quand la bouche de Wesley quitta son cou, mais émit de petits grognements de plaisir en la sentant descendre le long de sa gorge. Il saisit la pointe d'un de ses seins, et elle s'immobilisa devant la violence de l'onde qui la parcourut tout entière.

— Wesley ? interrogea-t-elle avec surprise en redressant la tête.

Sans lui accorder la moindre attention, Wesley poursuivit sa lente exploration, allumant un brasier sur son passage. Il agrippa alors sa taille de ses deux mains, et elle s'offrit, son corps tendu vers lui tandis que sa tête roulait de part et d'autre.

Puis elle empoigna sa chemise à pleines mains et happa la frange de cuir avec les dents.

— Laissez-moi vous toucher, souffla-t-elle.

Wesley se dépouilla instantanément de ses vêtements et s'agenouilla au-dessus d'elle, ne portant plus que son seul bandage.

Elle sentait au fond d'elle-même qu'elle aurait dû s'inquiéter au sujet de sa blessure, mais en cet instant du moins, c'était le cadet de ses soucis. Ses yeux glissèrent sur sa virilité, et elle s'en empara sans aucune fausse pudeur.

Il poussa un râle et se laissa tomber contre elle. Il craignait que Leah ne soit affolée, mais son ardeur était plus qu'il ne pouvait en supporter.

Elle l'accueillit avec fièvre, refermant ses jambes autour des cuisses musclées. Wes l'empoigna alors et roula sur le dos, la maintenant au-dessus de lui. Puis il la guida dans un lent mouvement de va-et-vient, observant l'expression de ravissement qui illuminait ses traits, jusqu'à ce que le plaisir les emporte tous les deux sur des sommets jamais atteints.

Ils restèrent un long moment étroitement embrassés. Puis Wesley, roulant sur le côté, se souleva sur un coude pour la contempler. Le regard de Leah était brillant, sa bouche gonflée, et des boucles humides encadraient son front.

L'émerveillement submergeait Wesley à l'idée que cette beauté provocante était sa propre femme, sa femme pour l'éternité !

Leah fixa Wesley, et son expression la fit immédiatement revenir sur terre.

— Je dois partir, annonça-t-elle abruptement.

Il fronça les sourcils. Il ne voulait pas qu'elle le quitte, mais il savait que c'était nécessaire.

— Allez-y, alors ! jeta-t-il avec plus de dureté qu'il ne l'aurait voulu, car son orgueil se hérissait devant ce que le bon sens lui dictait.

Leah entendit uniquement la froideur de sa voix et s'habilla rapidement. Elle se glissa sans un mot dans la nuit sombre. Mais à mi-chemin dans la montagne, elle s'assit par terre et se mit à pleurer.

Jamais elle ne serait une dame ! Aucune crème de beauté, aucune robe de prix, aucun shampooing ne ferait d'elle une dame. Elle s'était promis d'être chaste, et à la première opportunité elle s'ébattait comme une diablesse !

Face à Nicole ou à Regan, Revis aurait sûrement manifesté du respect. Il voulait posséder Leah uniquement parce qu'elle était une Simmons. Et maintenant que Wesley avait découvert sa véritable nature, il serait sans doute heureux de l'abandonner à Revis.

Elle finit par se calmer et reprit sa descente.

Quand elle entra dans la cabane, seul le ronflement d'Abe dans un coin troublait le silence. Elle s'allongea sur une couverture à côté de Verity qui geignait à intervalles réguliers.

Le martèlement des bottes de Revis sur les planches la réveilla, le lendemain matin.

— Tous debout ! gronda-t-il. Où sont les garçons ? demanda-t-il directement à Leah.

Elle refusa de se laisser effrayer.

— Derrière vous ! lui renvoya-t-elle.

Revis lui décocha un regard furibond avant de se retourner.

— J'ai un chariot embourbé à trois kilomètres d'ici, un peu plus bas. Allez le sortir de là, vous deux ! Et toi, Abe, espèce de fainéant, accompagne-les donc !

— Oui, M'sieur Revis. Au travail, gros lourdauds !

Leah retint sa respiration, craignant que Revis ne reste, mais il partit derrière les autres. Avec un soupir de soulagement, elle se mit à préparer le petit déjeuner. Les garçons seraient sûrement affamés après l'effort.

Des mains se refermèrent soudain sur sa taille au moment où elle attrapait une tranche de bacon.

— Ils sont partis, maintenant, souffla Revis à son oreille.

Elle se libéra de son étreinte en pivotant sur elle-même.

— Ne me touchez pas ou...

— Ou ? reprit-il à mi-voix en avançant vers elle. Vous ne pouvez plus m'échapper, maintenant.

Leah continua à reculer.

— Pourquoi vous obstinez-vous ? interrogea-t-elle en s'adossant au mur. Vous avez du charme et une multitude de possibilités. De nombreuses femmes plus jolies que moi seraient à vos pieds si vous le désiriez.

Il l'attrapa par le bras.

— Les dames comme vous se croient trop bien pour les bandits de grand chemin comme moi, hein ?

— Les dames ! s'exclama-t-elle. Abe est mon frère. Comment une vraie dame pourrait-elle être apparentée à cette ordure ?

Essayons de le faire parler, songeait-elle. Les garçons vont rentrer d'un moment à l'autre.

— Je ne suis pas convaincu qu'il soit votre frère, déclara Revis en la tirant vers lui. Pourquoi restez-vous ici ? Chaque nuit, vous vous échappez dans la montagne. Mais vous revenez toujours.

Il s'amusa de son étonnement.

— Saviez-vous que les garçons vous suivaient ? Quand j'ai tenté de faire de même, l'un de ces imbéciles m'a retenu. Que faites-vous tous les trois en haut de la montagne ?

— Vous êtes écœurant. Lâchez-moi avant qu'ils ne rentrent.

— Ils en ont pour des heures. J'ai enfoncé ce wagon dans un mètre de boue. Et pendant qu'ils barbotent dedans, je vais...

— Non ! cria-t-elle en tordant son bras pour se libérer.

— Qu'y a-t-il en haut de la montagne, petite cachottière ? Si nous allions y jeter un coup d'œil ?

— Non ! Enfin... Je veux dire, pourquoi pas ? J'y

recherche tout simplement un peu d'intimité. J'ai besoin de m'évader de toute cette crasse !

— Pourquoi ne vous enfuyez-vous pas, alors ? Pourquoi vous obstinez-vous à faire la cuisine et à prendre soin de cette fille stupide ?

Leah ne trouva aucune réponse.

— Eh bien, vous êtes silencieuse ?

— J'ai promis d'aider mon frère. Il m'a rendu un service autrefois et j'ai une dette envers lui, lança-t-elle d'une traite.

— Abe n'a jamais rien fait pour personne. Que cachez-vous donc ?

Avant que Leah ait pu répondre, Bud s'encadra sur le seuil, le bas du corps couvert de boue. Il traversa silencieusement la pièce et posa sa main sur l'épaule de Revis.

La haine jaillit dans le regard du brigand, qui pivota sur lui-même.

— Vous l'avez déjà sorti ? aboya-t-il.

Bud inclina la tête.

Leah soupira un peu trop bruyamment tandis que Revis lui lançait un regard malveillant avant de sortir.

— Merci ! souffla-t-elle à Bud.

Revis resta dans les parages tout au long de la journée, et la nuit venue, Leah n'osa pas quitter la cabane de peur qu'il ne la suive et ne découvre Wesley.

— Pouvez-vous lui porter cela ? glissa-t-elle à Bud d'un ton implorant en lui tendant un panier rempli de provisions.

Sans un mot, il inclina la tête à son habitude. Leah n'était toujours pas sûre du degré de confiance à accorder aux deux géants, mais elle ne voyait aucune autre solution.

— Ne vous faites pas voir. Il ne sait pas... où je suis.

Un peu plus tard, étendue sur une couverture grossière, Leah revivait sa nuit d'amour dans les bras de Wesley. Elle en tira amèrement la conclusion suivante : son mari la désirait parce qu'elle n'était pas une dame et Revis pour la raison inverse.

— Ah, les hommes ! soupira Leah dans le noir, et Verity, à moitié réveillée, se rapprocha en rampant. Chut ! l'apaisa-t-elle comme la malheureuse se mettait à geindre. Personne ne vous fera de mal.

Mais tout en prononçant ces mots, elle savait qu'elle mentait. Revis n'aimait pas essuyer d'échec et il le lui ferait payer cher !

19

De bruyants gémissements tirèrent Leah de son sommeil. Quand elle se réveilla, elle vit Revis agenouillé au-dessus de Verity. Effrayée, celle-ci essayait de se glisser lentement hors de sa portée en remontant millimètre par millimètre le long de la cloison.

— Laissez-la tranquille ! ordonna Leah.

— Voulez-vous prendre sa place ?

— Non, mais...

— Elle ne vous ressemble pas, Leah, remarqua Revis en continuant à caresser Verity. Maintenant, elle s'affole d'un rien. Elle n'a plus toute sa tête et je peux lui faire perdre le peu qui lui reste. Il me suffit de...

Il se tut et ses mains se posèrent sur le cou de la malheureuse.

— Arrêtez ! commanda Leah en saisissant son avant-bras. Je vais appeler Bud et Cal. Ils ne vous permettront pas de lui faire du mal.

— Je ne lui fais pas de mal. Je me mets seulement devant elle. Je veux juste qu'elle me voie partout où elle pose les yeux.

Leah comprit immédiatement que le projet de Revis aboutirait. La raison de Verity ne tenait plus qu'à un fil, et si Revis ne cessait de la terroriser, elle ne ferait pas long feu.

— Pourquoi ? interrogea Leah. Pourquoi lui faire du mal ? Elle n'est rien pour vous.

— Parce que je veux obtenir quelque chose de vous. Je veux que vous acceptiez de faire une promenade avec moi.

L'étonnement cloua Leah sur place.

— Une promenade ? Où ? Dès que je serai à l'écart, vous vous jetterez sur moi, n'est-ce pas ?

Revis lâcha Verity et s'accroupit sur ses talons.

— Peut-être ai-je été un peu trop brutal avec vous. Votre frère a passé plus d'une heure à vanter votre beauté et votre impatience à sauter dans mon lit. Aussi, j'ai cru que votre résistance était une comédie, mais quand vous avez monté mes frères contre moi...

Il lui adressa un regard de reproche.

— Je ne suis qu'un homme, Leah, et cela m'a agacé !

Assise, immobile, Leah le fixait avec stupéfaction.

— Je ne désire pas non plus terroriser Verity. Je désire vous prouver que je ne suis pas si mauvais que cela et mon seul moyen de vous convaincre de m'accompagner est le chantage.

Il emprisonna ses deux mains en l'implorant du regard.

— Je suis un voleur, je le sais, mais aidez-moi à m'en sortir ! Laissez-moi vous prouver que j'ai un cœur. Je ne vous brutaliserai pas, je vous le jure sur ce que j'ai de plus cher. Nous ferons juste un bout de promenade ensemble pour échanger des idées, c'est tout. C'est juré !

— Je... je ne sais pas, bredouilla-t-elle. Les garçons m'empêcheront...

— Ils n'en sauront rien ! pesta Revis. A cause de vous, ils n'ont plus foi en moi. Si vous acceptez, si nous partons nous promener et si vous revenez saine et sauve, sans doute me redonneront-ils leur confiance. Savez-vous ce que c'est de perdre ceux qu'on aime le plus ?

Les larmes lui montèrent aux yeux. N'avait-elle pas perdu tous ceux qu'elle aimait ? Même l'homme qu'elle chérissait depuis toujours...

— Oui, murmura-t-elle. Je sais ce que c'est.

— Alors, aidez-moi, implora-t-il. Donnez-moi une chance, rien qu'une chance.

Son sourire qu'elle voyait pour la première fois était séduisant. Elle était consciente du risque, mais si elle refusait, ne mettrait-il pas ses menaces contre Verity à exécution ?

— S'il vous plaît, Leah ! dit-il en pressant ses mains.

— Très bien, finit-elle par accepter. Comment ferons-nous ?

— Après le petit déjeuner, faufilez-vous au milieu des arbres. Dites aux garçons que vous avez besoin d'un peu d'intimité. Ils vous croiront. Je vous attendrai un peu plus bas.

Il sourit de nouveau.

— Merci, Leah ! Cela signifie tant pour moi.

Sur ces mots, il se leva et quitta la cabane.

Tout en préparant le petit déjeuner, elle ruminait les propos de Revis. Qui était-elle pour juger quelqu'un, elle qui avait des criminels pour père et pour frère ? N'avait-il pas pris soin de ses deux jeunes frères simples d'esprit ? Peut-être avait-il des circonstances atténuantes, après tout ? Peut-être pourrait-elle l'aider, lui ouvrir d'autres perspectives ?

En débarrassant la table, elle se surprit à attendre avec impatience cette promenade. Comme elle emportait la poêle vide, Verity lui prit le bras.

— N'y allez pas ! murmura-t-elle d'une voix enrouée. Revis est le diable en personne.

Leah libéra son bras. Comment avouer à la pauvre fille le fond de sa pensée ? Verity était effrayée par son ombre, et elle aurait tout aussi bien prévenu Leah contre les deux géants inoffensifs.

— Tout ira bien, fit-elle sur un ton protecteur. Reposez-vous et je vous rapporterai quelques fleurs.

— Leah ! implora Verity.

— Allez vous reposer ! finit-elle par ordonner.

Une petite flamme s'éteignit dans les yeux de Verity, et elle regagna son coin, anéantie. Leah poussa un petit soupir désabusé devant le manque de courage de la malheureuse.

Aussitôt qu'elle aurait gagné la confiance de Revis, elle pourrait quitter la forêt avec Wesley.

Une demi-heure plus tard, elle descendait la colline en courant. Elle avait échappé sans problème à la surveillance de Bud et Cal et se réjouissait à la perspective d'une matinée de repos. Quand elle aperçut Revis, elle le gratifia d'un sourire hésitant.

— Venez, lança-t-il en riant à moitié. Votre monture vous attend.

Leah était tellement heureuse de cette escapade qu'elle en oublia momentanément Revis. Une légère brume de chaleur flottait dans l'air, enveloppant le paysage de mystère.

— Vous avez du feu en vous, Leah, remarqua Revis à ses côtés. Vous feriez une excellente partenaire pour un homme.

— Je suis mariée, répliqua-t-elle en flattant le cou du cheval.

— Et où se cache votre mari ?

— A Sweetbriar, dans le Kentucky, dit-elle brièvement. Où allons-nous ?

— Juste dans la montagne. Un homme qui vous laisse partir hors de sa portée est un imbécile. Je pourrais vous offrir une robe de soie.

— J'en ai beaucoup, merci ! Et mon mari n'aimerait pas que je reste ici.

Comme elle aurait voulu que ce soit vrai !

— Comment vous persuader de rester avec moi ?

Elle avait beau se répéter que cela lui était égal, elle appréciait pourtant la cour de cet homme séduisant.

Les bois étaient maintenant clairsemés et des souches se dressaient à l'endroit où les colons avaient défriché.

— C'est la piste de l'Ouest en bas ? demanda-t-elle en regardant les profondes ornières creusées par les chariots. Nous ferions mieux de rentrer.

— Non. Il y a un ruisseau de l'autre côté de la piste. Je veux vous montrer quelque chose.

— Mais si quelqu'un nous voit... c'est-à-dire...

— Je comprends, Leah, la coupa-t-il. Pourrais-je vous montrer quelque chose maintenant ?

— Bien sûr.

Ils avaient arrêté leurs chevaux en plein milieu de la piste. Un peu plus loin, des volutes de fumée montaient d'un feu de camp.

Revis sortit un mouchoir de soie noire de sa poche et le noua sur son visage.

— Nous ferions mieux de rentrer, insista Leah que ces préparatifs inquiétaient.

— Pas encore, ma princesse hautaine, déclara-t-il en s'emparant des rênes du cheval de Leah.

L'instant suivant ils galopaient dans un bruit de tonnerre vers le camp.

— Non ! hurla Leah qui bringuebalait sur sa selle au risque de se tordre le cou, mais il ne l'écoutait pas.

Ils surgirent dans la clairière comme les cavaliers de l'Apocalypse et s'immobilisèrent auprès des deux chariots. Les colons relevèrent les yeux de leurs occupations et se figèrent sur place.

Revis visa un homme en plein front et fit feu.

Leah eut un moment de stupeur. Puis elle sauta à bas de son cheval et courut vers l'homme mort. Une femme à côté d'elle poussait des hurlements.

Revis, toujours à cheval, s'approcha de Leah.

— Emparez-vous de leur argent, Leah ! ordonna-t-il d'une voix dure.

— Espèce de brute ! vociféra-t-elle en le bourrant de coups.

Revis pointa son pistolet et ficha une balle dans l'épaule de la femme qui se tenait à côté de Leah.

Cinq adultes et deux enfants pressés contre un chariot observaient la scène avec épouvante.

— Que préférez-vous ? M'obéir ou choisir la prochaine victime ? demanda Revis en tirant un autre pistolet de sa selle.

La femme ensanglantée aux pieds de Leah se mit à pleurer.

— Vous avez dix secondes pour m'obéir, Leah !

— Que... que dois-je faire ?

Maintenant, seuls les actes comptaient, les mots étaient inutiles.

— Prenez le chapeau de cet homme et remplissez-le avec l'argent et les bijoux. Si vous donnez le moindre mal à ma partenaire, je vous ferai sauter la cervelle, ajouta-t-il en braquant son pistolet sur les colons.

— Je ne...

La voix de Leah se brisa. Tout était inutile.

— Le Seigneur vous fera griller à petit feu, siffla l'homme avec un regard de haine en lui tendant son chapeau.

— Non, s'il vous plaît. Je...

— Ecoutez-le, Leah ! dit Revis. Je vous présente à tous madame Leah Simmons-Stanford de Virginie qui sera bientôt installée à Sweetbriar, dans le Kentucky.

Les mains tremblantes, Leah passa devant les colons qui mirent leur montre et leur alliance dans le chapeau. Une femme cracha même à la figure de Leah.

— Venez, Leah, ma chérie, fit Revis d'un ton cajoleur. Ces braves gens doivent enterrer leur mort.

Le pied dans l'étrier, elle hésita un instant.

— Si vous restez ici, ils vont vous couper en morceaux. Et moi, je vais en tuer deux autres. Ça me plairait bien, chuchota-t-il de façon à ce qu'elle soit seule à l'entendre.

Hébétée, elle remonta à cheval. Revis s'empara des rênes et l'entraîna dans la forêt.

Une fois qu'ils eurent traversé la piste, il s'arrêta pour enlever son masque.

— Je vous avais prévenue que je vous ferais payer cher la trahison de mes frères, déclara-t-il. Dans quelques jours, tout le monde saura à des kilomètres à la ronde que la belle madame Stanford est une voleuse de grand chemin et une meurtrière.

— Non ! souffla Leah.

— Et maintenant, ma jolie Leah, voici une bonne raison de rester auprès de moi. Si vous quittez ma protection et notre cabane secrète, vous serez arrêtée et pendue haut et court jusqu'à ce que mort s'ensuive.

Il éclata d'un rire sardonique.

— Vous finirez par vous y habituer. A notre prochain raid, vous saurez comment agir. Et nous n'aurons même pas besoin de couvrir votre joli visage puisque vous serez aussi connue que le loup blanc ! Rentrons vite ! Le sang me met en appétit.

Il conduisit le cheval de Leah le long du labyrinthe qui menait à la cabane. Oscillant sur la selle, Leah était sûre que sa vie était finie.

20

Lorsqu'ils atteignirent la cabane, Leah paraissait plus morte que vive, et son complice jurait entre ses dents. Des femmes comme Verity, qui ne s'était jamais remise d'avoir vu Revis tuer son mari sous ses yeux, il en avait assez. Il voulait des femmes aux nerfs solides.

Il sauta de son cheval devant la cahute, y entra à grands pas et fourra des provisions dans un sac avant de ressortir. Puis, maudissant sa malchance avec le sexe faible, il souleva Leah de sa selle et la posa par terre. Elle s'affaissa immédiatement au sol et ramena ses genoux sous son menton. Les yeux secs, murée dans le silence, elle resta immobile.

Revis s'éloigna avec un ricanement.

Des heures plus tard, Abe la trouva dans la même posture.

— Que diable fais-tu là, Leah ? Et notre déjeuner, alors !

Leah ne bougea pas. Ses yeux étaient grands ouverts, son regard vide.

— Leah, t'es blessée ? interrogea-t-il, l'air inquiet, en s'accroupissant à côté d'elle.

Il toucha son front avec hésitation. Il était chaud. Elle ne bronchait toujours pas. Fronçant les sourcils, il se leva et poussa un sifflement aigu.

Bud et Cal sortirent presque immédiatement du sous-bois.

— Regardez, dit-il sur un ton indigné. Qu'a-t-il bien pu lui arriver ?

Cal s'agenouilla à côté de Leah, projetant sur elle l'ombre gigantesque de sa puissante carrure. Il tendit lentement la main et caressa sa joue. Puis après un bref regard à son frère, il la souleva dans ses bras.

— Hé ! protesta Abe. Vous pouvez pas faire ça. Faut la laisser, je m'en occuperai.

Sans un mot, Cal se dirigea vers la forêt.

— T'as entendu, gros plein de soupe ?

Bud se planta devant Abe.

— Ôte-toi de mon chemin, commanda Abe. Vous pouvez pas l'emporter. Son riche mari, il en voudra pas, malade comme ça. Elle a plus que moi !

En dépit de toutes ses protestations, Abe ne put qu'observer en spectateur impuissant les deux frères disparaître dans les bois.

En manches de chemise, Wesley faisait le tour de la cahute, pliant et étirant son bras pour essayer de regagner sa mobilité. Il s'immobilisa dès qu'il entendit des pas monter le sentier. Habituellement, Bud et Cal se frayaient un chemin dans le sous-bois.

Wesley se faufila hors de vue jusqu'à ce qu'il soit sûr de l'identité de ses visiteurs. Quand il aperçut Cal portant Leah dans ses bras, il se rua vers lui.

— Elle est blessée ? interrogea-t-il en l'arrachant au jeune géant. Que lui est-il arrivé ? Est-ce que ce Revis... ? Vous deviez la surveiller.

Les yeux fermés, comme inconsciente, Leah reposait, inerte, contre lui. Il l'emporta en hâte dans la cabane et la posa sur le lit. Il gardait toujours un seau d'eau à l'intérieur. Il y plongea un linge qui lui avait servi de bandage et lui bassina le front.

Leah gémit et, se tournant sur le côté, ramena ses genoux sur sa poitrine, puis elle resta de nouveau immobile.

— Vous feriez mieux de tout me raconter, et vite !

Cal parla le premier :

— Ce matin, elle a prétendu avoir besoin d'un peu d'intimité. Au bout d'une heure, nous nous sommes mis à sa recherche.

— Nous avons suivi les empreintes des chevaux qui descendaient la montagne, poursuivit Bud, et quand nous sommes arrivés en bas, nous avons entendu des coups de feu.

— En observant la scène de loin, nous nous sommes aperçus que Revis avait tué un homme et blessé une femme. Il remontait au galop en tirant le cheval de Leah derrière lui.

— Quand nous avons regagné la cabane, Revis était reparti et Leah semblait paralysée de stupeur.

Wes s'écarta de la paillasse.

— Je croyais que Revis se contentait de voler.

— Il tue aussi les gens pour le plaisir, déclara Bud, la mâchoire serrée.

Wesley donna un coup de poing dans le mur.

— Quel imbécile j'ai été ! Comment ai-je pu la laisser là-bas ? J'aurais dû l'emmener immédiatement.

— Au risque de perdre tout votre sang ! objecta Cal.

Wes observa Leah un long moment en silence.

— Elle est sûrement sous le choc après avoir été témoin de ce meurtre.

Soudain il traversa la cahute en deux enjambées et attrapa Leah par les épaules.

— Bon sang, Leah ! cria-t-il amèrement. Pourquoi

diable vous estimez-vous toujours investie de la mission de sauver le monde entier ? Pourquoi m'avez-vous caché la vérité ? Pourquoi ai-je été assez stupide pour vous croire ? J'imaginais que tout se passerait bien... mais regardez votre tête, nom d'un chien ! Ah, que le diable m'emporte !

Et il se mit à la secouer convulsivement jusqu'à ce que Cal lui tape sur l'épaule. Wes s'arrêta net et remarqua soudain les larmes qui brillaient dans les yeux de Leah. Il la serra sauvagement contre lui.

— C'est cela, mon petit cœur, pleurez tout votre saoul. Vous êtes en sécurité, maintenant.

Bud et Cal quittèrent silencieusement la cabane. Leah, la tête nichée contre l'épaule de Wesley, laissait libre cours à ses sanglots. Il lui donna un peu d'eau à boire et demanda patiemment :

— Dites-moi ce qui s'est passé.

— Non, murmura-t-elle. Non.

— Leah !

Il prit son menton dans ses mains et leva vers lui le visage rouge et gonflé.

— Je n'ai jamais cru à votre histoire à dormir debout au sujet des enfants malades et je connais depuis le début l'existence de Revis et de votre frère Abe. Alors maintenant, racontez-moi tout.

— Je dois rester ici pour toujours, gémit-elle. Ils vont me pendre.

— Cela ne tient pas debout. Vous avez vu Revis tuer quelqu'un aujourd'hui, n'est-ce pas ?

Elle s'écarta de lui.

— Je l'ai aidé ! J'ai passé un chapeau pour recueillir les biens de ces malheureux. J'ai volé !

Elle attendit sa réaction, mais il restait impassible.

— Comment ce fumier s'y est-il pris pour vous forcer à voler ? De quoi vous a-t-il menacée ?

Un flot de larmes lui monta de nouveau aux yeux.

Wesley ne croyait donc pas que le vol était inscrit dans sa nature ?

— Il m'a dit qu'il en tuerait encore d'autres si j'hésitais.

— Le salaud ! fit Wes à mi-voix. Y a-t-il autre chose ?

Elle ne voulait pas lui avouer le reste. Elle ne pourrait plus jamais vivre au milieu de gens honnêtes.

— Revis portait un masque, soupira-t-elle, mais pas... pas moi.

— Oh ! souffla Wesley, heureux que ce ne soit pas pire. Ils ont certainement vu que vous agissiez sous la contrainte et pour sauver leur vie.

— Non ! hurla-t-elle en bondissant du lit. Vous ne comprenez pas ! Revis m'a présentée comme sa partenaire. Il a même donné mon nom ! Il a fait de moi une criminelle et une voleuse ! Je ne pourrai jamais partir d'ici ! Sinon, ils me pendront.

— Leah, voyons ! protesta Wesley avec compassion.

Il s'approcha d'elle et essaya de l'attirer dans ses bras.

— Allez-vous-en ! Ne me touchez plus jamais ! Une chose pareille ne vous serait jamais arrivée à vous, l'honnête M. Stanford. Au seul énoncé de votre nom, ils vous déclareraient innocent ! Une Simmons, c'est une autre affaire !

Il l'attrapa par les épaules.

— Arrêtez donc de vous apitoyer sur vous-même. Vous êtes devenue une Stanford par votre mariage. Ecoutez, Leah, ajouta-t-il plus calmement. Ce n'est pas aussi grave que vous l'imaginez. Il existe des tribunaux et nous engagerons le meilleur avocat. Bud et Cal pourront témoigner pour vous et, à coup sûr, quelqu'un aura bien entendu Revis vous donner des ordres aujourd'hui. Nous trouverons une solution, c'est promis ! Alors cessez de répéter que vous devez rester ici !

Jamais Leah n'avait autant désiré se laisser persuader.

— Vous croyez ? souffla-t-elle. J'ai une chance de m'en sortir ?

— Beaucoup plus qu'une. Maintenant, souriez-moi avant que je vous renvoie d'ici.

— D'ici ? Vous me renvoyez chez Revis ?

Une expression dure figea ses traits.

— Vous ne retournerez plus jamais là-bas. Bud et Cal vont vous amener chez des amis, à Sweetbriar. Ils vous cacheront éventuellement jusqu'à ce que je vous rejoigne.

— Où serez-vous pendant ce temps ?

— J'ai certaines choses à tirer au clair. Des comptes à régler avec quelqu'un. Maintenant, allons-y !

Il s'empara de sa main et la tira au-dehors.

— Bud et Cal vont prendre soin de vous, et Revis ne pourra plus jamais vous faire de mal...

Elle se libéra et l'observa, les yeux mi-clos, à la lumière aveuglante du soleil.

— Pourquoi ne m'accompagnez-vous pas à Sweetbriar ?

— Je vous l'ai expliqué ! Un petit travail à exécuter.

Leah resta un instant pensive, puis s'assit par terre les bras croisés.

— Qu'est-ce qui vous prend ? interrogea-t-il en la fusillant du regard.

— Je ne pars pas. Vous mijotez quelque chose, et cela ne me dit rien qui vaille.

Une telle fureur étreignit Wesley qu'il la souleva littéralement du sol.

— Ah ! Je mijote quelque chose ? lui lança-t-il à la figure. Cela fait des jours que je vous regarde, impuissant, vous jeter tête baissée d'un piège à l'autre et vous m'annoncez que vous ne me faites pas confiance ? Quand finirez-vous par reconnaître que vous ne pouvez pas diriger le monde d'une seule main ? J'aurais pu régler cette affaire depuis longtemps si vous aviez seulement demandé mon aide. J'ai essayé, Leah, j'ai essayé de toutes mes forces d'être gentil avec vous. Vous vouliez vous débrouiller toute seule, je ne vous en ai pas empêchée. J'ai même été assez stupide pour ne pas me rendre compte combien c'était dangereux pour vous.

Il la reposa sur ses pieds.

— Sacré nom d'un chien ! Mais aucun homme au monde, Leah, n'aurait supporté ce que j'ai supporté de vous. Vous m'avez insulté, traité de volage et enfin vous avez agi comme si j'étais un simple d'esprit que vous deviez protéger. Vous savez quel est votre problème, Leah ?

Elle posa des yeux surpris sur le beau visage déformé par la colère.

— Non ! Quel est mon problème ?

— Vous avez toujours tout régenté, voilà le problème ! D'après ce que j'ai cru comprendre, vous avez mené votre famille comme un général en campagne, et durant le voyage, d'une tâche à l'autre, vous avez fini par tout diriger.

Leah restait plantée devant lui à cligner des yeux.

— Ma patience est à bout et j'en ai assez que vous n'en fassiez qu'à votre tête. Dès aujourd'hui, vous honorerez votre contrat de mariage qui stipule quelque part l'obéissance des épouses. Est-ce compris ?

— Pas vraiment, commença-t-elle, mais il la fusilla du regard et elle se ravisa. C'est tout à fait clair.

— Parfait ! Alors pour commencer vous allez quitter immédiatement ces bois. Je reste ici pour mener ma petite enquête sur le patron de Revis. Quand j'en saurai plus, je vous rejoindrai, mais pas avant, c'est clair ?

— Oui, répondit-elle pensivement. Revis n'est pas tout seul ?

— Non, c'est un petit voleur de rien du tout. Il n'est pas assez intelligent pour diriger toute une bande, mais il connaît l'identité du chef et je veux cette information. Etes-vous prête à partir ?

— Moi aussi, j'aimerais bien le savoir.

— Très bien, fit-il avec une certaine impatience, je vous le dirai dès mon retour.

Il émit un sifflement prolongé.

— Bud et Cal vont vous ramener.

— Revis ne va-t-il pas s'apercevoir de leur absence ?

— J'ai mes plans, déclara-t-il, et je n'ai pas l'intention de vous les communiquer. Tout ce qui m'importe maintenant est de vous savoir en sécurité. Je ne veux pas que vous vous mêliez de tout cela. Je nettoierai le pays de cette racaille une fois pour toutes.

— Tout seul ? demanda-t-elle, consternée.

— N'aviez-vous pas l'intention de vous occuper de Revis et de moi-même toute seule ? Vous espériez sans doute que ce salaud vous serrerait la main quand vous auriez décidé de partir ? Voici les garçons, annonça-t-il d'une voix adoucie. Donnez-moi un baiser d'adieu.

— Je n'aime pas cela, murmura-t-elle tandis qu'il la serrait dans ses bras. N'aurez-vous pas besoin d'aide ?

— Taisez-vous, Leah ! chuchota-t-il, et il lui ferma la bouche d'un baiser. J'aimerais que nous ayons plus de temps, murmura-t-il contre ses lèvres.

Elle s'offrit ardemment à lui, la nuque légèrement ployée en arrière, le corps tendu, tandis que toute pensée cohérente désertait son esprit.

Quand il la relâcha, elle le fixa d'un regard passionné qui laissait déborder le trop-plein de son cœur.

— Que veut dire ce regard ? soupira-t-il avec un sourire. Si je n'étais pas si pressé de vous savoir en sécurité, je vous pousserais bien dans ma petite cahute !

Elle se lova contre lui, provoquant son hésitation, et il écarta une longue mèche de cheveux de ses yeux.

— Je n'avais jamais remarqué comme vous étiez jolie. Même après plusieurs nuits sans sommeil, vous êtes la plus belle fille que j'aie jamais rencontrée, Leah !

Il marqua une pause.

— Merci de vous être jetée dans les griffes de Revis pour me sauver. C'était... merveilleux de votre part.

Quand il s'écarta d'elle, Leah sentit de nouveau les larmes lui monter aux yeux.

— Alors, je vous attends à Sweetbriar ?

— La pensée que vous m'attendez va me donner des ailes. Et maintenant, filez.

Il lui fit effectuer un demi-tour et lui administra une petite tape sur les fesses.

Une heure plus tard, Leah, à mi-chemin de la vallée et soigneusement encadrée par Bud et Cal, ruminait déjà de nouveaux plans.

21

Echapper à la vigilance des deux géants et se cacher fut plus difficile que Leah ne l'avait imaginé. Elle dut pratiquement s'enterrer sous les feuilles et les branchages, puis retenir sa respiration pendant qu'ils tournaient tous les deux autour d'elle. Après avoir échangé quelques mots, ils se séparèrent, l'un vers le nord, l'autre vers le sud. Leah resta immobile, dans une position si inconfortable qu'elle ne sentait pratiquement plus ses jambes.

Elle attendit prudemment la tombée de la nuit avant d'émerger de sa cachette. Il n'y avait plus trace de Bud et de Cal, et elle se mit à grimper dans la montagne.

Elle sursautait à chaque bruit et, au bout de quelques instants, elle sentit des sueurs froides couler dans son dos. Après des heures de marche à l'aveuglette, elle eut soudain conscience d'une présence auprès d'elle.

— Revis ! s'exclama-t-elle avant de se pétrifier sur place. Bud et Cal, rectifia-t-elle au bout d'un moment avec un soupir de soulagement. Je sais que vous êtes là. Montrez-vous !

Les deux géants sortirent immédiatement des fourrés, et elle éprouva soudain un immense soulagement.

— Alors ? Que décide-t-on ? M'emmenez-vous de force en bas ? Je vous préviens, je vais hurler. Et me débattre aussi, ajouta-t-elle après réflexion.

Les deux hommes prirent un air embarrassé.

— Pourquoi voulez-vous retourner auprès de Revis ? Votre mari veut vous mettre en sécurité.

— Et qui veillera sur Wesley si vous êtes tous les deux partis ? Et puis Revis tourmentera Verity s'il n'y a plus personne pour la protéger et il battra probablement Abe à cause de moi.

— Vous vous inquiétez pour votre frère ? demanda Cal.

— Peut-être. Je ne sais pas bien. Ce dont je suis sûre en revanche, c'est que je ne peux pas laisser Wesley seul en face de Revis. Etes-vous prêts à m'aider ?

Bud regarda Cal.

Leah les observa. Ils paraissaient plongés dans une conversation silencieuse. Abe avait prétendu qu'ils se considéraient comme les frères de Revis, mais Leah doutait qu'ils se sentent si proches de lui.

— Avez-vous jamais accompagné Revis dans ses brigandages, l'un ou l'autre ?

— Non, répondit Bud.

— Alors pourquoi... ? Pourquoi restez-vous avec lui ?

— Il nous paye pour nous occuper du bois, du gibier, et aussi pour surveiller la cabane.

Voilà qui piquait la curiosité de Leah.

— Il vous paye bien ?

— Nous avons déjà acheté de la terre près de la ville, au pied de la montagne. Nous voulons devenir fermiers.

— La ville... ? Vous voulez dire Sweetbriar ? Quelle surface avez-vous ?

Ils échangèrent un coup d'œil.

— Nous possédons aujourd'hui trois mille quatre cent vingt-cinq hectares.

— Trois mille ? répéta Leah. Vous possédez tous les deux plus de trois mille hectares ?

— Wesley connaît l'endroit. La terre est bonne, d'après lui. Il a promis de nous aider à construire une maison et à acheter des semences et des outils.

Leah ne put s'empêcher de rire. Et Abe qui les croyait stupides !

— Quand projetez-vous de quitter Revis ?

— Il nous a protégés quand nous étions petits, déclara Cal, mais nous aurons sous peu acquitté notre dette envers lui. Nous partirons bientôt.

— Et maintenant, vous avez Wesley. Il vous épaulera autant que vous en aurez besoin. Et si vous me soutenez, je...

Elle n'arrivait pas à trouver une monnaie d'échange.

— Je ferai la cuisine pour vous. Pendant que vous construirez votre maison et votre grange, je vous nourrirai.

A la faveur du clair de lune, elle les vit sourire pour la première fois. Leur taille terrorisait les gens, et elle devina qu'ils étaient habitués aux remarques déplaisantes, mais pour son compte, elle les trouvait de plus en plus sympathiques.

— Tout à l'heure, j'ai aperçu des fraises sauvages. L'un d'entre vous a-t-il jamais goûté un crumble aux fraises avec une bonne croûte sablée et du sirop chaud qui déborde... ?

— Que devons-nous faire ? la coupa Bud.

— Nous n'égorgeons pas les gens, intervint Cal.

— Non ! Je n'ai jamais voulu...

Elle s'aperçut qu'ils plaisantaient.

— Revis vous connaît-il vraiment ?

Le visage de Cal se durcit.

— Revis pense comme sa mère que nous lui appartenons, mais lui, il ne nous traite pas en esclaves. Il nous paye. Vous ne devriez pas retourner là-bas.

Elle essaya de lui expliquer sa décision.

— Cal, si Bud était en danger, iriez-vous à son secours ou vous mettriez-vous à l'abri ? J'aime Wesley et j'espère pouvoir lui être utile.

— Je mourrais pour mon frère, dit Cal, et lui aussi. Nous vous aiderons.

— Nous vous ramènerons chez Revis et quand votre mari reviendra...

— Reviendra ! Où est-il allé ? Que manigance-t-il ?

— Il ne nous a rien dit sinon qu'il serait de retour dans deux jours. Vous pouvez rester chez Revis pendant ce temps ou si vous préférez nous vous cacherons dans les bois.

— Je retourne chez Revis. Au moins, je pourrai

aider Verity et nourrir tout le monde. Nous partons tout de suite ?

Bud baissa les yeux.

— Nous ferions peut-être mieux d'attendre demain quand il fera jour.

— J'aurais voulu être là au cas où Wesley... Ah, on ne peut pas ramasser des fraises la nuit, n'est-ce pas ? reprit-elle après une pause.

— Non, acquiesça Bud avec un sourire.

— De quoi vous nourrissait-on quand vous étiez petits ?

— De choses grises, répondit Cal avec une grimace.

Leah retint un éclat de rire devant son air lugubre.

— D'accord pour un peu de sommeil, approuva-t-elle.

Elle se roula en boule sur le sol humide et s'endormit aussitôt. Des gardiens grands comme des montagnes, cela n'avait pas que des inconvénients... Quel délicieux sentiment de sécurité !

Leah venait de poser le plat sur la table, mais elle hésitait à appeler les hommes, qui se trouvaient encore dehors. Wesley était arrivé peu de temps auparavant, et elle pouvait voir de l'intérieur de la cabane l'expression sévère qui marquait son visage tandis qu'il discutait avec Revis. Une forte tension émanait du brigand qui raidissait les épaules comme s'il s'attendait à recevoir un coup d'une minute à l'autre.

Elle était restée dans l'ombre de Bud et de Cal pendant ces derniers jours. Sa haine pour Revis n'avait cessé de croître. Elle revoyait sans cesse l'odieux massacre. Et il avait beau prétendre avoir agi sous le coup de son amour grandissant pour elle, elle savait bien qu'il mentait. En fait, il n'avait pu supporter l'idée d'être repoussé.

Un jour, Revis avait rapporté des œufs et de la crème fraîche, et Leah avait préparé une énorme jatte de crème au caramel. Mais avant de servir Bud et Cal, elle exigea qu'ils lui racontent tout ce qu'ils savaient de Wes. Elle apprit qu'il devait feindre d'être envoyé par le Danseur pour collaborer avec Revis.

— Il croit peut-être que Revis va l'accueillir à bras ouverts ? Il sera ravi de partager son autorité ! déclara Leah, écœurée.

Maintenant, Wesley était dehors en train d'expliquer quelque chose à Revis, et la gorge de Leah se serrait à la seule pensée de sa fureur quand il découvrirait sa présence dans la cabane.

Peut-être aurait-elle dû lui obéir et se rendre à Sweetbriar ? Elle lui jeta alors un nouveau coup d'œil. Non ! Elle ne laisserait ni Kimberly, ni aucune autre femme le lui voler !

Abe ! songea Leah comme son frère se dirigeait vers Wesley. Abe allait dire à Revis qui était Wesley ! Elle était presque à la porte quand elle entendit la voix d'Abe :

— Qui est-ce, M'sieur Revis ?

Appuyée au chambranle, elle poussa un soupir de soulagement. Que pouvait bien avoir promis Wesley à Abe pour s'en faire un allié ?

Maintenant, Leah restait le seul imprévu et elle le savait. Elle lissa ses cheveux, arrangea sa robe et tâcha de se donner une contenance en espérant qu'il ne serait pas trop désarçonné de la trouver ici.

Au moment où il entra dans la cabane, elle était penchée sur le feu.

— Qui est ce joli brin de fille, Revis ? demanda Wesley d'une voix traînante.

Leah pivota lentement vers lui. Il lui présenta un visage impassible, mais ses yeux lançaient des étincelles.

— Leah est à moi, répondit Revis d'une voix dure. Je ne la partage pas.

Profitant de ce qu'il tournait le dos à Revis, Wesley ne cacha pas son mécontentement. Elle bondit en arrière, effrayée par la colère qui marquait ses traits.

— Wesl... commença-t-elle.

Il la saisit par la taille et l'attira contre lui.

— Attention, jolie dame, de ne pas vous enflammer ! Encore un pas et vous étiez dans le feu. Je m'appelle Wesley Amstrong, et vous ?

Elle pouvait lire dans son regard un avertissement et une menace tout à la fois.

Par-dessus l'épaule de Wesley, elle apercevait le faciès inquiétant de Revis. Allait-il planter un couteau dans le dos de Wesley si elle lui manifestait quelque consentement ?

— Bas les pattes, ordure ! vociféra-t-elle en observant la confusion se peindre dans les yeux de son mari. Aucune crapule de ton genre ne me touchera jamais !

Et, profitant de sa stupéfaction, elle le repoussa.

— Cette fille me plaît, Revis, annonça Wesley d'un ton suffisant quand il se fut ressaisi. Si nous trouvions un compromis ?

— Leah est à moi, répéta Revis, la mâchoire dure.

— Donnons-lui le choix, proposa Wes en s'avançant vers Leah d'un air confiant. Vous avez peut-être des problèmes avec les femmes, moi pas. Viens ici, jolie gueuse !

— Gueuse ! hoqueta Leah.

Comment osait-il ? Elle avait beau l'aimer, il allait trop loin. Elle venait de préparer une pâte à crêpes. Un petit sourire félin retroussa ses lèvres comme elle attrapait la jatte à sa droite et en envoyait le contenu d'un mouvement brusque à la figure de Wesley.

Tandis qu'il tentait d'écarter les coulées gluantes de son visage, Leah pirouetta vers Bud et Cal.

— Ce paon avec ses habits prétentieux ne vaut pas mieux que l'autre. S'il me serre de trop près, je vous servirai du bacon cru au petit déjeuner.

Du coin de l'œil, elle remarqua l'expression satisfaite qu'arborait Revis avant de quitter la cabane. Maintenant, il ne lui restait plus qu'à affronter la rage de Wesley.

— Ah, une gueuse ! gronda-t-elle en se mettant prudemment hors de sa portée.

Il sortit sans un mot pour se débarbouiller le visage mais sa physionomie la glaça.

— Vous croyez qu'il va vous battre ? souffla Bud.

— Le laisserez-vous faire ? s'enquit-elle consternée.

— Vous vous êtes mal conduite avec lui, confirma Cal.

— Taisez-vous et mangez, ordonna-t-elle, et tout à coup elle comprit qu'ils se moquaient d'elle. Tout à l'heure ce sont *vos* crêpes que j'ai jetées, et je me demande si la tarte aux pommes de ce soir ne va pas suivre le même chemin !

— C'est promis, nous l'empêcherons de vous battre ! lancèrent Bud et Cal en chœur avec une grimace admirative. On peut dire que vous êtes une femme pleine de ressources, Leah !

— Pourvu que Wesley soit de votre avis ! déclara-t-elle sur un ton appuyé avant de se tourner vers le feu.

Comme le soleil baissait à l'horizon et que Leah mettait de nouveau le couvert, Wesley entra dans la cabane. Elle n'osa pas le regarder. Elle était sûre qu'il ne comprenait pas pourquoi elle l'avait repoussé. Il pensait certainement pouvoir mieux la protéger s'il en faisait *sa* gueuse.

Continuant à jouer le jeu, elle posa les plats sur la table en restant hors de sa portée. Elle sentait les regards de Revis et de Wesley braqués sur elle.

— Ainsi, un chariot avec une cargaison intéressante va passer ? disait Revis à Wesley. Et le Danseur vous envoie pour diriger cette opération ?

Wesley fit le tour des convives des yeux.

— Nous devrions peut-être parler plus tard ?

— Bud et Cal sont mes frères, déclara Revis avec un petit rire. Et Abe ne dira rien, n'est-ce pas, Abe ?

— Non, M'sieur Revis, répondit l'intéressé, la bouche pleine. Les secrets sont en sécurité avec moi.

— Verity est trop effrayée pour ouvrir la bouche, poursuivit Revis.

— Et la mignonne ? demanda Wesley.

— Elle m'appartient et elle ne peut pas partir, affirma Revis sur un ton coupant. Maintenant, passons aux choses sérieuses !

Tandis que Leah apportait les plats, Wesley exposait son plan pour attaquer deux voitures maquillées en chariots de colons et qui en réalité transporteraient un chargement précieux.

— Le Danseur est toujours au courant de ce genre de transports, commenta Revis avant de s'enfoncer dans sa chaise en allumant un fin cigare. Et dites-moi, comment se porte-t-il ? La dernière fois que je l'ai vu, il semblait en parfaite santé.

— Vous connaissez le Danseur, acquiesça Wes, il se maintient toujours en forme. Il m'a parlé de votre dernière rencontre chez lui.

— Oui, lors d'une réception.

— Il semblait irrité contre vous et une jolie fille.

Revis sourit.

— En effet, c'était sa fille. Cette jolie demoiselle qui me faisait les yeux doux était sa propre fille, ne vous l'a-t-il pas dit ?

— Non, il ne m'a pas donné de détails. Maintenant, si vous voulez bien m'excuser, je vais escalader la montagne jusqu'au petit étang que j'ai aperçu tout à l'heure et prendre un bain.

Il s'arrêta devant Leah et laissa courir un doigt sur sa joue.

— Daigneriez-vous m'accompagner, jolie dame ?

Elle lui adressa son plus charmant sourire.

— Je prendrais volontiers un bain maintenant que vous avez posé vos sales pattes sur mon visage. Mais sûrement pas en votre compagnie !

Il retira son doigt comme s'il s'était brûlé, et Leah éprouva un certain remords devant sa mine renfrognée. Au moment où il sortait, le ricanement satisfait de Revis rompit le silence qui était tombé sur l'auditoire.

Un peu plus tard, alors que Bud et Cal étaient encore à table, Leah enleva son tablier et annonça :

— Je vais rejoindre Wesley. Surveillez Revis !

— Quel est le menu de demain ? interrogea Bud le nez dans son assiette.

— Serait-ce du chantage ? s'enquit-elle avec un éclat de rire. Faites du bon travail ce soir et vous me direz des nouvelles de mes pigeons, demain !

Après une seconde d'hésitation, elle les embrassa chacun sur le front.

— Bonsoir, mes charmants princes.

Sur ces mots, elle se glissa dehors et escalada rapidement la piste qui serpentait au milieu de la forêt ténébreuse jusqu'à la cabane. Un cratère rocheux formait une petite piscine juste au-dessus. Tout en se hâtant, elle cherchait désespérément un moyen de calmer la fureur de Wesley. Plus elle y songeait, plus la solution s'imposait : elle donnerait la parole à son corps !

Elle se tint un moment immobile sur une petite

éminence à observer son mari nager paresseusement dans un rayon de lune.

Ce ne serait sans doute pas aussi difficile qu'elle l'avait imaginé. Elle toussa plusieurs fois pour attirer son attention et quand elle fut sûre de l'avoir retenue, elle commença paresseusement à déboutonner sa robe. Le vêtement grossier tomba par terre, révélant une chemise de jour transparente.

Leah marcha alors vers Wesley tandis que le tissu aérien se plaquait contre ses cuisses à chaque pas. Elle s'immobilisa brusquement au pied d'un vieux chêne et, emprisonnant le regard de Wesley de ses prunelles ardentes, elle dénoua sa chemise qui ne forma bientôt plus qu'un petit tas à ses pieds.

Elle ne portait plus qu'une paire de pantalons arachnéens garnis d'une ruche de dentelles dans le bas et un étroit corset.

Enfant, Leah avait appris à grimper aux arbres pour échapper aux colères de son père. Aussi se hissa-t-elle avec agilité sur une longue branche qui surplombait l'étang. Utilisant ses bras comme balancier, elle en parcourut la moitié. Puis, les yeux fixés sur Wesley, elle détacha son corset et le lança sur la rive, libérant une poitrine haute et ferme, délicatement nimbée par la clarté de la lune. Ses pantalons suivirent le même chemin.

Nue, elle marcha jusqu'au bout de la branche et, prenant son élan, elle plongea à quelques centimètres de Wesley.

— Vous ne manquez pas d'idées pour retenir l'attention d'un homme ! souffla-t-il, médusé.

Puis, sans ajouter un mot, il la traîna derrière lui vers la berge, laissant ses jambes affleurer à la surface de l'eau. Une fois sur la terre ferme, leurs corps mouillés se plaquèrent l'un contre l'autre, attirés comme par des aimants. Il prit alors son visage humide entre ses mains et le couvrit avidement d'une pluie de baisers, tout en répétant son nom tout bas.

Soudain, il la repoussa légèrement et murmura d'une voix tendre :

— Laissez-moi vous admirer !

Leah sentit le rose lui monter aux joues. Et si elle ne lui plaisait pas... ?

Il saisit ses mains entre les siennes, écarta doucement ses bras de part et d'autre et parcourut son corps d'un regard possessif.

— Je me demande si je ne vais pas définitivement proscrire tout vêtement dès que nous serons installés !

— Oh, Wesley ! s'exclama-t-elle avec un petit rire nerveux. Mais je vais mourir de froid, en hiver.

— Pas si je suis là pour vous réchauffer, murmura-t-il en l'attirant contre lui et en mordillant le lobe de son oreille.

Des frissons parcoururent Leah de la plante de ses pieds jusqu'à sa nuque.

Avec un sourire séducteur, Wesley l'aida à s'allonger sur l'herbe à ses côtés. Puis il roula sur le dos en l'entraînant au-dessus de lui.

— Votre peau est trop fine pour toucher le sol. Restez juste contre moi, ma charmante épouse !

Il la souleva alors et la pénétra tout doucement en la reposant sur lui. Avec un gémissement de plaisir, elle se mit à ondoyer à un rythme de plus en plus rapide qui imprimait peu à peu sa frénésie à tout son corps. Wesley serra bientôt ses hanches entre ses mains puissantes et précipita encore le mouvement. Quand Leah atteignit le paroxysme, elle glissa ses bras autour du cou de Wesley, s'accrochant à lui comme une noyée.

— Wesley ! cria-t-elle au moment où le plaisir déferlait sur elle comme une vague de fond.

Il la maintint si violemment contre lui qu'elle eut l'impression d'éclater en morceaux.

Tout d'un coup, il la repoussa.

— Vous avez changé bien brusquement de langage. Etes-vous sûre de ne pas regretter votre amant ?

Elle roula hors de sa portée et se dressa sur ses pieds, foudroyant du regard un Wesley médusé par le spectacle de sa beauté.

— Que je sois une fille du peuple et vous un grand seigneur ne signifie pas que je me jette dans les bras de n'importe qui ! Si vous osez jamais insinuer de nouveau que j'ai partagé le lit de Revis, je ne vous adresserai plus la parole de ma vie. Est-ce clair ?

Il se leva et l'attrapa par les épaules au moment où elle pivotait pour saisir ses affaires sur la berge.

— Je suis désolé, Leah. Je me suis laissé emporter. Aussi, pourquoi m'avez-vous repoussé ce matin ? Si Revis avait su que vous m'apparteniez, il aurait réfléchi à deux fois avant de poser la main sur vous. Maintenant, je ne peux plus vous protéger. Du moins, ouvertement ! Votre comédie de ce matin nous coûte cher.

— Je savais que vous ne comprendriez pas. J'ai refusé les avances de Revis parce qu'il est un voleur et moi, une femme mariée. Que penserait-il si je tombais dans les bras d'un autre voleur ? Cela n'éveillerait-il pas ses soupçons ?

— Mais, je suis...

— Vous êtes ? insista-t-elle. Mon mari ? Vous désirez peut-être mettre Revis au courant ?

— Non, mais je... je suis dix fois plus beau que Revis et cela paraîtrait tout à fait normal que je vous plaise et pas lui.

— Oh, Wesley ! s'exclama-t-elle en éclatant de rire.

— Vous ne me croyez pas ? insista-t-il d'un ton indigné.

Secouée de rire, elle passa les bras autour de son cou.

— Bien sûr que je vous crois ! Vous êtes l'homme le plus séduisant que j'aie jamais rencontré !

Il se recula légèrement.

— Plus séduisant que Revis ?

— Certainement.

— Et que mon frère Travis ?

— De beaucoup.

Il la gratifia d'un sourire radieux avant de s'emparer de sa bouche.

Aussi difficile que ce fût, elle s'écarta de lui.

— Nous ne pouvons pas rester ici. Revis va se demander où je suis. Si nous sommes tous les deux absents, il aura des soupçons.

— Je me charge de Revis. Je lui proposerai que le meilleur gagne !

— Non, refusa-t-elle en laissant ses doigts courir sur son torse. Je vous en prie, ne faites pas cela. Vous ne le connaissez pas. C'est le diable en personne. Un jour, il vous enfoncera un poignard dans le dos. S'il vous plaît !

Il caressa sa joue du doigt.

— Qu'est-il arrivé au petit chat qui était toutes griffes dehors ? Où est la femme qui jurait de me donner du fil à retordre ?

Elle le repoussa. Lui avouer son amour était bien la dernière chose qu'elle ferait. Quand il l'abandonnerait — s'ils arrivaient jamais à quitter la montagne —, elle espérait bien garder un peu de sa fierté. Elle voulait pouvoir lui dire adieu avec indifférence : il lui avait donné quelques heures de plaisir, c'était tout ce qu'elle attendait de lui !

— Mais voyons, Wesley, si je reste avec Revis, je

finirai comme Verity. Des deux, vous êtes de loin le plus sûr. Et puis, avec votre argent, j'ai toutes les chances de repousser ces horribles accusations.

— Est-ce tout ce que je représente pour vous, Leah ? s'enquit-il d'une voix calme. Un homme dont vous pouvez utiliser l'argent ?

Elle essaya d'empêcher sa voix de trembler. Allait-elle lui avouer qu'elle mourrait s'il lui arrivait le moindre accident ?

— C'est vous qui avez voulu ce mariage ! C'est aussi vous qui avez refusé le divorce ! Si je suis ici, c'est uniquement parce que mon frère Abe a tiré sur vous et que j'ai dû rejoindre la bande de Revis pour vous protéger. Quand cette affaire sera terminée, je me considérerai comme quitte envers vous.

— Quitte envers moi ? Et tout cela alors ?

Ses yeux parcoururent le corps nu de Leah.

— Dans la famille, nous apprécions les corps à corps avec un bel homme, déclara-t-elle avec un sourire narquois. Mais je ne voudrais pas coucher avec Revis parce qu'il aime faire souffrir.

Il s'écarta.

— Bravo ! Vous êtes une femme de tête, Leah ! J'ai eu une sacrée chance que vous ne m'ayez pas laissé saigner à mort dans la forêt.

Elle fit un effort surhumain pour ne pas pleurer. Quelle merveille ce serait de lui dire qu'elle l'aimait, mais il lui rirait probablement au nez. Puisque son cœur était brisé, autant préserver son amour-propre !

— Je dois m'en aller.

Elle se détourna et commença à enfiler ses vêtements.

— Oui, allez-y donc !

Et sur ces mots, il s'éloigna à grandes enjambées.

De grosses larmes silencieuses roulèrent sur les joues de Leah. Le lien ténu qui les unissait venait de se rompre.

22

Leah ne ferma pratiquement pas l'œil de la nuit. Elle aurait voulu de toutes ses forces ne jamais avoir rencontré Wesley Stanford. Ah, si seulement elle avait écouté sa sœur cette nuit-là, à la taverne, au lieu de se précipiter sur Wesley comme un animal affamé, elle ne se trouverait pas maintenant au beau milieu d'un repaire de bandits. Elle ne se serait pas non plus ridiculisée en faisant de l'équilibre toute nue dans un arbre !

— Zut de zut ! pesta-t-elle tout haut en rejetant ses couvertures et en secouant Verity. Debout ! Et aujourd'hui, vous me seconderez à la cuisine !

Peut-être le travail aiderait-il Verity à retrouver un peu d'amour-propre...

Wesley pénétra dans la cabane pendant qu'elle préparait le petit déjeuner. Il ne lui adressa pas la parole, et son attitude hostile jeta un froid.

— Que puis-je vous servir, monsieur Amstrong ?

— Moins vous vous occuperez de moi, mieux cela vaudra, aboya-t-il au moment où Revis entrait.

Celui-ci fronça les sourcils, étonné par l'attitude de Wesley.

— En voilà un qui n'est pas aussi galant que vous, Revis ! dit immédiatement Leah d'un ton détaché en posant du bacon grillé sur la table. Il croyait que j'allais lui tomber dans les bras et il ne se remet pas de son échec.

Deux fois de suite, Leah remarqua que Revis observait Wesley et, pour distraire son attention, elle se pencha sur son épaule en posant les plats sur la table. Il devait déjà détester que Wesley s'immisce dans ses affaires, mais s'il le voyait réussir là où il avait échoué, sa haine n'aurait plus de bornes.

— Il est pour quand, Amstrong, votre convoi ? interrogea Revis.

— Demain matin à l'aube. A cette heure-là, ils seront à six kilomètres en bas de la montagne.

— Comment pouvez-vous être aussi sûr de leur allure ?

— J'ai mes méthodes, se contenta de répondre Wesley.

Un moment plus tard, tandis que Leah et Verity débarrassaient la table, Abe vint trouver sa sœur.

— Vous avez eu une querelle d'amoureux ? lui souffla-t-il à l'oreille.

— Avec Revis ? interrogea-t-elle, feignant de ne pas comprendre.

— Stanford et toi ! On pouvait voir les étincelles !

— Je ne l'ai jamais regardé, protesta-t-elle.

— Peut-être pas quand lui te regardait. Il t'a observée sans arrêt. Vous les tourtereaux, vous allez finir par tout mettre par terre, et si Revis vous zigouille tous les deux, adieu mes projets de respectabilité !

— Que t'a donc promis Wesley en échange de ton aide ?

— C'est pas ton affaire. Lui et moi, on a un accord. Et dès qu'il saura qui est le Danseur, on met les voiles. Tous ! Enfin, si t'es encore là. Tu devrais faire attention, Leah. Tu retrouveras jamais un bonhomme pareil !

— Je croyais que tu détestais tous les Stanford.

Il découvrit ses dents pourries dans un large sourire.

— Je déteste personne qui veut partager son argent avec moi. Tu crois pas qu'y mente, hein ? Y fera ce qu'il a dit ? ajouta-t-il en se penchant vers sa sœur.

— Oh ! oui, j'en suis sûre.

Wesley ne parut pas pour le déjeuner. Dès qu'elle put interroger Cal, il lui apprit que Wes coupait du bois dans la montagne et lui promit de surveiller Revis tandis qu'elle s'échappait avec quelques provisions.

Leah fixa un instant avec ravissement le dos de Wesley. Ses muscles luisants de sueur saillaient au rythme de l'effort. Mais toute son euphorie la quitta lorsqu'il se tourna vers elle et la transperça d'un regard furibond.

— Je vous ai apporté de quoi déjeuner, annonça-t-elle, la gorge sèche.

Il posa lentement sa hache pour s'approcher d'elle. Elle recula instinctivement.

— Je n'ai nulle intention de me jeter sur vous si c'est ce que vous craignez !

— Pas le moins du monde. Je suis venue vous parler. Abe dit que vous et moi... ce matin... bref, il craint que Revis ne suspecte quelque chose.

— Ne suspecte que vous et moi, nous nous soyons roulés l'un sur l'autre avant de nous quereller, par exemple ?

Elle le regarda s'asseoir sur une souche.

— Parce que c'est ce que vous vouliez ?

— Bien sûr. Pourquoi donc aurais-je joué cette comédie ?

— Cette comédie ?

Elle se laissa tomber par terre à ses pieds.

— Je n'y comprends rien.

— Mon frère m'a appris une chose : ne jamais permettre à une femme de s'immiscer dans vos plans.

J'espérais, après avoir eu vent de votre stupide retour au repaire de Revis...

Il lui adressa un regard de reproche.

— ... que vous vous conduiriez intelligemment en prétendant tomber folle amoureuse de moi au premier regard. C'était sans doute trop demander à une femme. Surtout à vous, Leah. Je n'ai jamais rencontré personne qui possède un tel esprit de contradiction ! Chaque fois que je me range à votre avis, vous en changez sur l'heure. Vous désiriez m'épouser, j'acquiesce, et déjà cela ne vous convient plus.

Elle voulut se défendre, mais il écarta ses objections d'un geste.

— Vous avez le don de faire exactement le contraire de ce que je veux.

— Je ne pouvais pas me jeter à votre tête alors que je venais de repousser Revis. Il aurait...

— Si vous me répétez encore une fois qu'il aurait pu me tuer, je suis capable de vous étrangler, Leah, déclara-t-il en tentant de retrouver son calme. Suis-je une telle mauviette que vous soyez obligée de me protéger de votre petit corps charmant ? Du matin au soir, vous ne cessez de tout régenter autour de vous. Si je dis à droite, vous allez à gauche et tout à l'avenant. Aussi n'ai-je pas seulement le souci de me garder de Revis et du Danseur, mais encore la crainte permanente de ce qui peut vous traverser l'esprit. En outre, vous vous prenez pour une petite futée... et vous vous imaginez — on se demande bien pourquoi — que Revis est assez habile pour me trucider à mon insu.

— Mais non ! Il n'est pas habile, il est juste le diable en personne. Vous êtes bon et gentil et...

Il la regardait, la tête légèrement penchée, un morceau de pain dans la main.

— Hier, vous prétendiez que j'étais l'homme le

plus séduisant que vous connaissiez et aujourd'hui, vous affirmez que je suis bon et gentil. Tomberiez-vous amoureuse, Leah ?

— Jamais ! s'exclama-t-elle en virant au rouge pivoine.

— Quel dommage !

— Quels sont vos plans ? demanda-t-elle tout à trac pour cacher sa confusion.

— Pour être honnête, Leah, j'ai peur de vous les confier. Si je le faisais, vous risqueriez de les trouver trop dangereux et de les contrecarrer ouvertement. En revanche, si je vous raconte le contraire, j'ai une chance de vous voir collaborer par le plus pur des hasards.

— Ah, vous... ! siffla-t-elle en se levant.

Il referma sa main sur sa cuisse et l'attira à lui.

— Comment se fait-il que vous m'ayez craché toutes ces horribles choses à la figure, hier, alors que vous me trouvez aujourd'hui bon et gentil, souffla-t-il, la bouche contre la sienne.

— Comment se fait-il que vous ne reteniez que les compliments et non les critiques ? M'avez-vous jamais écoutée ?

Il la relâcha et jeta un coup d'œil dans le sac à provisions qu'elle avait apporté.

— Pas vraiment ! Car pour dire vrai, je n'arrive pas à vous comprendre. Vous n'avez de cesse de sauter — de plonger même — dans mes bras pour dire ensuite les pires horreurs sur mon compte. Si vous me détestiez autant que vous le prétendez, vous ne retireriez pas aussi souvent vos vêtements sous mes yeux.

Leah resta sans voix et s'assit de nouveau par terre.

— Alors, quels sont vos plans ? murmura-t-elle.

— Rendre Revis fou, répliqua Wesley.

— Et vous m'utilisez dans ce but ?

— J'aurais bien voulu, mais comme vous me combattez sans cesse, cela devient difficile. Je redoute d'être obligé d'en découdre avec Revis et de vous voir vous précipiter entre nous en débitant des sornettes du genre : « Il faudra me tuer en premier. » J'en fais des cauchemars. Evidemment si j'ordonne : « Mettez-vous entre nous, Leah », j'ai de bonnes chances que vous vous faufiliez derrière moi, mais aucune certitude ! Seigneur, quel casse-tête !

— Alors, comment avez-vous modifié vos plans ? s'enquit-elle avec soumission.

— J'ai évité de provoquer Revis et d'essayer de le faire parler par crainte de vos réactions. Bud et Cal ont bien tenté de vous écarter à plusieurs reprises. Peine perdue ! Vous restiez vissée derrière l'un ou l'autre de nous comme si vous deviez nous protéger tous les deux. Ou plutôt, d'ailleurs, me protéger de Revis, puisque vous pensez que j'en suis incapable !

— Oh, mais... bredouilla-t-elle. Ai-je été si stupide ?

— Pire ! Connaissez-vous le sens du mot obéir ? Vous aurait-on enseigné par hasard que cela signifie faire le contraire ?

Quand elle leva les yeux, elle vit qu'il lui souriait.

— Il n'est peut-être pas trop tard pour apprendre.

— C'est l'avis de Bud et de Cal. Mais moi je sais que vous avez une tête de mule, et la dernière chose que je désire est de la mettre en péril !

— Ainsi j'ai fait échouer vos plans ? Peut-être même vous ai-je fait risquer votre vie ?

— C'est à peu près cela, acquiesça-t-il en mordant dans un morceau de tarte aux pêches. Mais vous avez aussi rendu ces derniers jours tout à fait intéressants. Vous m'avez envoyé de la pâte à crêpes à la figure, vous avez plongé nue dans mon bain, vous avez crié à gorge déployée — et quelle gorge ! — pour mon plus grand plaisir ! J'aurais bien aimé jouir de tous ces instants sans avoir à me soucier de Revis.

Elle se détourna pour cacher sa rougeur.

— Alors, qu'avez-vous décidé ?

— Je cherche justement la solution. J'ai bien essayé de vous écarter mais mes tentatives pour soudoyer les garçons se sont soldées par un échec. Ils m'ont avoué que la seule promesse d'une tarte aux fraises les jetait à vos pieds.

Elle éclata de rire.

— Et si je promets de vous obéir ?

— Vous l'avez déjà promis devant un pasteur, mais c'est entré par une oreille et sorti par l'autre.

— Mais le moment est important !

— Et d'être mon épouse ne l'est pas peut-être ?

— Je m'engage à obéir... si le plan me paraît bon, promit-elle sans répondre à ses insinuations.

— C'est encore insuffisant, déclara-t-il. J'exige une obéissance aveugle, un point c'est tout. Et je me fiche éperdument de votre opinion. Ou vous acceptez d'obéir, ou je vous abandonne dans les bois attachée à un arbre.

— Vous n'oseriez pas !

Il braqua sur elle un regard terriblement sérieux.

— Vous me défiez ?

— Je ne m'y risquerais pas, répliqua-t-elle en manifestant une certaine nervosité. Je jure d'obéir. Maintenant, dites-moi tout !

Elle comprit que Wesley était toujours réticent et que seuls les baisers viendraient à bout de son ultime résistance. Malgré son apparent abandon de la veille, elle gardait une certaine timidité à son égard. Il était son mari sans l'être tout à fait. Il ne lui appartenait que caché au plus profond des bois.

Elle fut stupéfaite par son plan. Il avait demandé

leur aide à Justin, Oliver Stark et John Hammond qui devaient remplir deux de ses chariots avec des marchandises de prix et laisser Revis les leur voler.

— Vous allez vous voler vous-même ?

— C'est mieux que de détrousser une innocente victime. J'espère que quand Revis m'aura vu à l'œuvre, il m'accordera davantage de confiance.

— Wesley, interrogea-t-elle en se libérant de son étreinte, comment saviez-vous que le Danseur avait une fille ?

— Je ne le savais pas. Je l'ai deviné. Revis se croit irrésistible. J'ai flatté sa vanité, voilà tout.

— C'est un jeu dangereux ! Et s'il avait dit tout cela pour vous tester ?

— Il n'a aucune raison de me suspecter. Et d'ailleurs, Bud et Cal ne l'ont pas lâché d'une semelle. Avec la meilleure volonté du monde, il n'aurait pas pu contacter le Danseur. Ne vous faites donc plus de souci et embrassez-moi plutôt.

Un peu plus tard, tout en roulant une pâte à tarte, Leah réfléchissait à sa conversation avec Wes. En dépit de toutes ses fanfaronnades, il risquait bien d'avoir besoin de son aide le lendemain. Restait à le persuader de l'emmener !

Revis lui apporta la solution. Au dîner, il déclara que soit Leah les accompagnait, soit il n'y aurait pas de raid.

— Pourquoi diable voulez-vous que nous nous embarrassions d'une fichue bonne femme ? s'emporta Wesley.

— Je ne lui fais pas confiance. Je ne veux pas l'abandonner ici sans surveillance. Elle se promène déjà bien assez comme cela.

— Et alors ? Qu'elle parte donc ! Sans doute y aura-t-il des femmes dans ces chariots. Vous en trouverez bien une qui vous aimera davantage que celle-ci !

— C'est pour cette raison qu'elle me plaît, répliqua Revis, les yeux fixés sur le dos raide de Leah. Ou elle vient, ou il n'y aura pas d'expédition.

Sans laisser à Wesley une chance d'ouvrir la bouche, Leah se précipita entre eux.

— Maintenant que Revis m'a traitée de voleuse devant tout le monde, peu m'importe de venir avec vous ! J'ai peut-être même une chance de trouver une nouvelle robe.

Abe la regarda bouche bée, Bud et Cal restèrent le nez dans leur assiette, Wesley l'ignora résolument tandis que Revis l'observait à travers la fumée qui s'élevait en volutes de son cigare.

Un peu plus tard, comme elle jetait l'eau de la vaisselle, Wes l'attrapa par la taille et la tira dans l'ombre.

— Demain, observez-moi. Je vous indiquerai d'un signe l'endroit où vous devrez vous tenir. Surtout ne descendez pas de votre monture. Personne ne devrait tirer, mais si cela arrive, même par erreur, talonnez votre jument et filez plein est. Vous m'écoutez, Leah ?

Soudain il attira sa tête contre son épaule.

— Si seulement vous étiez un tout petit peu plus raisonnable ! Pour l'amour du ciel, Leah, abstenez-vous de tout acte héroïque. Surtout ne cherchez à sauver personne, ni à mener l'attaque, et réprimez énergiquement toutes les inepties qui risquent de vous traverser l'esprit. Restez à cheval, gardez votre sang-froid et fuyez au moindre danger. C'est bien compris ? Vous obéirez ?

— A la lettre !

— Maintenant, j'ai d'autres directives pour vous. Une fois que tout sera fini et que nous aurons regagné le couvert des arbres, faites demi-tour et en avant toute ! chuchota-t-il en mettant un doigt sur ses lèvres. Tout est arrangé. Je n'étais pas encore sûr que vous nous accompagneriez, aussi ne vous avais-je rien dit. Justin vous conduira à Sweetbriar.

— Mais Revis comprendra vite que tout était prémédité si vous ne galopez pas sur mes talons.

— C'est mon problème, pas le vôtre ! coupa-t-il. Obéissez, c'est tout ce que je vous demande. Maintenant, récapitulons tout depuis le début !

Elle répéta ses instructions à la lettre.

— Vous protégerez Verity ? Empêchez Revis de la brutaliser.

— Si vous m'obéissez, je prendrai soin d'elle, même si pour ce faire je dois la traîner dans mon propre lit.

Leah se figea.

— Je n'en exige pas tant !

— Jalouse ? Allez ! Donnez-moi un baiser et au lit ! Demain, nous partirons à l'aube.

— Oui, murmura-t-elle. Oui.

23

L'aurore se leva beaucoup trop tôt au goût de Leah. Elle s'était tournée et retournée toute la nuit, écrasée par un sentiment d'angoisse. Au plus profond d'elle-même, elle était persuadée qu'une chose horrible allait se produire.

Les yeux gonflés, elle prépara un peu de pain et de fromage à emporter. Seule Verity devait rester sur place.

Wesley surgit bientôt des bois, monté sur un puissant étalon rouan, suivi par Bud et Cal qui eux aussi avaient choisi des montures adaptées à leur taille. Les chevaux piaffaient d'impatience et s'ébrouaient furieusement.

— Allons-y, annonça Wesley comme Leah se hissait sur une jument baie, douce et calme.

Tout au long de la descente, le cœur de Leah battait la chamade. Le regard de Revis, qu'elle surprit à deux reprises posé sur elle, renforça son appréhension. Aucun homme capable de tuer de sang-froid comme lui ne pouvait accepter aussi facilement qu'il le faisait d'être dirigé par un tiers. Revis cachait son jeu.

Quand ils arrivèrent en vue des chariots, Leah se tortillait nerveusement sur sa selle, incapable de se dominer. Mais en dehors d'un regard d'avertissement auquel elle répondit par un signe de tête, Wesley ne lui accorda aucune attention.

Leah resta à l'arrière pendant que Revis, Wesley et Abe, flanqués de Bud et Cal, s'approchaient des voitures. Elle les regarda couvrir leur visage d'un masque et mettre les conducteurs en joue. Justin et John Hammond sautèrent à bas de leur siège et s'avancèrent lentement les mains en l'air. Elle entendit Wesley ordonner à Oliver de décharger le chariot.

Par certains côtés, on aurait dit une pièce de théâtre. Les acteurs lui étaient tous familiers. Mais l'intrigue les obligeait à prétendre qu'ils ne se connaissaient pas, à se cacher sous des masques, à se menacer. C'était irréel comme un spectacle. Elle aurait dû l'apprécier comme tel, mais le rythme de son cœur se précipitait à chaque minute.

Qu'est-ce qui n'allait pas ? Où était l'erreur ?

Revis émit un sifflement sourd pour attirer l'attention de Leah. Puis il lui fit signe de venir plus près.

Elle se garda bien de jeter un coup d'œil dans la direction de Wes, de peur de recevoir l'ordre contraire. Monter Revis contre Wesley était bien la dernière chose qu'elle désirât !

Au moment où elle poussait son cheval en avant, un reflet brillant perça le feuillage d'un arbre et retint un instant son regard. Elle n'y prêta tout d'abord pas attention, mais comme elle s'immobilisait à côté de Revis et observait distraitement Justin, elle réalisa soudain qu'il s'agissait de la réverbération du soleil sur le canon d'une arme.

— Jamais vous n'emporterez tout cela, disait Justin sur un ton convaincu.

Leah n'en entendit pas davantage. Une multitude de questions la tourmentaient : combien d'hommes se cachaient dans les frondaisons ? Etait-ce les troupes de Wesley ou celles de Revis ?

Wesley donnait des ordres, John obéissait, Justin argumentait et Leah tentait de se concentrer. Elle enfonça en cachette ses éperons dans les flancs de sa jument qui rua. Feignant de peiner à la maîtriser, elle scruta de nouveau la ramure. Si Wesley et Justin l'observaient avec sollicitude, Revis, lui, la surveillait sans aménité, les yeux rivés à son regard.

Ce sont ses hommes, en déduisit aussitôt Leah. Ils sont du côté de Revis.

— Doucement, ma belle ! dit Leah en flattant sa jument avant de se pencher pour ajuster ses éperons.

Un éclair se déplaça dans le feuillage.

— Couvrez-moi, demanda Wesley à Revis en sautant à terre.

Revis inclina la tête et pointa son canon sur Justin tandis que Wesley et Bud entassaient les marchandises sur les chevaux. Plus loin, Abe se dandinait sur sa selle et inspectait les alentours.

Il est aussi nerveux que moi, songea-t-elle.

Une fois le butin chargé, Leah sentit que tout allait se jouer dans les minutes suivantes.

Revis sauta à terre.

— Filons ! ordonna Wesley.

— Je veux vérifier l'intérieur des chariots par moi-même.

— Qu'insinuez-vous donc ? Vous n'avez pas confiance en moi ? siffla Wesley d'un air menaçant.

— Je n'ai confiance en personne.

La façon dont Revis se plaça entre Wesley et le chariot attira l'attention de Leah. Elle leva instinctivement la tête et surprit de nouveau un éclair dans les arbres.

Sans réfléchir davantage, elle piqua des deux et chargea Wesley. Un chaos total s'ensuivit.

Wesley sauta sur le côté, mais il fut malgré tout renversé par le croupe du cheval. A l'instant où il mordait la poussière, trois coups de feu claquèrent et Revis s'effondra.

Bud s'empara des rênes au moment où Leah se précipitait à bas de sa monture.

— Wesley, vous êtes blessé ?

Son masque avait glissé autour de son cou, et il la gratifia d'un regard étrange.

— Non, murmura-t-il avec un coup d'œil à Justin qui était penché sur Revis.

Justin secoua négativement la tête.

Les sourcils froncés, Wesley s'approcha de Revis. Il s'accroupit auprès du mourant et lui souleva légèrement la tête.

— Vous vous croyiez malin, chuchota Revis. Je ne vous ai jamais cru. C'était vous qu'elle allait voir, hein ? Elle a tourné tout le monde contre moi, même mes propres frères.

Il s'arrêta pour tousser. Sa poitrine était couverte du sang qui jaillissait de ses trois blessures.

— Qui est le Danseur ? demanda Wesley. Faites un beau geste une fois dans votre vie et donnez-moi son identité.

Un petit sourire en biais tordit les lèvres de Revis.

— C'est ce que vous cherchiez à savoir, hein ?

Il ferma un moment les yeux, puis fit le tour des visages penchés sur lui.

— Macalister, souffla-t-il. Jamais entendu parler de Devon Macalister ?

— Vous mentez, dit Wesley.

Revis voulut parler, mais il toussa de nouveau et l'instant d'après, il était mort.

Wesley l'allongea doucement sur le sol. En se relevant, il croisa le regard de Justin.

— Il mentait, répéta-t-il.

— Oui, répondit Justin sans rien ajouter, et il se détourna.

Leah fixa Wesley. Sans un mot, il lui prit le poignet et la conduisit sous les arbres.

— Et les tireurs ?

— Ils sont partis depuis longtemps.

Il s'arrêta et posa ses deux mains sur les épaules de Leah, l'obligeant à lui faire face.

— Vous m'avez sauvé la vie. Ces balles étaient pour moi. Merci, Leah.

Le compliment lui mit du rose aux joues.

— Vous ne m'en voulez pas de vous avoir désobéi ?

— Pas cette fois ! Nous n'avons plus d'obligations, maintenant. Nous pouvons rentrer à la maison.

Elle se libéra de son étreinte et fit quelques pas. La maison signifiait Sweetbriar, un endroit où on la recherchait peut-être comme criminelle. Et Kimberly, avec tout son charme et sa beauté, les attendait elle aussi à la « maison ».

— Pourquoi êtes-vous inquiète ? s'enquit Wesley en posant une main sur son épaule.

— Devons-nous rentrer immédiatement ? Ne pourrions-nous pas rester un peu ici ?

— Juste nous deux ? Sans Bud et Cal ? Ni Revis et Abe ? Ni Verity ?

— Oui ! Seulement pour un jour ou deux ! Je sais que vous êtes pressé, mais...

— Mais je préfère cent fois folâtrer dans les bois avec ma ravissante épouse. Je vous dois beaucoup, Leah. N'avez-vous rien de plus difficile à me réclamer ?

— Non, répondit-elle sans l'ombre d'une hésitation. Je désire seulement passer quelques jours ici.

Wesley déposa un baiser sur sa joue et déclara que rien ne pouvait le rendre plus heureux.

Dès qu'elle apprit la mort de Revis, Verity demanda à voir le corps. Elle accompagna Leah jusqu'aux chariots de Justin sans manifester la moindre crainte à la vue d'étrangers, comme le redoutait Leah. Quand on reposa le drap sur le visage de Revis, elle se redressa de toute sa taille et afficha un sourire radieux. Elle expliqua alors à Justin qu'elle avait encore des cousins qui vivaient dans l'Est.

On fouilla la cabane de fond en comble, et à part quelques provisions, on la vida de tout son contenu.

— Trouve les propriétaires des bijoux et distribue le reste, dit Wesley à Justin.

Comme ils empilaient différents objets, Justin attrapa Leah par le bras.

— Il est gentil avec vous ? Vous semblez changée.

— Oui, il est très gentil avec moi, répondit Leah, prise au dépourvu. J'ignore ce qui va se passer à Sweetbriar quand il reverra Kim, mais...

— Kim ? répéta Justin en relevant la tête. Mais Wes ne vous a-t-il donc pas parlé de son mariage avec John Hammond ?

— Non, bredouilla Leah avec un sursaut. Personne ne m'a rien dit.

La nuit était tombée quand les chariots surchargés furent enfin prêts à partir. Leah, aux côtés de Wesley, agita la main avec une ferveur toute spéciale en direction de John Hammond.

— Pourquoi votre regard est-il aussi brillant ? Est-ce à cause de Justin ? s'enquit Wesley, un sourcil relevé.

— Vous m'aviez caché le mariage de Kimberly ?

— Oh ! Cela m'était sorti de l'esprit, répondit-il en haussant les épaules. Grimpons vite en haut et voyons qui sera le premier déshabillé.

— Quelle sera ma récompense si je gagne ?

— Moi et ma...

— J'ai compris, l'interrompit-elle. Qu'attendons-nous ?

Durant les trois jours qui suivirent, la petite cahute se transforma en nid d'amour. Elle résonnait des rires et des plaisanteries qu'ils échangeaient à tout bout de champ, et devint le terrain de leurs exploits amoureux. Ils se livrèrent à d'interminables poursuites autour de la table et s'adonnèrent à leur passe-temps favori partout où cela était possible.

Au matin du quatrième jour, Leah comprit que le bon temps était fini. Comme elle se lovait nue contre Wesley, elle sentit tous ses muscles tendus.

— Je fais les bagages, annonça-t-elle, mais il la retint contre lui.

— Jamais je n'ai été aussi heureux de ma vie, Leah, chuchota-t-il tout contre ses lèvres. Même l'épisode de Revis a été illuminé par votre présence.

Elle retint sa respiration. Allait-il lui avouer son amour ? Il roula sur le côté et s'assit.

— Malheureusement, la lune de miel est terminée. Il nous faut rentrer. J'ai des récoltes à surveiller, du bétail à nourrir, des employés à mettre au travail et...

— Et une épouse dénoncée comme voleuse notoire...

— Nous arrangerons cela, déclara-t-il en balayant sa remarque d'un revers de la main. Il nous faut d'abord nous attaquer au Danseur.

— Pourquoi étiez-vous si sûr que Revis mentait sur son identité ?

Wesley se leva, son corps splendide et nu auréolé par la lumière du matin.

— Devon Macaslister est mon ami. Dire qu'il est le chef d'une bande de voleurs va à l'encontre de tout ce que je crois. Et pourtant — il marqua une pause — il est au courant de toutes les allées et venues et connaît les bois comme sa poche. Nom d'un chien ! tonna-t-il soudain, et sa bonne humeur s'envola du même coup.

Leah était elle aussi assaillie de pensées moroses. Wesley avait beau jeu d'écarter aussi facilement ses frayeurs. Elle-même en était bien incapable. Elle ne cessait de revoir la haine qui fusait dans le regard de la femme blessée par Revis. Lirait-elle ce sentiment dans d'autres prunelles ?

Ils descendirent de la montagne en silence, ruminant chacun de son côté leurs idées noires.

24

Debout au sommet de la colline, les rênes de sa monture à la main, Leah contemplait son nouveau domaine. Ce n'était pas Stanford Plantation, bien entendu, mais c'était tout de même vaste, avec deux granges, trois hangars, des hectares de champs labourés et un bûcher en forme de L.

— Une source coule tout près de la maison, déclara Wesley et je vais vous planter un potager cette semaine.

Il resta un instant silencieux.

— Cela vous plaît-il ? Ce n'est pas la maison que Travis a donnée à son épouse, mais je vous promets de l'agrandir bientôt.

Elle lui adressa un sourire radieux.

— C'est sans comparaison avec ce que j'espérais. Je l'aime beaucoup.

— Oliver et Justin ont effectué dernièrement quelques réparations.

Elle se détourna un instant tandis qu'un affreux souvenir remontait à sa mémoire. N'était-ce pas Wesley qui lui avait un jour déclaré qu'il ne pourrait pas même dormir sous le même toit qu'elle ?

Ils remontèrent à cheval et approchèrent des bâtiments. Trois chiens se précipitèrent à leur rencontre pour les accueillir. Oliver Stark, ses manches roulées au-dessus du coude, sortit de la grange.

— Ce que je suis content de vous voir ! J'ai une jument qui pouline. Vous connaissez quelque chose aux chevaux ?

Wes mit pied à terre et suivit immédiatement Oliver.

— Faites comme chez vous, Leah ! C'est votre domaine ! jeta-t-il par-dessus son épaule.

Leah resta un moment immobile à étudier la maison avec sa véranda soutenue par de fines colonnes. C'était sa maison. La sienne ! C'était aussi son mari. Elle avait longuement imaginé cet instant, en Virginie, des mois auparavant. Dans ses rêves, Wesley, amoureux fou, lui faisait franchir le seuil dans ses bras, et cette image restait à jamais celle de la félicité conjugale.

La réalité était tout autre. Elle allait pénétrer dans son nouveau foyer toute seule. Leah avait publiquement été dénoncée comme voleuse, son mari était peut-être — ou peut-être pas — amoureux de Kim, mais sûrement pas de sa femme.

— Bonjour.

— Bonjour.

Deux jumeaux absolument identiques se tenaient de chaque côté de son cheval. Des garçons vigoureux d'environ dix-sept ans, à la peau mate et aux yeux bleus et vifs.

— Je suis Slade, dit l'un, le regard brillant.

— Et moi, Cord Macalister. Soyez la bienvenue.

— Nous travaillons pour Wes.

— En fait, nous faisons tourner la propriété bien mieux quand il n'est pas dans nos jambes, remarqua Slade.

— Il a la détestable habitude de se mêler de nos affaires. Voulez-vous voir la maison ?

— Ou les champs ? Ou la ville ? Sweetbriar n'est pas grand, mais c'est tout ce que nous avons à vous offrir.

— Puis-je vous aider à descendre ?

— Je vais vous aider aussi.

— Une minute ! implora Leah en riant. Vous allez trop vite pour moi. Oui, je veux bien que vous m'aidiez et je serai ravie de voir la maison, mais non merci pour la ville. Du moins, pas aujourd'hui !

Cord fit le tour du cheval pour se placer à côté de son frère. Il était absolument impossible de les distinguer l'un de l'autre.

— Permettez-moi, fit Slade en tendant la main.

— A moi aussi, ajouta Cord.

Leur gaieté était contagieuse et Leah se laissa

aider par les deux jeunes gens qui la firent descendre de sa monture avec grâce.

— Ce n'est pas grand-chose, dit Cord.

Ou était-ce Slade ?

— Mais nous avons fait de notre mieux. Nous voulions que vous trouviez une maison accueillante. Justin nous a raconté tant de choses sur vous.

— Et Bud et Cal aussi.

— Vous les avez rencontrés ? Ils sont en sécurité ?

— En sécurité ! ricana Slade. Si ce n'est que nous les avons d'abord pris pour des taureaux et avons failli les mettre au pâturage, je les crois tout à fait en sécurité.

Riant de nouveau, elle marcha vers la porte. Mais Slade se précipita à sa suite.

— Attendez une minute, les nouvelles épousées franchissent toujours le seuil dans les bras de...

— De leur mari, coupa une voix derrière eux.

Tout le monde se tourna vers Wesley.

— Aviez-vous l'intention de porter tous les deux *ma* femme dans la maison ?

— Oh, non ! se récrièrent-ils en chœur en roulant des yeux. Cette idée ne nous a jamais effleurés.

Wes secoua la tête en riant.

— Filez vite au travail et arrêtez de flirter avec ma femme ! cria-t-il comme ils décampaient après avoir adressé un clin d'œil à Leah.

— Ce sont de gentils garçons, dit-elle.

— Le fléau de la ville ! riposta Wes. Toutes les femmes en tombent amoureuses et les pourrissent. Leur père et moi sommes les seuls à faire preuve d'autorité à leur égard. Maintenant, voyons un peu comment vous faire passer le seuil, annonça-t-il, et il se pencha pour la soulever dans ses bras.

— Vous connaissez l'origine de cette coutume, n'est-ce pas ? Les Romains capturaient leurs épouses et n'avaient d'autre solution que de les emporter de force chez eux. Etes-vous ici à contrecœur, Leah ? Devrai-je vous traîner dans mon lit, ce soir ?

Elle prit ses propos au sérieux.

— J'ai bien peur que non. Dans ce... domaine, je perds toute fermeté.

Avec un petit rire étouffé, il l'embrassa et la porta à l'intérieur.

Leah trouva la maison tout à fait à son goût avec son mobilier simple et confortable, ses grandes fenêtres, son énorme cheminée de pierre et son vestibule sur la gauche. Son cher métier à tisser trônait dans la pièce principale.

— Et la chambre ? s'enquit-elle.

— Avec un gigantesque lit de plumes ! Je n'ai pas regardé à la dépense pour cette pièce.

— C'est une maison délicieuse. Je l'aime beaucoup.

— Vous n'êtes pas trop déçue ? C'est un peu spartiate si on la compare à celle de Travis.

— Pas le moins du monde. D'ailleurs, je suis une fille des marais, et ce logis me convient mieux que le palais de Regan.

— Hu-hum, fit-il en fronçant les sourcils. Je ne suis pas sûr d'apprécier que ma maison soit comparée à un marais !

Avant qu'elle puisse répondre, il l'embrassa à nouveau avant de la reposer sur le sol.

— Je dois surveiller mon poulain. S'il vous manque quelque chose, demandez à Oliver. Ne vous adressez aux jumeaux qu'en cas d'extrême nécessité. Je vais être obligé de doubler leur charge de travail pour les tenir loin de vous. Ils se font sans cesse passer l'un pour l'autre, et je ne sais jamais lequel des deux travaille ! A tout à l'heure.

Sur ces mots, il la quitta.

Elle fit le tour de son domaine en se persuadant que tout irait pour le mieux. Elle se conduirait en épouse modèle et gagnerait ainsi l'amour de Wesley. Kimberly n'aurait plus aucun pouvoir sur lui, et ils vivraient heureux à tout jamais, comme dans les contes de fées.

On avait porté dans sa chambre les malles qui renfermaient la garde-robe donnée par Nicole. Comme elle retirait de l'une d'elles une ravissante robe lavande, ses mains rugueuses accrochèrent la soie.

— Voilà une tâche qui ne supporte aucun délai ! annonça-t-elle à voix haute en se dirigeant vers la cuisine pour réunir les ingrédients nécessaires aux recettes de Regan et de Nicole.

C'est une épouse à la peau douce et parfumée qui accueillerait Wesley à son retour.

Le crépuscule jetait ses derniers rayons, et Leah, assise sur un tabouret devant la cheminée, offrait son opulente chevelure, enfin rétablie dans tout son éclat, à la chaleur des flammes. Ses mains ne lui faisaient plus honte et tout son corps revivait. Nue sous son déshabillé arachnéen, elle espérait que Wesley ne s'offusquerait pas trop de l'absence de dîner.

Quand il entra, son chapeau à la main, il s'arrêta sur le seuil, émerveillé. La lumière du feu à travers la soie l'habillait comme d'un vêtement de fée.

Lâchant son chapeau, il s'approcha sans un mot et la serra contre lui.

— Je n'ai rien préparé, souffla-t-elle.

— Et moi, je n'ai pas l'intention de me laver, répliqua-t-il. Si vous voulez bien m'accepter tel que je suis, je vous pardonne pour la cuisine.

Et c'est un affamé qui s'empara de ses lèvres.

Leah s'accrocha à lui comme une noyée. Il avait travaillé dans les champs, et ses vêtements étaient mouillés de sueur, ses cheveux bouclaient sur sa nuque. Elle enfouit ses doigts dans leur masse humide.

La bouche de Wesley traçait un sillon de feu sur sa gorge tandis que ses mains allaient et venaient le long de ses bras. Soudain il la fit basculer contre lui et l'emporta dans la chambre où il la déposa avec mille précautions sur le matelas de plumes.

— Retirez cela, commanda-t-il d'une voix enrouée en se reculant légèrement.

Le soleil couchant nimbait Leah d'une lumière dorée. Agenouillée sur le lit, elle dénoua un à un les petits rubans de soie qui retenaient le vêtement diaphane. Puis levant la tête, elle emprisonna son regard avant de laisser tout doucement glisser la soie sur ses épaules. Elle le retint d'une main agile autour de son buste et murmura :

— A vous maintenant !

Avec un sourire narquois, il ôta jusqu'au dernier vêtement, lança le tout dans un coin et la rejoignit d'une enjambée.

Devant cette exubérance inattendue, Leah poussa de hauts cris et recula contre le mur, mais son déshabillé resta entre les mains de Wesley.

— Charmante petite chose ! dit-il en dégageant la fine soie et en la jetant sur le sol. Venez ici ! ordonna-t-il.

Leah demeura appuyée à la paroi, ses mains chastement croisées sur sa poitrine.

— Non ! J'ai passé ma journée à me faire belle et à me couvrir de parfum. Et maintenant vous voudriez que je me vautre dans les bras d'un homme en sueur. Une dame ne...

Il attrapa sa cheville et la tira à sa hauteur.

— Eh bien, il ne me reste plus qu'à vous faire partager mon odeur et... ma saveur !

Sur ces mots, il roula sur elle, serrant son grand

corps en nage contre le petit corps tout propre de Leah.

— Wesley ! soupira-t-elle, avec la délicieuse sensation que rien n'était aussi merveilleux que cet homme contre elle. Wesley, répéta-t-elle en fermant les yeux.

Il lui sourit et ses lèvres commencèrent une lente descente le long de son cou, s'arrêtèrent tendrement sur le doux renflement de sa poitrine, puis glissèrent vers son ventre, tandis que de ses fortes paumes, il écartait doucement ses cuisses, les effleurant dans un lent mouvement de va-et-vient.

Doucement, tout doucement, il atteignit la pointe de ses pieds dont il caressa chaque doigt du bout de la langue.

Il prit tout son temps pour revenir à son point de départ, mettant Leah au supplice. Puis, sa bouche à quelques centimètres de la sienne, il demanda :

— La réponse est toujours non ?

— Non, murmura-t-elle avant d'ouvrir grands les yeux et de s'exclamer : Oui ! Oh oui, Wesley !

Elle poussa un soupir de bonheur et l'emprisonna étroitement en refermant ses jambes derrière son dos.

Enflammé par la sensualité de Leah, Wesley laissa libre cours à sa passion. Et quand il la prit avec une sorte de fièvre, elle exhala une plainte rauque. Très vite le plaisir les submergea avec la violence d'un raz de marée.

Etendue épuisée auprès de lui, elle glissa les doigts entre les mèches humides qui bouclaient sur son front.

— Vous avez l'intention de me nourrir, j'espère ? souffla Wesley, niché contre son épaule.

Avec un rire de gorge, elle le repoussa.

— Je suppose que la lune de miel est terminée ! Mais d'abord, nous prenons un bain.

Wesley renifla avec dégoût dans sa direction.

— Mais c'est vrai ! A l'odeur, on dirait que vous avez passé la journée à travailler dans les champs !

— Ça alors ! s'exclama-t-elle en bourrant son torse de coups de poing.

— J'adore voir votre exquise poitrine se gonfler de fureur, Leah ! N'essayez pas de me séduire et allez me préparer quelque chose à manger.

— Et si je refuse ? le défia-t-elle.

— Ce charmant petit postérieur me suggère bien des idées de vengeance ! se moqua-t-il en l'embrassant.

De violents coups résonnèrent contre la porte d'entrée.

— Qui cela peut-il bien être ?

— Sûrement Bud et Cal. Ne leur aviez-vous pas promis de les nourrir eux aussi ?

— Quand donc ? Ah, oui ! Quand ils me ramenaient à la cabane de Revis. Mais ce soir, rien n'est prêt !

Wesley s'écarta de Leah à contrecœur et bascula ses jambes sur le sol.

— Expliquez-leur que vous avez passé la journée à vous pomponner pour me séduire. Ils comprendront sûrement.

— Si je prétends que je vous ai jeté le dîner à la figure, ils comprendront encore mieux.

On frappa de nouveau, et Wesley se leva.

— Habillez-vous vite, fit-il en enfilant son pantalon. Faites frire un demi-porc, ce sera parfait. Dites-moi, c'est plutôt agréable de vous faire l'amour dans un lit !

Sur cette constatation, il quitta la pièce. Quelques instants plus tard, elle l'entendit converser avec Bud et Cal.

Elle passa rapidement une robe, repoussa ses cheveux de son visage et les rejoignit. Quand elle fit son apparition, une expression ravie se peignit sur les traits des deux garçons. Peut-être ne seraient-ils pas trop difficiles sur le contenu de leur assiette.

Tout en faisant frire du bacon, des pommes de terre et des épis de maïs, elle écoutait Bud et Cal raconter leurs projets. Ils étaient tout occupés par les plans de leur future maison.

— Vous devriez en construire deux, suggéra Leah. Si jamais vous vous mariez...

Bud et Cal échangèrent un coup d'œil.

— Aucune femme ne voudra jamais nous épouser. Nous les effrayons toutes !

— Pas moi, répliqua-t-elle, chacune de ses mains posée sur une épaule gigantesque. Les femmes de Sweetbriar ne demandent qu'à tomber amoureuses de vous. Je suis prête à le parier.

— Si Abe a réussi, pourquoi pas vous ! remarqua Wesley.

Un large sourire éclaira leur physionomie.

— Qu'est-il arrivé à mon frère ? s'enquit Leah en les servant tous généreusement.

— J'ai oublié que vous étiez restée ici à « travailler » toute la journée. Personne ne vous a donc raconté les exploits d'Abe.

— Qu'attendez-vous donc ?

— Bud va se faire un plaisir de vous mettre au courant, déclara Wes sur le point d'éclater de rire.

— Abe est tombé amoureux, annonça Bud tout de go, son attention concentrée sur son assiette.

Leah tomba assise de stupéfaction.

— C'est vrai ? insista-t-elle en fixant Wes.

— Pour autant que je le sache, répondit-il. Il s'est enflammé pour Miss Caroline Tucker au premier regard. Deux jours plus tard, il faisait sa demande en mariage.

— En mariage ? Vous parlez bien de mon frère

Abe ? Vous ne vous trompez pas ? De toute sa vie, Abe n'a jamais aimé que lui !

— Ce n'est plus le cas. Passe-moi les pommes de terre, Cal, dit Wes. Vous avez une sacrée chance d'avoir une assiette pleine, vous deux !

— Que me cachez-vous donc au sujet d'Abe ? s'enquit Leah. A quoi ressemble cette Miss Caroline Tucker ?

Wesley s'étrangla presque avec une bouchée de bacon.

— Veux-tu bien la décrire, Bud ?

— Elle est à peu près de ma taille, déclara-t-il pour toute réponse.

Leah marqua une longue pause.

— Mon frère est tombé amoureux d'une femme de votre taille ? fit-elle incrédule.

— Un peu moins grande, rectifia Cal.

— Wesley ! menaça Leah.

— Je n'étais pas là mais d'après Oliver, à peine arrivé, un seul coup d'œil à la... euh, l'imposante Miss Tucker a décidé de son sort. Il a marmonné quelques mots sur le fait qu'elle n'avait jamais souffert de la faim, paraît-il. Cela le séduisait au plus haut point. Puis il l'a suivie dans toute la ville jusqu'à ce qu'elle l'invite à dîner chez ses parents, et là, il a déclaré sa flamme en ne cachant rien de son passé de voleur et en promettant de se racheter avec l'aide de Caroline.

— Miséricorde ! arriva tout juste à bredouiller Leah, ahurie par cette nouvelle.

Le dîner terminé, Wesley prit des pipes sur un râtelier fixé au mur et en tendit deux à ses invités tandis que Leah rangeait la vaisselle, tout heureuse de cette merveilleuse soirée au milieu d'êtres aimés.

Après le départ de Bud et de Cal, ils se donnèrent mutuellement un bain et firent langoureusement l'amour devant la cheminée avant de regagner leur lit et de s'endormir tendrement enlacés.

Bien avant l'aurore, Wesley était déjà au travail et Leah vaquait aux tâches de la maison tout en faisant connaissance avec son nouveau domaine.

La ferme abritait un nombre impressionnant d'animaux domestiques. Une bonne douzaine d'oies faisaient un boucan d'enfer chaque fois qu'on passait le porche et trente canards au moins arpentaient la cour en se dandinant. Son tablier empli de grain, elle alla derrière la maison jusqu'au poulailler, entièrement clos. Sur sa gauche, elle entendait le grognement familier des cochons et, derrière elle — ô miracle ! —, le bêlement des moutons.

— De la laine ! fit-elle avec un sourire qui se figea immédiatement quand elle aperçut Wesley venant à sa rencontre, une silhouette familière dans les bras.

Madame John Hammond se rappelait à son bon souvenir.

25

— Elle s'est évanouie, déclara Wesley avec sollicitude.

— Vous le lui aviez demandé ?

— Leah, voyons ! protesta-t-il. Je l'emporte à l'intérieur. Elle a sans doute besoin d'aide.

— Sans l'ombre d'un doute, marmotta Leah tout bas en le suivant malgré tout. Mettez-la sur le lit et retournez travailler. Je vais m'occuper d'elle.

— Elle me terrifie dans ces cas-là, dit-il en fronçant les sourcils. Je ferais peut-être mieux d'appeler un médecin ?

— Ne vous inquiétez donc pas et laissez-nous !

Il obéit à contrecœur.

— Il est parti, annonça Leah. Vous pouvez ouvrir les yeux, maintenant.

Kim s'assit sur le lit, un petit sourire ravi au coin des lèvres.

— Quelle merveille ! Un matelas de plumes. Vous avez l'air radieuse, Leah. Regardez mes cheveux. Un désastre !

— Que voulez-vous, Kimberly ? demanda Leah sans détour. Dans quel but vous êtes-vous évanouie devant Wesley ?

Elle leva des yeux tristes sur Leah.

— Je n'en avais pas l'intention, mais cela lui plaisait tant autrefois. John ne supporte pas que je m'évanouisse. Il me dit tellement d'horreurs que j'ai dû arrêter.

— Voilà un bon point pour lui ! murmura Leah.

— Wesley adore les syncopes. Avez-vous déjà essayé ?

— Non, Kimberly, répondit patiemment Leah. Je dois vraiment me remettre au travail. Je n'ai pas encore préparé le petit déjeuner et...

Kim enfouit brusquement son visage dans ses mains et se mit à pleurer.

— Oh, Leah, gémit-elle. Vous n'êtes même pas contente de me voir. Après avoir saccagé ma vie, j'espérais que vous me manifesteriez un peu de compassion. Je viens de me marier et vous ne me posez aucune question, pourtant vous êtes la seule amie que j'aie jamais eue.

Une vague de culpabilité submergea Leah. Elle s'assit sur le lit et serra Kim dans ses bras.

— Comment était votre mariage, Kim ?

— Horrible ! Epouvantable ! Dramatique ! Il n'y avait pas un chat, juste un maigrichon du nom de Lester et sa femme. Personne pour admirer ma jolie robe et me féliciter.

Elle se mit à renifler bruyamment.

— C'est la robe que j'avais mise pour mon mariage avec Wesley avant que vous me l'arrachiez. Oh, Leah, je ne comprends toujours pas pourquoi vous avez agi ainsi ! Wesley était tout ce que j'avais — en-dehors de Steven —, et il ne m'a jamais aimée.

— Kimberly, commença Leah sans savoir comment poursuivre.

Kim se leva du lit et se plaça devant elle.

— Regardez cette abominable robe. Du marron ! M'avez-vous jamais vue porter cette couleur autrefois ? John trouve cela plus pratique pour toutes les tâches dont il m'accable. Et mes mains ! Toutes rouges et rugueuses. Oh, comme je regrette Wesley !

— Même avec Wesley, vous ne seriez pas dispensée de travailler. Je n'ai pas de domestiques et je dois me mettre tout de suite à la cuisine.

Passant devant Kim, elle quitta la chambre et se dirigea vers l'âtre.

— Au moins, Wesley ne m'obligerait pas à faire ces choses la nuit, déclara Kim en la suivant.

Leah leva les yeux au ciel.

— Tous les hommes attendent les mêmes « choses » et Wesley ne fait pas exception à la règle.

— Wesley manifeste autant de... vigueur ?

— Mais oui ! Asseyez-vous donc et pelez cette pomme de terre.

— Enfin une tâche dans mes compétences, déclara-t-elle gaiement en obéissant. M'en voulez-vous beaucoup, Leah ? interrogea-t-elle au bout d'un moment.

— Cela vous est bien égal de toute façon ! rétorqua Leah, puis elle se calma. Kim, j'essaie d'être patiente. Je suis désolée que Wesley se soit cru obligé de m'épouser. Je n'ai jamais cherché à blesser personne et, si vous vous en souvenez, c'est Wesley qui a décidé de ne pas divorcer. Alors, adressez-lui vos reproches !

— Ah, les hommes ! s'exclama Kim en se battant avec sa pomme de terre. Wesley vous trouve plus intéressante que moi, et il n'a pas tort, Leah ! Mon unique talent est de m'évanouir, et mon mari ne l'apprécie même pas. Vous voyez bien, tout est de votre faute. Comptez-vous garder Wesley ou me le rendrez-vous un de ces jours ?

— Kimberly, articula lentement Leah. Vous voilà en train de planifier deux divorces. Cela ne vous paraît pas un peu compliqué ?

— Mais non ! Un ami de Wesley, Clay, s'est bien marié d'abord avec Nicole, puis avec une autre personne et de nouveau avec Nicole. Je n'aime vraiment pas beaucoup John.

— Alors pourquoi l'avez-vous épousé ?

Elle cessa un instant de peler sa pomme de terre.

— C'est bête à dire, mais quand Wesley m'a écartée, je me suis sentie si laide. Les attentions de John m'ont aidée à émerger de nouveau. Aussi, j'ai accepté sa proposition sans me rendre compte que deux hommes pouvaient être à ce point différents. Wesley était si gentil avec moi.

— Est-ce parce qu'il vous oblige à travailler et exige des « choses » la nuit que John vous déplaît tant ?

— Plus ou moins, avoua Kim, mais avant qu'elle ne puisse poursuivre, les oies firent un tapage terrible et Wesley entra, suivi d'Oliver et des jumeaux Macalister.

— Les employés se mettent au travail très tôt le matin, aussi prennent-ils leur petit déjeuner avec nous. J'ai oublié de vous prévenir, je crois !

Leah eut juste le temps d'acquiescer avant de mettre des œufs et du jambon dans une poêle.

Kimberly faisait des grâces comme si tout ce petit

monde était là pour elle, glissant des regards en biais aux jumeaux et se plaignant à Oliver de la rudesse de son frère Justin à son égard.

— Quel moment merveilleux ! ronronna-t-elle quand elles furent de nouveau seules. C'est loin d'être aussi amusant chez moi. John est toujours dehors. Puis-je rester avec vous ? Je vais vous aider et ensuite j'aimerais bien que vous me laviez les cheveux. Les vôtres sont si brillants.

Leah savait que Kim serait exaspérante, mais elle n'eut pas le cœur de la chasser.

— Restez donc, acquiesça-t-elle, et Kim se jeta dans ses bras.

— Merci, Leah. C'est si agréable d'avoir une amie.

Elles passèrent la journée ensemble, et Kim, à la grande surprise de Leah, se révéla d'une compagnie agréable. Elle était terriblement lente, mais une fois qu'elle avait compris les consignes, elle accomplissait sa tâche de bon cœur. En fin d'après-midi, Leah lava et brossa ses épais cheveux blonds.

Elle avait les larmes aux yeux en se séparant de Leah.

— Aucune femme ne m'a jamais manifesté de sympathie !

Leah n'essaya même pas de lui expliquer que son comportement à leur égard ne les poussait sûrement pas à des débordements d'amitié.

— Revenez donc, se surprit-elle à déclarer avec sincérité. J'ai passé un très bon moment avec vous.

Durant le dîner, Wesley annonça son intention de se rendre à Sweetbriar le lendemain avec Leah, Bud et Cal.

Les trois visages se rembrunirent.

— C'est une petite ville tranquille, poursuivit-il mécontent. Vous ne risquez rien, bon sang ! Personne n'est au courant de l'épisode Revis. Et ni Justin, ni Oliver, ni John ne souffleront un mot à ce sujet.

— Et la femme que Revis a blessée ? demanda Leah d'une voix calme. Il a décliné mon identité devant tout le monde. Dès que j'irai en ville, je serai compromise.

— C'est absurde, Leah ! explosa Wes. Et vous deux ?

Ils échangèrent un regard.

— Nous resterons ici avec Leah, déclara Cal.

— Allez tous au diable ! tempêta Wesley en se levant si brutalement qu'il renversa sa chaise. Je ne veux pas vivre avec une bande de poltrons. Vous viendrez avec moi demain, dussé-je vous tirer par les pieds !

Personne ne rit à l'idée saugrenue que Wes puisse traîner Bud ou Cal où que ce soit. Tous trois acquiescèrent avant de piquer du nez dans leur tasse de café.

— Voilà qui est mieux, assura Wes. Je vais m'occuper des vaches.

Et il quitta la maison de fort mauvaise humeur.

— Nous n'aimions pas Revis, dit Cal, mais nous étions heureux loin des gens. Nous les effrayons.

Leah ne voulait pas penser à tout ce qui risquait de survenir le lendemain. Wesley pouvait faire un esclandre avec cet homme que Revis lui avait désigné comme le Danseur, Devon Macalister. Bud et Cal seraient peut-être la risée de tout le monde. Quant à elle... mieux valait parler d'autre chose.

Elle releva la tête et observa les deux garçons. Elle était habituée à leur torse nu couvert d'une peau de mouton, ce qui n'était sans doute pas le cas des habitants de Sweetbriar.

— Avez-vous des chemises ?

— Aucune chemise n'est à nos mesures, répondit Bud.

— Mais oui, bien sûr ! s'exclama Leah en se levant et en jetant un coup d'œil à la cuisine en désordre.

Si vous m'aidez ce soir, je vous couds une chemise à tous les deux avant demain matin.

La proposition de Leah fit lentement son chemin dans l'esprit des deux garçons et leurs yeux se mirent soudain à briller.

— Vous laverez la vaisselle sans rien casser ?

Bud lui décocha un regard indigné.

— Nous avons guéri les pattes brisées de rouges-gorges, la vaisselle nous paraîtra facile à côté !

A son retour, Wes trouva Bud et Cal absorbés dans des tâches domestiques, et Leah, des ciseaux à la main, devant un gigantesque coupon de toile bleue. Il proposa son aide avec un sourire entendu.

Leah se coucha avec la satisfaction du devoir accompli. Il était trois heures du matin et les chemises, dûment terminées à l'exception des boutonnières, attendaient leurs propriétaires. Elle se glissa dans le lit aux côtés de Wesley qui l'attira à lui dans un demi-sommeil.

— C'est fini ?

Elle acquiesça en bâillant.

— La prochaine fois que vous adopterez quelqu'un, choisissez la taille en dessous ! Je travaille trois heures de plus chaque jour rien que pour les nourrir !

Elle ne l'entendit pas, elle avait déjà sombré dans le sommeil. Il la serra contre lui avant de se rendormir.

Le jour se leva bien trop tôt au goût de Leah. Dans sa nervosité, elle cassa un œuf directement au-dessus du feu, oubliant complètement de prendre une poêle, et Bud et Cal se contentèrent chacun de quatre côtes de porc, six œufs, une demi-miche de pain, trois pommes cuites et une perdrix. C'était vraiment pour eux la portion congrue !

— J'espère que vous ne vous évanouirez pas de

faim aujourd'hui, déclara Wesley tandis que Leah débarrassait la table et qu'Oliver, Cord et Slade partaient au travail.

Wesley chargea quelques provisions dans la voiture, bien décidé à passer la journée en ville pour prouver aux trois entêtés qu'aucune surprise désagréable ne les attendait là-bas.

Il s'installa avec Leah sur le siège avant pendant que Bud et Cal s'asseyaient avec répugnance à l'arrière.

Sweetbriar était une bourgade de quelques maisons, avec des écuries de louage, une alimentation générale, un magasin pour dames, un maréchal-ferrant et quelques autres boutiques. Rien de bien effrayant, mais tous les yeux des badauds se tournèrent vers les nouveaux venus.

— Ils nous observent, souffla Leah.

— Bien entendu, répliqua Wes. C'est la première fois qu'ils nous voient.

Comme ils descendaient de voiture, une femme d'une cinquantaine d'années se dirigea vers eux. Leah recula instinctivement, mais Wesley la poussa en avant.

— Vous êtes sans doute Leah Stanford, déclara la femme avec un sourire. Abe nous a beaucoup parlé de vous.

— Abe ? répéta Leah bêtement.

— Je suis Wilma Tucker. Cela ne vous dit peut-être rien, mais ma fille Caroline est fiancée à votre frère. Nous serons bientôt alliées. Mon fils Jessie — il est sénateur maintenant —, annonça-t-elle d'un air heureux, va revenir pour le mariage. Floyd et moi sommes fiers de votre frère. Vous ne lui ressemblez pas du tout.

Leah se détendit et elle adressa un sourire à Wilma.

— Je n'ai pas vu mon frère depuis un certain

temps, mais Wesley m'a annoncé son mariage. Puis-je vous présenter des amis ?

Comme Bud et Cal restaient assis à l'arrière du chariot, Leah leur fit signe de se lever.

— Bonté divine ! s'exclama Wilma. Mais voilà des garçons superbes.

— Bud et Cal... annonça-t-elle, et elle s'arrêta soudain car elle ne connaissait pas leur nom de famille.

— Haran, termina Cal à sa place avec un large sourire.

Ils étaient tous les deux ravis que Wilma ne manifeste aucune crainte à leur vue.

— Mais oui ! Vous avez acheté la terre qui jouxte celle de Wesley. Abe disait... Ah, voici ma fille !

Leah fut heureuse d'avoir été préparée au physique de Caroline. Elle semblait aussi large que haute. Mais malgré sa morphologie un peu particulière, Leah éprouva immédiatement de la sympathie à son égard.

— Vous êtes Leah, dit immédiatement Caroline en tendant sa petite main grasse. Abe m'avait prévenue que vous étiez ravissante.

— Vraiment ? protesta Leah, agréablement surprise.

— Nous devions nous retrouver aujourd'hui, mais je ne le vois nulle part.

Avec un sursaut, Leah se rendit compte qu'elle était en train d'imaginer Caroline au lit avec le maigre et sec Abe. Pourvu que Caroline ne grimpe pas sur lui ! Elle se reprit et déclara :

— Je ne l'ai pas vu depuis mon arrivée.

— Je viens de l'apercevoir, dit Wes. Il entrait dans cette maison blanche, au bout de la rue.

— C'est là que vit Lincoln Stark, s'emporta Caroline en tapant de son pied étonnamment petit pour sa corpulence. Abe joue encore. Il m'avait promis de ne plus le faire. Oh, Maman !

Avant que Wilma ait eu le temps d'inciter sa fille à la prudence, elle descendait la rue comme l'éclair.

Wilma prit un air embarrassé.

— Abe a vraiment promis, assura-t-elle. Et Caroline n'est pas particulièrement patiente, mais elle aime Abe et...

Le bruit d'une porte qui claquait comme un coup de feu couvrit sa voix, et quelques instants plus tard, les échos assourdis d'une violente querelle leur parvinrent. Muets tous les cinq, ils entendaient le mobilier valser. Soudain, un tabouret fut projeté par la fenêtre.

— Il vaut peut-être mieux que j'aille voir, déclara Wesley devant l'inquiétude que commençait à manifester Wilma.

— J'espère que Caroline n'est pas blessée, murmura-t-elle, et ils se précipitèrent tous à la suite de Wesley.

Au moment où ils arrivaient devant la maison, la porte s'ouvrit et un paquet de cartes vola dehors en s'éparpillant comme de gros flocons de neige.

— C'est pas une femme qui va me dicter... proférait la voix d'Abe. Attention ! Arrêtez de frapper Lincoln ! Caroline, je vous préviens...

Wesley grimpa les deux marches du perron au pas de course, regarda un moment à l'intérieur, la bouche ouverte de stupéfaction, et rebroussa chemin.

— Elle va bien ? demanda Wilma.

Gagné par le fou rire, Wesley se contenta d'incliner la tête vers la porte.

Quelques secondes plus tard, Caroline faisait son apparition, le corps maigrichon d'Abe jeté en travers de son épaule gauche.

— Posez-moi par terre, espèce de grand cheval ! vociférait Abe dans son dos.

— Un peu de tenue, Abe ! Maman nous regarde.

Abe se calma tout de suite tandis que Caroline descendait royalement les marches et s'arrêtait devant sa mère.

— Il ne jouera plus jamais, maman, annonça-t-elle solennellement.

— C'est vrai, M'ame Tucker, confirma Abe. Caroline m'a convaincu. Leah ! Pourquoi restes-tu plantée là ? siffla-t-il la tête en bas. T'as oublié que j'suis ton frère ? Viens m'aider !

Leah résistait de son mieux à une folle envie d'éclater de rire.

— Bonjour, Abe. C'est une belle journée, hein ?

Après avoir décoché à sa sœur un regard furibond, il se mit à caresser la croupe de sa fiancée.

— Caroline chérie, plaida-t-il. Faudrait me manifester un peu plus de respect que ça !

— Je ramène Abe à la maison, maman, déclara Caroline. Et je vais me plaindre à Doll Stark que son fils entraîne mon homme au péché.

— Moi ? fit une voix derrière eux.

Un jeune homme plutôt séduisant — du moins en temps ordinaire — se tenait lourdement appuyé sur la balustrade. Il avait maintenant un œil au beurre noir et le sang coulait de son nez sur lequel il plaquait un mouchoir maculé.

— C'est votre précieux Abe qui a voulu jouer. Je n'y suis pour rien !

— Tssst ! jeta Caroline en s'éloignant avec un port de reine, Abe toujours en travers de son épaule.

Indiscrètement portés par le vent, les commentaires d'Abe leur parvinrent aux oreilles.

— Ça alors, Caroline, quel punch ! Vous lui avez décoché un de ces coups droits. Vous êtes sûre qu'il faut attendre le mariage avant de... ?

— Chut, Abe ! Cessez de dire des saletés.

Wesley fut le premier à exploser. Il riait tellement qu'il se fouettait les cuisses de son chapeau.

Leah voulut l'arrêter de peur qu'il n'offense

Wilma, mais cette dernière se mit à rire tout autant et, titubante, s'accrocha à Wesley pour ne pas tomber.

— Ils sont comme cela depuis le début, bredouilla-t-elle entre deux hoquets. Abe est ébloui qu'elle veuille bien de lui.

— Et Caroline aussi, finit Wesley. Ils font la paire.

— Je saigne comme un veau et vous êtes pliés en deux de rire, protesta Lincoln Stark de son balcon.

Leah, tellement ahurie par la scène qu'elle n'arrivait pas à rire, se dirigea vers Lincoln.

— Rentrons dans la maison, je vais essayer de stopper l'hémorragie.

Un bon moment plus tard, Wesley rejoignit Leah à l'intérieur avec un large sourire et déclara :

— J'ai des amis à vous faire rencontrer devant la porte. Ce sont les parents des jumeaux, Linnet et Devon Macalister.

Le Danseur, songea Leah en rinçant le linge taché qu'elle avait tenu sous le nez de Lincoln. Son heure avait sonné ! Allait-elle être publiquement dénoncée comme voleuse ?

26

Tout en quittant la petite maison, Leah espérait de tout son cœur que Wesley se montrerait prudent et ne laisserait pas éclater sa colère contre un homme qui avait dirigé des assassins pendant des années. Aussi fut-elle tout à fait surprise par le spectacle qui l'attendait.

Wesley discutait avec Macalister comme un vieil ami. Son interlocuteur était grand, maigre, avec la peau mate et beaucoup d'allure. Ses cheveux noirs striés de fils blancs et ses yeux plissés à cause du soleil ajoutaient à son charme. A côté de lui se tenait une délicieuse petite femme avec un visage délicat, d'immenses yeux, une opulente chevelure d'un blond vénitien et une jolie silhouette tout en courbes. Elle ne paraissait pas plus de vingt-cinq ans, mais en avait sûrement davantage si elle était la mère de Slade et de Cord.

— Madame Stanford, je suppose, dit-elle d'une voix bien timbrée. Linnet Macalister, et voici...

Elle tira une petite fille de derrière ses jupes.

— ... ma plus jeune fille, Georgina. Vous connaissez déjà mes fils, n'est-ce pas ?

Leah aima immédiatement cette femme pleine de charme. Elle ne pouvait croire qu'elle fût au courant des activités illégales de son mari.

La petite fille lui adressa un sourire timide avant de se réfugier auprès de son père et elle tira plusieurs fois sur la jambe de son pantalon jusqu'à ce qu'il la prenne dans ses bras.

— Leah chérie, dit Wesley, venez que je vous présente Mac !

Devon Macalister attirait spontanément la sympathie.

— Bonjour, monsieur Macalister, le salua chaleureusement Leah malgré elle.

— Mac suffira, rectifia-t-il d'une agréable voix de basse. Vous aimez tisser, m'a dit Wes. Lynna possède quelques modèles et Miranda sait filer.

— Miranda est notre fille aînée, intervint Linnet. Elle est passée chez une amie ce matin, elle ne devrait pas tarder à être de retour. Nous pourrions laisser nos hommes à leur conversation. Voulez-vous que je vous emmène visiter Sweetbriar ?

— Merci beaucoup, mais je ne veux pas abuser de votre temps.

Leah ne désirait honnêtement rien d'autre que de

se tapir au fond du chariot avec un voile sur la tête pour ne courir aucun risque d'être reconnue.

— Allez-y donc ! intervint Wesley. Linnet connaît tout le monde bien mieux que moi.

Et il lança discrètement à Leah un sévère regard d'avertissement.

— Que feront Bud et Cal ? demanda Leah qui se sentait bien plus en sécurité dans l'ombre de Wesley et des garçons.

Wes poussa un soupir.

— Les garçons nous accompagneront, et Mac et moi les protégerons au péril de notre vie. Si par malheur, un enfant les bousculait, nous le pendrions haut et court sans autre forme de procès et si...

— Cela suffit ! le coupa-t-elle, un sourire figé sur son visage. Ils sont... vous savez...

— Délicats, termina Wesley le plus sérieusement du monde. Leah parle de ces deux énergumènes un peu plus loin, expliqua-t-il en se penchant vers Mac. Elle craint que les habitants ne les froissent en se moquant d'eux.

Mac laissa échapper une exclamation incrédule.

— Accompagnez donc Linnet, insista Wesley. Nous nous retrouverons vers midi au magasin de Mac. N'ayez crainte, nous prendrons soin des garçons ! ajouta-t-il en plaquant un rapide baiser sur sa joue.

Leah se sentit un peu perdue après le départ des hommes, mais Linnet la mit tout de suite à l'aise.

— Tout le monde meurt d'envie de rencontrer la femme pour laquelle Wesley se tue au travail depuis si longtemps sur sa ferme, annonça gentiment Linnet. Ils vont tous se précipiter pour vous voir.

Linnet éclata de rire devant la grimace de Leah.

— Il faudra vous y habituer. Ici, rien n'est un secret pour personne. Ce n'est pas uniquement de l'indiscrétion, mais aussi... une forme d'intérêt, sans doute. Quand je suis arrivée ici il y a vingt ans...

— Vingt ans ! la coupa Leah avec stupéfaction. Mais vous n'avez pas l'air d'avoir plus de vingt ans.

— Vous êtes trop gentille. Ma fille aînée a déjà dix-neuf ans. Voici Agnes Emerson. Son mari est mort il y a quelques années et c'est son fils Doyle qui gère leur ferme.

Leah ne garda qu'un souvenir vague des noms et des visages de ses nouveaux concitoyens. Certaines personnes vivaient à Sweetbriar depuis des années, d'autres venaient seulement d'y arriver. Mais tous ces détails ne faisaient que traverser son esprit. Seuls Nettie et Maxwelle Rowe émergèrent du lot commun car leur fille aînée était l'épouse de Jessie Tucker, le sénateur et futur beau-frère d'Abe.

— Tout le monde semble très fier de ce Jessie Tucker, n'est-ce pas ? s'enquit-elle auprès de Linnet.

— Jessie inspire naturellement le respect, quoi qu'il fasse, répondit Linnet. Combien de Stark avez-vous déjà rencontrés ?

— Un bon nombre, fit Leah en riant. Combien sont-ils donc ?

— Un de plus chaque année. Gaylon junior fait ses études à Boston depuis l'année dernière. C'est un jeune homme très brillant et nous espérons tous qu'il sera un jour gouverneur ou même président.

Comme elles continuaient leur promenade, s'arrêtant dans les magasins et saluant de nouvelles personnes, Leah eut soudain conscience que tous ces gens formaient une véritable communauté. En Virginie, elle n'avait jamais perdu le sentiment d'être une Simmons, et un fossé la séparait de Nicole et de Regan en dépit de toute leur gentillesse.

Ici, dans cette petite ville où tout le monde portait des vêtements simples et même parfois reprisés, elle commençait à se sentir chez elle. Contrairement à ce que Wesley lui avait reproché un jour, Leah ne convoitait pas la richesse. Elle désirait seulement une certaine aisance. L'existence à la plantation Stanford la lui avait bien apportée, mais le raffinement de la vie là-bas était pour elle une contrainte perpétuelle.

Elle trouvait ici à la fois la sécurité et une simplicité de manières qui la comblaient. Personne n'utilisait cette diction affectée que Nicole avait essayé de lui enseigner. Curieusement d'ailleurs, il émanait de Linnet, en dépit de sa robe en coton toute simple, une distinction qui lui rappelait Nicole.

Les restes de timidité de Georgina s'évanouirent dès qu'elle aperçut une femme d'un certain âge accompagnée de deux jumelles. Elle courut à leur rencontre.

— Voici la mère de Justin et d'Oliver, Esther, déclara Linnet, et une certaine tristesse perçait dans sa voix. Doll l'a épuisée avec tous ces enfants. Les jumelles sont ses petites-filles. Leur mère est morte en les mettant au monde.

Après avoir présenté Esther Stark et les jumelles à Leah, Linnet l'emmena au magasin.

— Il s'est pas mal développé ces dernières années, expliqua-t-elle. C'est moi maintenant qui tiens les registres pour que Devon dispose d'un peu plus de temps.

Assis devant la cheminée vide, un vieil homme maigre taillait un bâton.

— C'est une nouvelle venue ? demanda-t-il.

— Venez que je vous présente Doll Stark, lança Linnet. Voici madame Stanford.

Leah lui adressa un signe de tête sans pouvoir chasser de son esprit les propos que son fils Justin tenait sur lui.

Doll l'observa un moment comme s'il était conscient de son animosité.

— J'ai des choses à faire, maugréa-t-il en se levant.

Quand elles furent seules au milieu des étagères couvertes de marchandises, Linnet, une ride barrant son front, déclara :

— C'est un homme très solitaire maintenant que Phetna et le vieux Gaylon sont morts.

Devant l'air surpris de Leah, elle expliqua :

— Quand nous nous sommes mariés, Devon et moi, Doll passait des heures ici avec ses amis. Le jour où ils sont morts, Devon a cherché quelqu'un pour les remplacer auprès de Doll, mais plus personne n'est capable aujourd'hui d'une telle inactivité. Les mentalités ont changé. Sans doute à cause de tous ces voyageurs qui traversent la ville.

La voix de Linnet trahissait son affection, et Leah était tout étonnée d'entendre la même histoire présentée sous un jour tout différent.

Soudain des cris de détresse retentirent audehors.

— C'est Miranda ! s'exclama Linnet en sursautant, et elle sortit en courant.

Une paire de chevaux emballés brûlaient le pavé de la rue principale, traînant derrière eux un chariot qui bringuebalait de part et d'autre de la chaussée. Sur le siège, une jolie fille roulait des yeux effrayés en tentant de son mieux de les retenir.

— Devon ! hurla Linnet à côté de Leah comme la voiture folle filait devant elles.

Les deux femmes se mirent à dévaler la chaussée derrière le véhicule. Le visage de Linnet était décomposé.

Bud et Cal se trouvaient justement dans la rue et ils se précipitèrent avec une rapidité surprenante pour leur corpulence. Comme s'ils s'étaient mis d'accord, Bud courut à l'arrière tandis que Cal se jetait à la tête de l'attelage.

Bud sauta dans le chariot et se fraya un chemin jusqu'à la jeune fille terrorisée. D'une main, il la saisit par la taille tout en cherchant une assise solide sur ses deux jambes largement écartées.

Miranda poussa un petit cri avant de s'accrocher à son sauveteur avec une confiance instinctive.

Cal, pendant ce temps, s'était emparé des harnais et utilisait son corps comme contrepoids. D'abord entraîné sous l'attelage où il se freinait des talons dans la poussière, il réussit à ralentir les chevaux et à en reprendre le contrôle.

Au moment où Mac et Wesley sortaient du magasin d'alimentation, Bud se tenait à l'arrière du chariot, Miranda accrochée à lui de toutes ses forces, tandis que Cal réunissait les rênes éparses et calmait les chevaux.

— Miranda ! jeta Mac fiévreusement en atteignant le chariot en deux enjambées. Viens ici, princesse, ajouta-t-il en lui ouvrant les bras.

Le regard de Miranda, visiblement sous le choc et encore effrayée, alla de son père à Bud qui la tenait toujours fermement. Puis elle ferma les yeux et choisit de rester sur place.

— Que... ? commença Mac, mais Linnet posa sa main sur le bras de son mari, tandis que Bud s'avançait avec son fardeau vers le bord du chariot.

Cal tendit alors ses bras pour aider la jeune fille à descendre.

— Deux ! arriva tout juste à murmurer Miranda avant de glisser dans les bras de Cal et d'y rester blottie.

Tous les yeux étaient fixés sur le petit groupe, et Leah se demandait si la jeune Miranda était toujours aussi hardie avec les garçons. Visiblement, Bud et Cal ne l'effrayaient nullement.

— Miranda ! protesta Mac d'un ton brusque comme elle plongeait son regard dans celui de Cal.

Elle se tourna avec une évidente réticence vers son père.

— Comment te sens-tu ? Tu n'es pas blessée ? interrogea-t-il, la mâchoire crispée.

— Non, dit-elle lentement sans chercher le moins du monde à quitter les bras de Cal. Je vais tout à fait bien.

Bud se tenait derrière eux et elle lui prit la main. Ils formaient un trio étonnant, Miranda si frêle entre les deux géants.

— Miranda, intervint Wesley d'une voix enjouée, puis-je te présenter Bud et Cal Haran ?

— C'est vous Cal et vous Bud ? déclara-t-elle de sa voix mélodieuse, et elle fut récompensée, à chaque fois, d'un signe de tête. Merci de m'avoir sauvé la vie.

Et à la stupéfaction générale, elle utilisa le marchepied de la voiture pour passer ses bras autour du cou de Cal et l'embrasser avec fougue. De nouveau Linnet dut retenir son mari tandis que Miranda appliquait le même traitement à Bud.

Puis elle se recula et, une main posée sur l'épaule des deux garçons, elle proposa :

— Venez avec moi, je vais vous préparer quelque chose à manger, et ils s'éloignèrent ensemble, laissant les spectateurs ébahis.

— Voilà qui risque fort de compromettre cette idylle naissante ! lança Wesley, rompant le silence. Elle s'enfuira aussitôt qu'elle découvrira leur insatiable appétit.

— Cela ne me plaît pas du tout, Linnet ! explosa Mac. Pas du tout. Jamais je ne l'ai vue ainsi. Quelle éducation lui avez-vous donc donnée pour qu'elle se comporte ainsi avec deux étrangers ?

Linnet ignora superbement la mauvaise humeur de son mari.

— J'ai bien peur que cela ne vienne de mon côté. A mon avis, votre fille vient de tomber amoureuse.

— Amoureuse ! s'étrangla Mac. Elle ne les connaît même pas ! Parfois, Linnet, vous dites des...

— Devon, remarqua-t-elle d'une voix mielleuse, dois-je vous rappeler que je suis tombée amoureuse à la minute où je vous ai vu ? Pourquoi votre fille serait-elle différente ?

— Mais ce n'était pas du tout la même chose ! Je volais à votre secours et...

Il s'arrêta brusquement et toute sa colère s'envola.

— Duquel des deux pensez-vous qu'elle soit tombée amoureuse ?

Avec un soupir, Linnet jeta un coup d'œil dans la direction de leur magasin.

— J'espère que je me trompe, mais c'est tout comme si elle voulait les deux à la fois.

Avant que Mac puisse ouvrir la bouche, Wesley lui donna une tape énergique sur l'épaule.

— Félicitations, Mac ! Te voilà nanti de deux gendres à la fois, et tu n'auras pas trop de tout le contenu de ton magasin pour les nourrir.

Mac lui décocha un regard noir.

— Ma fille... s'emporta-t-il avant de grommeler, radouci : Ah, les femmes ! Venez, Linnet. Allons voir ce qui se passe.

Et l'air sombre, il escorta son épouse vers le magasin.

Leah se tourna avec un sourire vers Wesley.

— Miranda apportera-t-elle une solution ou sera-t-elle une nouvelle source de problèmes, voilà la question ? Elle a vraiment l'air de leur plaire, n'est-ce pas ?

— Seriez-vous jalouse ? demanda-t-il, mi-sérieux, mi-badin. Désormais, vous n'êtes plus la seule femme de leur vie !

Leah trouvait Wesley particulièrement séduisant, ses yeux à moitié cachés par le large bord de son chapeau. Elle fixa intensément ses lèvres.

— Leah, murmura-t-il d'une voix enrouée. Je vais prendre feu !

Embarrassée, elle se détourna.

La foule qui s'était rassemblée, ravie du divertissement offert par Miranda, commençait à se disperser.

— C'est elle ! glapit soudain une femme corpulente en regardant Leah droit dans les yeux.

Leah se figea sur place. Les traits de cette femme étaient restés gravés dans sa mémoire. Quand Revis avait tué son mari, sa haine avait glacé le cœur de Leah.

— Elle a tué mon mari, vociféra-t-elle.

Et elle s'approcha de Leah, les doigts en avant comme des serres.

— Meurtrière ! glapit-elle encore. Meurtrière !

Leah restait pétrifiée, attendant son adversaire comme si elle méritait ce qui lui arrivait.

Wesley s'interposa devant la furie.

— Vous vous trompez ! protesta-t-il gentiment.

— Elle l'a tué ! Je n'avais que lui au monde. Nous devions construire une ferme ensemble. Maintenant, je suis seule !

Et, continuant à crier, elle commença à frapper Wesley avec ses poings.

— Montez dans la voiture, Leah, fit-il calmement. Allez-y tout de suite, insista-t-il comme elle demeurait clouée sur place.

Leah essaya de garder la tête haute mais cela n'était pas facile avec tous ces regards fixés sur elle. Elle monta comme un automate dans le chariot.

Wesley la rejoignit quelques secondes plus tard et, sans un mot, il fouetta les chevaux qui partirent au trot.

Leah ne pouvait pas blâmer Wesley de son silence pesant.

Et dire qu'elle finissait par se sentir en sécurité à Sweetbriar ! Le dernier îlot auquel elle s'accrochait comme une noyée venait de sombrer, et avec lui toutes ses chances de gagner un jour l'amour de son mari.

Jamais un Stanford ne pourrait aimer une femme accusée de meurtre.

27

Les épaules voûtées et les mains dans les poches, Wesley passait une interminable commande dans le magasin des Macalister. Une pluie diluvienne tombait dehors.

— Vous croyez que ça va déborder ? demanda Doll.

— Je n'en ai aucune idée, répondit Wes, l'air sombre.

— C'est sûr que le soleil se fait attendre, se lamenta Doll. Et votre femme, que devient-elle ? ajouta-t-il avec un coup d'œil à Mac. On ne l'a pas vue depuis des semaines.

La tête de Mac émergea de derrière le comptoir.

— Elle fait la cuisine pour ces deux ours, s'emporta-t-il. Du moins, quand ce n'est pas ma fille. Wes, je devrais te tordre le cou pour les avoir amenés ici. Miranda a pleuré toute la nuit en prétendant qu'elle les voulait tous les deux. Et sa mère fait comme si c'était une bigrement bonne idée.

Il disparut un moment dans l'arrière-boutique et revint les bras chargés.

— Autre chose ?

— Tu comprends les femmes, toi ? laissa échapper Wes.

Doll émit un petit ricanement, et Mac lui décocha un regard furieux avant de répondre :

— Je le croyais avant de rencontrer Linnet, mais

depuis, mes prétentions dans ce domaine diminuent tous les jours. Tu as des problèmes ?

— Il est marié, pas vrai ? remarqua Doll. Alors c'est sûr qu'il a des problèmes.

Wesley s'appuya contre le comptoir et contempla le bout de ses bottes.

— J'imaginais les comprendre moi aussi... Eh bien, pas du tout ! Une maison, un peu de gentillesse, de jolies robes, que peuvent-elles demander de plus ? Cela me semblait suffire à leur bonheur !

— Et cela ne suffit pas à la tienne, termina Mac. Elles veulent aussi de l'amour.

Wesley se raidit.

— La mienne ne peut pas se plaindre dans ce domaine. Je la garde joliment occupée.

Doll poussa un petit rire étouffé.

— Non, fit Mac, ce n'est pas assez pour une femme. Elle veut ton amour. Je ne sais pas exactement comment l'expliquer. On ne s'en rend bien compte soi-même que quand on aime.

— Oh ! pour ça, déclara Wes avec un geste de la main, il y a longtemps que je suis amoureux de Leah. C'est la fille la plus extraordinaire que j'aie jamais rencontrée ! Elle a un courage fou.

— Alors, quel est le problème ?

— Te souviens-tu, le mois dernier, quand cette femme a accusé Leah d'avoir tué son mari ?

Mac grimaça.

— C'est le jour où Miranda a rencontré tes deux gaillards. Je ne suis pas près de l'oublier. Mais je croyais que tu avais tiré l'affaire au clair.

— Je le croyais moi aussi. J'avais mis la main sur deux témoins qui se souvenaient des menaces de Revis contre Leah. Mais la vieille folle n'a jamais voulu les écouter. Alors j'ai traîné les deux types dans toute la ville pour qu'ils rétablissent la vérité sur Leah.

— Tu as eu raison, acquiesça Mac. Alors que se passe-t-il maintenant ?

Wesley s'assit sur une caisse de gâteaux secs.

— Leah a un courage fou, répéta-t-il. En Virginie, elle n'arrêtait pas de me repousser. Il n'empêche qu'elle a risqué sa vie pour me sauver quand j'ai été blessé, tout en maugréant, bien sûr. Mais à mon avis, c'était du chiqué parce qu'elle est folle de moi, ajouta-t-il rapidement. Rien ne l'avait jamais découragée jusqu'à présent, mais les cris de cette femme l'ont complètement transformée. Elle s'est renfermée sur elle-même et passe des heures devant ce fichu métier à tisser. Et la moindre contrariété la fait fondre en larmes.

— Elle attend peut-être un bébé ? suggéra Mac. Cela rend souvent les femmes bizarres.

— Pas que je sache. Je lui ai demandé un nombre incalculable de fois ce qui n'allait pas. Elle se contente de pleurer en m'affirmant qu'elle n'a plus aucune chance de devenir respectable.

— Tu lui as parlé des deux hommes, n'est-ce pas ?

— Bien sûr. Je les lui ai même amenés, mais cela ne change rien pour Leah, tant que l'autre folle s'entêtera dans ses cris. Tout le monde connaît les brigandages de Revis à Sweetbriar, et j'ai expliqué avec quel courage Leah avait rejoint son gang dans la montagne pour me soigner. Personne ne la critique, bien au contraire, sauf cette vieille folle. Mais Leah refuse de me croire et de voir quiconque en dehors de Kimberly, Bud et Cal.

Le silence régna pendant quelques minutes dans le magasin. On entendait la pluie frapper le toit avec un bruit monotone.

— Je n'ai jamais aimé ces Haynes, remarqua Doll.

Mac parut étonné et marqua une pause avant de suggérer :

— Et si quelqu'un payait cette femme pour continuer à répandre ces mensonges ? N'y as-tu jamais songé ?

— La payer ? Pour mentir ? Mais pourquoi ? s'enquit Wesley avec stupéfaction. A qui cela peut-il servir ?

Mac fit le tour du comptoir.

— Je sais ce que tu as dit aux habitants sur Revis, et je sais aussi que tu leur as parlé uniquement à cause de Leah, mais tu as omis beaucoup de choses.

Les traits de Wesley se crispèrent.

— Tu devrais peut-être m'éclairer ?

— Il se peut que tu ne sois pas au courant, en effet, poursuivit Mac. Il y a quatre ans, nous avons nettoyé ce repaire de bandits. Little Tucker et Ottis Waters ont été tués dans la bagarre. Bien entendu, le calme n'a pas duré longtemps mais quand nous avons voulu organiser une nouvelle expédition punitive, les femmes sont descendues dans la rue pour nous en empêcher !

La colère brillait dans les yeux de Mac.

— Les femmes de cette ville ne se conduisent pas toujours comme elles le devraient.

— J'aime les femmes qui ont du caractère, remarqua Wes d'un air maussade. Si j'avais voulu une épouse soumise, j'aurais choisi Kimberly.

— Linnet ne connaît pas le sens du mot obéir, s'emporta Mac. Je me demande parfois si elle ne se creuse pas la cervelle pendant des nuits entières à l'affût du meilleur moyen de me désobéir.

— Leah était ainsi, mais...

— Eh ben, voyez-vous ça ! ricana Doll. Rentrez donc vite tous les deux faire un brin de cour à ces dames, si elles vous manquent tant que ça ! Mais avant, parlons un peu de cette femme Haynes et de ses médisances sur Mme Stanford !

Mac expliqua à l'intention de Wesley :

— Les Haynes sont installés ici depuis peu et nous

avons déjà eu des problèmes avec eux, des histoires de vol notamment. La femme qui a accusé Leah est née Haynes et maintenant qu'elle est veuve, elle est retournée vivre avec eux.

Il resta un moment silencieux.

— Avec quelques autres, on se demande pourquoi ce nid de voleurs se remplit toujours ! On a beau tuer le chef, il en surgit un nouveau comme par miracle. Depuis la mort de ce Revis, c'est le grand calme ! Mais nous nous attendons à de nouveaux vols sous peu.

Wesley se montra prudent.

— Comment expliques-tu cette « génération spontanée » ?

— Le chef — le vrai —, celui qui organise tout, ne vit pas dans les bois.

— Qui est-ce ?

— Comment diable le saurais-je ? grommela Mac. Tu crois qu'il serait encore en liberté si je connaissais son identité ?

Doll pivota dans son siège pour regarder Wesley.

— Mac, ce garçon nous cache quelque chose, articula-t-il lentement avant d'effectuer un nouveau demi-tour.

Mac fusilla Wesley du regard.

— C'est vrai ? Tu essaies de nous tirer les vers du nez ?

Wesley se mit en colère.

— Je n'ai jamais entendu dire que les habitants de Sweetbriar aient exterminé les voleurs !

— Tu crois peut-être qu'on reste à se tourner les pouces pendant que les autres se font trucider ? C'est ça la belle idée que tu te fais de nous ? Little Tucker était un de mes meilleurs amis !

Doll se leva de son siège.

— Bon sang, Macalister ! Vos cheveux gris ne vous ont pas changé. Vous prenez toujours feu aussi facilement. Je me demande comment cette gentille Linnet s'en accommode.

— Elle s'en accommode fort bien ! rugit Mac. Mieux que personne ne s'est jamais accommodé de ta vieille carcasse.

— Arrêtez donc ! s'époumona Linnet, toute ruisselante de pluie. On vous entend dehors malgré ce déluge. Tiens, voilà un revenant ! Bonjour, Wesley !

Mac, raide de colère, se glissa derrière le comptoir.

— Bonjour, Linnet, répondit Wesley.

— Que se passe-t-il, Wesley ? Pourriez-vous me l'expliquer ? s'enquit-elle sur un ton enjoué.

— Je ne sais pas si je dois... commença-t-il.

— Dis-lui donc, glapit Mac. On ne peut rien lui cacher de toute façon.

Après avoir écouté attentivement Wesley, elle demeura un instant songeuse avant de demander :

— Que savez-vous de ces brigands ?

Il était hors de question pour Wes de révéler qu'Abe, et surtout Bud et Cal — alors que l'un des deux risquait de devenir leur gendre — avaient fait partie de cette bande.

— Tu as raison au sujet du chef, confirma Wesley. Je sais uniquement qu'il se fait appeler « le Danseur ».

— Vous n'avez aucune idée de son identité ?

— On m'a donné un nom, mais c'était un mensonge !

Avouer à Mac que Revis l'avait dénoncé était bien la dernière chose que désirait Wesley... quand on connaissait son tempérament explosif.

— Quel était ce nom ? insista Linnet.

Wesley hésita.

— Il ne sortira pas de ces murs. C'est promis !

— Quand Revis a été tué, il a prononcé un nom. Personne ne l'a cru. D'ailleurs, Mac, tu as passé deux ans en Caroline du Nord. Cela ne pouvait donc être toi.

Un silence de mort tomba sur la pièce.

— Moi ? lança Mac incrédule.

Il s'approcha de Doll en riant à gorge déployée.

— Tu as entendu cela, vieille carcasse ? C'est moi le chef de ces hors-la-loi ! Et je le prendrais quand, le temps, hein ? Avec tous mes gosses ? Et l'argent, j'en ferais quoi ? J'ai encore dû refuser une robe neuve à Miranda !

Apparemment, cette histoire le divertissait énormément.

— Ça me semble bizarre à moi qu'un homme en train de mourir, y raconte des crasses, remarqua Doll.

Mac ne sortit pas de ses gonds comme s'y attendait Wesley.

— C'est bizarre, confirma Linnet. Quel est ton avis, Devon ?

— Il était effrayé, déclara Mac sans sourciller. Peut-être ce Revis avait-il des parents et craignait-il la vengeance du Danseur s'il l'avait dénoncé ?

— C'est une idée, en effet, dit Wesley. De toute façon, je n'ai pas cru un instant à ses déclarations.

— Vous avez pris quelques renseignements tout de même ! Assez pour apprendre que Mac était en Caroline du Nord... Il ne pouvait donc pas être le Danseur, objecta Doll.

— Mais alors pourquoi cette femme Haynes prétend-elle toujours que Leah est une meurtrière ? interrogea Mac.

D'une seule traite, il donna la réponse lui-même :

— Parce que le Danseur — quel qu'il soit — a peur que Leah en sache trop. Connaissait-elle bien Revis ?

— Pas comme tu l'entends, grommela Wesley.

Il se leva de la caisse sur laquelle il était assis.

— Mais il peut s'en être vanté auprès du Danseur, reprit-il. Revis était un solitaire, replié au fond des bois. Personne ne savait ce qu'il pensait, mais il aimait bien Leah. D'après ce que j'ai compris, il a tué le mari de cette femme seulement pour obliger Leah à rester auprès de lui. Il terrifiait la plupart des femmes mais Leah... ne s'affole pas facilement.

— J'ai vécu dans une ville, intervint doucement Linnet, où toute personne accusée de meurtre était pendue. Ce n'est pas le cas de Sweetbriar, fort heureusement, déclara-t-elle avec fierté, mais notre petite ville peut, elle aussi, être poussée à bout. De nouveaux venus prétendent que vous avez payé ces deux hommes pour défendre la réputation de Leah.

— Donnez-moi leur nom que je leur fasse ravaler leurs mensonges !

— Cela ne servirait à rien, déclara Mac. Notre seule chance est de découvrir l'identité du Danseur.

— Sûrement qu'il doit pas être bien loin, sinon il se ferait pas autant de bile avec votre dame, déclara Doll.

— Alors comment le démasquer ? s'écria Linnet. Ce n'est pas en interrogeant les gens que nous allons le trouver !

Mac fixa Wesley.

— Nous n'avons qu'un moyen : le forcer à sortir de nouveau ses griffes.

Wesley mit un moment à comprendre.

— Tu veux utiliser ma femme comme appât ? Imagines-tu que je vais livrer Leah aux caprices d'un meurtrier et d'un voleur ? Pas même pour sauver ta peau, Macalister.

— Personne ne te demande de... commença Mac avec humeur.

— C'est à Leah qu'il faudrait le demander, le coupa Linnet. Elle a le droit de choisir. En ce moment, elle n'a aucun moyen de se justifier ! Si on retrouve le coupable...

— Non ! coupa fermement Wesley. Je préfère que Leah reste cloîtrée à la maison plutôt que de l'exposer aux coups d'un meurtrier. Le Danseur peut la tuer s'il a peur qu'elle sache quelque chose.

— Vous préférez la forcer à vivre au rabais ? s'emporta Linnet. Tout ce que le Danseur a à faire est de continuer à payer cette misérable pour qu'elle répande ses mensonges. Si Leah s'enferme chez elle au lieu de se défendre, bientôt tout le monde la prendra pour une meurtrière.

— D'après le dicton, il n'y a pas de fumée sans feu, ajouta Doll. Eh bien, sous peu, ils seront tous convaincus que si votre femme se terre chez elle, c'est parce qu'elle se sent coupable.

— Wesley, reprit Linnet en posant la main sur son bras, vous devez en parler à Leah. C'est à elle de prendre une décision.

— Tant qu'elle est ma femme...

— Ah ! l'interrompit Mac. Tu ferais mieux de quitter la région tout de suite si tu veux qu'elle t'obéisse ! M'est avis que si tu ne lui dis rien, Linnet le fera.

— C'est vrai, cela ? s'enquit Wesley, étonné.

— Cette idée m'a traversé l'esprit, reconnut Linnet en décochant un regard furieux à son mari.

— Nous pourrions peut-être aller... commença Wesley.

— Je te suivrai quoi que tu décides, déclara Mac. La seule façon de protéger ta femme est de découvrir l'identité du Danseur. Leah a peut-être surpris un détail dont elle ignore la portée, et le Danseur veut la supprimer pour cette raison. Ou alors, le Danseur peut aussi vivre à des kilomètres d'ici et cette chipie de Haynes cherche tout simplement à se donner de l'importance. Pour que nous en apprenions davantage, il faut que Leah montre le bout de son nez !

— Pour moi, le Danseur veut autre chose, remarqua Doll, sinon il aurait déjà réglé son compte à votre dame. Que gagne-t-il à la faire passer pour une meurtrière ?

— La liberté, répondit lentement Wes. Si quelqu'un endosse ses crimes, personne ne le suspectera plus. Et même s'il récidive, on ne s'en apercevra pas ! Pour tout le monde, Leah sera la coupable !

Le regard de Wesley vira au noir.

— Je ne la quitterai plus des yeux, dit-il à mi-voix. Je l'emmènerai en France s'il le faut ! Et si l'un d'entre vous rapporte à Leah un seul mot de notre conversation, je le lui ferai regretter amèrement.

Là-dessus, il quitta le magasin en claquant la porte.

28

Leah tressait soigneusement les longs cheveux de Kimberly.

— J'attends le bal de ce soir avec impatience, déclara Kim. Je porterai ma robe en soie rose et mon châle en dentelle. C'est la première fois que je mets le nez dehors depuis des mois — sauf pour vous rendre visite. John refuse carrément que je sorte. Que mettrez-vous ce soir, Leah ?

Leah se dirigea vers la bassine de vaisselle.

— Je n'y vais pas.

— Vous n'y allez pas ! Oh, Leah, vous devez absolument venir. Tout le monde sera là. Même Bud et Cal ! annonça-t-elle en riant. Miranda leur a coupé de nouvelles chemises, et nous mourons tous d'envie de voir si elle pourra danser avec les deux en même temps. On va beaucoup s'amuser ! Vous avez des robes ravissantes, Leah, alors pourquoi resteriez-vous chez vous ?

— On m'a interdit d'y aller, déclara Leah en retenant sa colère.

— Interdit ? répéta Kim consternée. Mais qui... ? Wesley ne veut pas que vous y alliez ?

Les mains de Leah se crispèrent sur une assiette.

— Le temps me semblait pourtant venu d'affronter le monde extérieur, mais mon mari n'est pas du même avis.

Kim avait une mine aussi défaite que si elle venait d'entendre l'histoire la plus abominable de sa vie.

— Mais enfin pourquoi, Leah ? Wesley est l'homme le plus gentil, le plus complaisant, le plus attentionné qui soit. Comment peut-il vous interdire d'aller danser ?

— Je ne sais pas. Il refuse toute discussion à ce sujet. Il répète seulement qu'il ne veut pas me voir entourée par tant de monde.

— Je préfère être entourée que seule à la maison en face de John, déclara Kim. Wesley vous a sûrement donné une raison ?

Leah se tourna vers Kim. Elle retenait ses larmes.

— Peut-être craint-il simplement d'être vu en compagnie d'une Simmons accusée de meurtre ?

— Voyons, Leah ! souffla Kim en passant un bras autour des épaules de son amie. Asseyez-vous, je vais vous faire une tasse de thé.

Leah obéit. Elle tremblait, à bout de nerfs.

— Cela m'étonne de Wesley, fit Kim pensivement.

Elle s'assit à côté de Leah, oubliant complètement le thé.

— Quand je vous ai rencontrée pour la première fois, j'avais peur de voyager avec une Simmons. Steven racontait des horreurs sur vous. Il clamait entre autres que vous vous jetteriez dans son lit aussitôt que Wesley vous aurait plaquée, que toutes les Simmons aimaient... le sexe.

Leah lui lança un regard épouvanté.

— Je l'ai cru un moment, poursuivit Kim, mais votre gentillesse était désarmante et vous n'aviez pas l'air de courir après les hommes non plus. Je n'ai pas été surprise quand Wesley m'a annoncé sa décision de rester avec vous. Plutôt furieuse, ça oui, tout à fait furieuse !

Une certaine confusion perçait dans sa voix.

— Quelles raisons Wesley vous a-t-il données ?

— En fait, il m'a dit cela très gentiment, même si à l'époque, je ne l'ai pas ressenti ainsi. C'était une décision difficile pour lui, a-t-il expliqué, mais il devait rester marié avec vous.

— Il devait, h-hum ? marmonna Leah. C'est tout ?

Kim sourit.

— Il m'aimerait toujours, a-t-il déclaré, parce que j'étais son premier amour, mais il devait se conduire bien et honorer ses promesses de mariage.

— Ces Stanford sont des gens bien, n'est-ce pas ? parodia Leah en se levant. Ils ont l'honneur et la loyauté dans le sang. Même quand cela implique de rester marié à une moins-que-rien qui vous a en plus forcé la main. Bien entendu, il y a des compensations. Les femmes de mon milieu font d'excellentes partenaires au lit et des aides efficaces à la ferme. Et si elle s'attirent des ennuis pour protéger un Stanford, on peut toujours leur interdire de se montrer en public et les occuper chez soi aux soins du ménage et de la cuisine, ou — mission encore plus importante — à chauffer son lit, la nuit et le jour. Les femmes de ma famille sont faciles à persuader.

— Leah, protesta Kim avec un froncement de sourcils, cela peut être exact, mais quand Wesley m'a annoncé sa décision, j'ai bien compris qu'il voulait rester marié et non qu'il le devait. Wesley peut se montrer terriblement têtu, et il ne fait jamais que ce qu'il veut.

— Très bien, admettons qu'il voulait rester marié avec moi, reprit Leah avec emportement. Où trouverait-il une meilleure ouvrière agricole et une amante plus soumise ? Il m'a emmenée une fois à la ville pour me présenter, et depuis il ne m'y a plus jamais conduite. Ce soir, il ne veut même pas s'embarrasser de moi. Je risquerais de le gêner !

— Je ne comprends pas ! s'écria Kim. C'est pourtant vous qui refusiez d'aller en ville !

— Pendant quelque temps, en effet ! Mais depuis deux semaines, chaque fois que je parle d'affronter les habitants de Sweetbriar, Wesley invoque des douzaines de bonnes raisons pour m'en empêcher. Et il m'a interdit d'aller danser ce soir.

— J'espérais bien que vous viendriez. Je vous ai même apporté un cadeau, annonça-t-elle en tirant de sa poche un petit paquet enveloppé dans un morceau de tissu. Cela ira très bien avec votre robe verte.

Leah écarta doucement l'étoffe et découvrit une ravissante miniature de femme peinte à la main. C'était une broche, sans doute ancienne.

— Qui est-ce ? souffla-t-elle.

— Je l'ignore. Elle est jolie, n'est-ce pas ? Et la robe verte du modèle ira à merveille avec la vôtre. J'aimerais tellement que vous veniez ce soir.

— Je viens, déclara soudain Leah, étonnée elle-même par sa décision. Si Wesley estime qu'il doit me cacher, tant pis pour lui !

— Je ne suis pas sûre que vous deviez agir ainsi, Leah. Wesley est capable de se mettre dans une colère noire.

— Wesley Stanford ne connaît même pas le sens de ce mot. Je ne vais pas passer le restant de mes jours assise ici à pleurer sur moi-même. Je n'ai jamais tué personne, et cette femme peut le répéter jusqu'au jugement dernier, cela n'y changera rien.

— Je suis bien contente de vous voir dans ces dispositions, mais Wesley ne veut pas que vous...

Elle marqua une pause, puis s'anima tout à coup.

— Et si vous pleuriez pour l'amadouer... vous pourriez même vous évanouir ! Wesley aime...

Leah la fusilla du regard.

— Je ne le supplierai pas et je ne m'évanouirai sûrement pas. Non ! Je vais d'abord trouver un prétexte pour écarter Wesley, et ensuite je me rendrai à cette soirée à l'improviste. J'ai hâte de voir la tête qu'il fera.

— Pas moi ! affirma Kim avec une grimace. J'en aurai sûrement une attaque.

— Il est temps de montrer à cet homme suffisant qu'il ne peut pas me tenir enfermée comme si j'étais pestiférée. Et vous, Kim, vous allez m'aider.

— Non, Leah ! objecta Kim toute pâle. Je ne peux pas ! Wesley me terrifie.

— Vous prétendiez à l'instant qu'il était gentil et charmant ?

— Uniquement quand il en fait à sa tête. Vraiment, Leah, c'est impossible !

Leah s'assit à côté de Kim.

— Il vous suffit de rédiger un mot pour lui demander son aide. Ces derniers temps il ne me lâche pas d'une semelle, mais s'il vous croit en danger il viendra à votre secours, j'en suis sûre ! Profitant de son absence, je me rendrai à la soirée. Vous pourriez écrire à l'avance une autre missive, en mon nom cette fois-ci. Chez vous, il se cassera le nez, reviendra ici, trouvera ma lettre et me rejoindra à la réception. Vous voyez comme c'est simple ! S'il refuse de venir me chercher, je rentrerai avec quelqu'un d'autre !

— Vous n'avez pas peur qu'il vous batte quand vous rentrerez ? interrogea Kim avec le plus grand sérieux. Et s'il me battait, moi ?

— Bien sûr que non ! J'espère bien qu'il sera fou, mais il verra aussi que je ne lui fais pas honte en public.

— Oh, Leah !

Kim enfouit son visage entre ses mains.

— Je suis malade à cette idée, et cela ne me semble pas bien non plus. D'ailleurs, Wesley ne se comporte pas du tout comme s'il avait honte de vous. Pourquoi n'écririez-vous pas les messages vous-même ? Ainsi je pourrais toujours prétendre que je n'étais pas au courant. Je me débrouille très bien pour mentir.

— Je ne sais ni lire ni écrire. Vous êtes la seule à pouvoir me rendre ce service. Je vous en prie, Kimberly !

Les yeux de Kim se remplirent de larmes — de crainte —, et elle acquiesça d'un signe de tête.

Tout en rentrant chez lui, en toute hâte, Wesley ruminait quelques mots bien sentis pour Kimberly. Comment avait-elle eu l'idée d'écrire une missive aussi insensée ? Et Wesley, comme un imbécile, s'était précipité pour la secourir, prêt en cas de besoin à envoyer son poing dans la figure de cet honnête homme de John Hammond !

Tout ça pour apprendre à son arrivée que John et Kim étaient tout simplement partis pour la réception depuis belle lurette ! Et pendant ce temps-là, il avait laissé Leah seule, sans défense, alors que le Danseur rôdait dans l'ombre ! Il ne ferait plus jamais confiance à personne. D'ailleurs, il commençait à douter de Bud et de Cal.

— Leah ! héla-t-il avant même d'être descendu de cheval.

Il se rua dans la maison qu'il parcourut à grandes enjambées, en criant le nom de Leah à tue-tête.

La demeure était vide et silencieuse, et son cœur se mit à battre à tout rompre. Il courut vers les dépendances et le poulailler sans cesser d'appeler sa femme.

— Où est Leah ? hurla-t-il en apercevant un des jumeaux Macalister.

— Je la croyais à l'intérieur.

— Nom d'un chien ! jura-t-il en rebroussant chemin vers la maison, et là, il remarqua soudain une lettre sur la table.

Cher Wesley,

Leah ne sait pas lire et bien qu'elle me dicte ce que je dois écrire, je vais vous dire la vérité. Ce n'était pas très gentil de votre part d'interdire à Leah d'aller à la réception. Elle m'a demandé de vous écrire ces deux missives afin de pouvoir s'y rendre. Ce n'est pas vraiment ma faute, Wesley. Surtout ne soyez pas furieux contre moi.

Kimberly

P.-S. Leah est réellement une fille formidable, sûrement pas une rien-du-tout sortie des marais. S'il vous plaît, ne la battez pas !

— La battre ! dit Wesley avec un sursaut. Bonté divine, la battre ! Ah, stupides femmes que vous êtes ! Je risque bien de vous battre jusqu'au sang, Leah. Enfin, si vous êtes encore en vie, souffla-t-il. Froissant la missive, il fut dehors en quelques enjambées, enfourcha sa monture et partit au triple galop vers la ville.

Leah ressentait une certaine nervosité en arrivant devant le magasin des Macalister où se tenait la soirée. Il n'était sans doute pas convenable qu'elle arrive toute seule !

— Leah !

Justin se précipita pour l'aider à descendre de cheval.

— Où est donc ce mari qui vous retient prisonnière ? Il ne vous perd jamais de vue, n'est-ce pas ?

— Wesley... avait du travail. Il nous rejoindra quand il aura fini.

Justin passa le bras de Leah sous le sien.

— Tant pis pour lui et tant mieux pour nous ! Venez danser avec moi. Je veux montrer à tout le monde que j'ai la plus belle fille de l'Etat à mon bras.

On avait entièrement vidé le magasin, et une multitude de lanternes brillaient un peu partout. Une immense table qui croulait sous les victuailles courait sur un côté de la pièce au bout de laquelle s'étaient réunis quatre violoneux.

— J'aurais dû apporter quelque chose, murmura Leah.

— Leah ! s'exclama Kimberly derrière elle. Vous êtes là. Est-ce que Wesley... ?

— Excusez-nous un instant, dit Leah à Justin en entraînant Kim un peu à l'écart.

— Avez-vous vu Wesley ? Qu'a-t-il dit ? Etait-il furieux ?

— Kimberly ! Vous avez bu ?

— Un tout petit peu. Le père de Justin concocte un merveilleux breuvage. Une seule gorgée vous ressuscite. Je suis si énervée, et John me parle à peine. Justin est particulièrement séduisant ce soir, non ? Tous les hommes, d'ailleurs, sont séduisants ce soir, sauf mon mari.

— Kimberly, venez manger quelque chose et taisez-vous, pour l'amour du ciel !

Leah poussa Kim jusqu'au buffet.

— Leah ! Quelle surprise ! s'exclama Linnet Macalister comme si elle n'en croyait pas ses yeux. Je ne pensais pas que vous viendriez.

— Quelle jolie robe ! Est-ce le portrait de votre mère ? s'enquit Agnes Emerson en admirant la broche de Leah.

— Non, c'est un cadeau. Je vais chercher une assiette pour Kim. Pourriez-vous lui faire avaler quelque chose pendant que je dis deux mots à Doll Stark ?

D'un coup d'œil, Agnes comprit immédiatement la situation.

Doll était assis à sa place habituelle devant l'âtre, sa chaise pour une fois tournée vers l'assistance. Installé à ses côtés, Lester Sawrey lui donna quelques coups de poing quand il vit Leah s'approcher.

— Oui, M'dame, fit Doll. Que puis-je pour vous ?

— Je voudrais que vous cessiez d'abreuver Kimberly Hammond avec cette mixture.

— Faut pas lui en conter à cette petite dame, déclara Doll avec un ricanement. Elle vous siffle un cruchon comme rien.

Leah le fusilla du regard.

— Où est-il donc, votre mari ? interrogea Doll. J'aurais pas cru qu'y vous laisserait venir à cette sauterie.

Sans répondre, Leah continua à le fixer silencieusement.

— Très bien, fit Doll en détachant ses mots. Je ne lui en donnerai plus. Bien que ça me paraisse une honte. Elle a une sacré descente, la petite dame.

— Madame Stanford ?

Leah pivota sur elle-même et se retrouva face à John Hammond. C'était un homme séduisant, avec de beaux cheveux gris.

— Puis-je vous inviter à danser ?

Elle vérifia que Kim était assise, une assiette à la main, avant de prendre le bras de John.

Les leçons de Regan ne l'avaient pas préparée aux énergiques danses du terroir et, quand la musique s'arrêta, elle s'éventa de la main.

— Une bouffée d'air frais ? suggéra John en souriant.

— J'en ai bien besoin ! approuva-t-elle avec un rire.

La nuit était magnifique, d'innombrables étoiles

brillaient au firmament et une brise fraîche et odorante agitait l'air.

— Mon royaume pour connaître vos pensées.

— Oh, rien de bien mystérieux ! Je suis juste si heureuse d'être venue, déclara-t-elle avec sincérité.

— Moi aussi, répondit John du tac au tac. Il y a longtemps que je voulais vous demander votre avis. Kimberly est très malheureuse, et honnêtement je ne sais pas pourquoi, ni comment la rendre heureuse. Quand je rentre chez moi le soir, le dîner n'est pas prêt et j'ai mis des semaines à lui apprendre à faire frire des œufs pour le petit déjeuner. Je fais l'impossible pour la comprendre et être patient, mais elle semble continuellement irritée contre moi. Il faut me croire, madame Stanford, j'aime ma femme, et si j'en avais les moyens, j'engagerais volontiers des domestiques. Je sais que vous êtes amies toutes les deux. Peut-être pourriez-vous m'aider ?

Maudite soit Kimberly ! songea Leah. Elle rendait la vie impossible à son mari par sa paresse.

— Elle ne me raconte pas grand-chose, mentit-elle.

— Le plus petit indice peut m'être utile, plaida John en désespoir de cause. Si je savais exactement de quoi elle se plaint, je pourrais essayer d'y remédier. Je veux la rendre heureuse.

— Le mariage est un état difficile pour elle, déclara Leah, et Kim n'est pas un bourreau de travail...

— Comme c'est bien dit ! déclara John en riant. Ne se plaint-elle de rien en... particulier ?

— John, murmura Leah en posant une main sur son bras. Je désire beaucoup vous aider et j'essayerai de lui parler.

— Tâchez surtout de la convaincre que je l'aime.

— C'est promis. Maintenant, si nous rentrions ?

— Vous l'avez déjà entendu sans aucun doute une

douzaine de fois ce soir, mais vous êtes ravissante, la complimenta-t-il en lui offrant son bras. Le vert met vos yeux en valeur. Cette miniature représente-t-elle votre mère ?

Une petite moue plissa le coin de ses lèvres à l'idée de sa mère, si pauvre toute sa vie, vêtue de soie.

— En fait, c'est un cadeau de Kimberly. Sans doute s'agit-il d'une personne de sa famille.

— En effet. Cette broche me rappelle quelque chose. Si Kimberly vous raconte l'histoire de cette femme, rapportez-la-moi ! Je découvre ma propre épouse à travers les informations des tiers.

Le cœur de Leah se serra, et elle éprouva une forte envie d'étriper Kimberly pour infliger un traitement aussi immérité à son mari.

Dès qu'ils furent rentrés, elle s'excusa auprès de John avant de rejoindre Kimberly.

— Vous parliez avec John, lança Kim agressivement avant que Leah ait pu ouvrir la bouche. A-t-il posé des questions sur moi ?

— En effet. Le malheureux se donne un mal fou pour vous rendre heureuse, et vous êtes odieuse avec lui.

— Leah, commença Kimberly, mais soudain, John se dressa devant elle, la main tendue.

— Voulez-vous danser ? l'invita-t-il avec un trémolo dans la voix.

Kim perdit toutes ses couleurs tandis qu'il l'entraînait parmi les danseurs. Leah observa un moment le couple qu'ils formaient. Chaque fois qu'une figure les réunissait, le visage de Kim se décomposait un peu plus.

— Vous n'allez pas rester toute la nuit contre le mur, protesta Justin en s'approchant. Je crains d'entendre d'une minute à l'autre votre mari rugir derrière la porte.

— Moi aussi. Vous m'accompagnez au buffet ? Je n'ai plus aucune envie de danser.

— A cause de John et de Kim ? Vous faites une mine d'enterrement depuis que vous les observez.

— Je n'aime pas voir les gens malheureux.

Justin ricana.

— Kim rendrait n'importe quel homme malheureux. Je plains John de tout mon cœur. Aïe ! Aïe ! Un cyclone se prépare !

Wesley, sa chemise en coton trempée de sueur et, ses cheveux plaqués sur le visage, se dirigeait droit sur eux avec la violence d'un ouragan.

29

— Venez ! grommela Wesley entre ses dents, et ses doigts s'enfoncèrent dans l'avant-bras de Leah.

— Excusez-moi, voulez-vous ! jeta Leah à Justin juste avant que Wesley ne la traîne à moitié vers la sortie.

Un sourire figé aux lèvres, elle essaya de traverser la pièce avec le plus de dignité possible.

— Grimpez sur mon cheval, ordonna-t-il aussitôt qu'ils furent dehors.

— C'est votre réputation qui vous tracasse ? Il est trop tard, Wesley Stanford ! Tout le monde est au courant. Sa Majesté, le grand Monsieur Stanford, de la somptueuse plantation Stanford a pour épouse une moins-que-rien, née dans les marais de Virginie. Et aussi extraordinaire que cela paraisse, personne n'a pris un air dégoûté devant un rebut comme moi !

— Vous êtes devenue folle, Leah ? Je ne comprends pas un traître mot de ce que vous racontez. Mais de quoi parlez-vous ?

— Du fait que je suis une Simmons et que vous avez honte de moi en public, voilà de quoi je parle !

— Honte de vous... ?

Il secoua la tête, ahuri.

— Je ne comprends toujours pas. Allez ! Montez et rentrons donc, nous reprendrons cette discussion à la maison.

Elle se rejeta en arrière.

— C'est cela, rentrons à la maison pour que je grimpe au plus vite dans votre lit ?

— Voilà une excellente idée !

— Oh, vous... !

Elle bourra son torse d'une pluie de coups. Wesley ne bougea pas.

— Mais enfin, quelle mouche vous a piquée ?

— Vous m'interdisez de sortir, vous m'enchaînez à votre lit... et aux fourneaux, et vous me demandez ce qui ne va pas ? Vous croyez que seuls les riches ont des sentiments ? Eh bien, j'ai beau être une Simmons, j'ai ma fierté moi aussi.

— Au diable, les femmes ! jeta Wes à mi-voix. Voyons, Leah, je n'ai jamais eu honte de vous. Où donc êtes-vous allée chercher une idée pareille ? Au contraire, je vous trouve ravissante, et vous êtes sans aucun doute la plus jolie femme de la soirée. Mais je ne veux pas vous voir entourée par une telle foule, en ce moment.

— Parce que je ne sais pas me conduire ?

— Dieu du ciel ! Ah ! Arriverai-je jamais à comprendre les femmes ! Leah, s'il vous plaît, rentrons à la maison !

— Mais enfin, pourquoi vous obstinez-vous à me cacher ?

— Vous cacher... ? Ce n'est pas du tout cela... ! Oh, après tout, pourquoi pas ?

Il se rapprocha d'elle, un sourire séducteur aux lèvres.

— Si j'organisais une petite fête à la maison ?

— Je vous promets de me débattre comme un beau diable. Il faudra me bâillonner si vous voulez m'emmener de force !

Wesley se détourna un instant. Quand il fixa de nouveau Leah, son visage exprimait le désarroi.

— Honnêtement, je n'y comprends rien, Leah. Je n'ai jamais eu honte de vous. Bien au contraire, j'adore vous tenir dans mes bras ! En ce moment, il se trouve que j'ai des raisons pour vouloir vous garder à la maison.

— Quelles raisons ?

— Je ne peux rien vous dire. Pour une fois, il faut que vous me fassiez confiance.

Un petit sourire impertinent joua sur les lèvres de Leah.

— Oh ! je les connais, vos raisons. Vous avez clamé assez fort que ce mariage vous répugnait !

— Moi ? s'exclama Wes. Quand ? A qui ?

— A votre frère Travis. Vous hurliez tant que nous avons tout entendu, Regan et moi !

Un couple sortit à cet instant pour prendre l'air. Wes attira Leah contre lui dans l'ombre.

— Très bien, petit chat sauvage ! Ecoutez-moi, maintenant. D'abord, cessez de répéter que je suis l'homme le plus snob de la planète alors que vous êtes bien plus snob que moi. Vous me rebattez les oreilles avec ces histoires de milieu. Je me fiche bien que vous soyez une Simmons. Ce n'est pas pour cela que je refusais de vous épouser !

— Tiens donc ?

Elle voulut se détourner, mais il emprisonna son menton.

— Je désirais une épouse soumise et éperdue. Et Kimberly réclamait mes soins constants. Pas vous ! Rien ne vous faisait peur : ni diriger une ferme, ni élever des enfants, ni tenir tête à un père odieux... que sais-je encore ? Leah, en un mot, auprès de vous, je me sentais inutile.

— Auprès de moi ? répéta-t-elle. Comment pouviez-vous vous sentir inutile ?

Il frotta le bout de son nez contre le sien.

— Jamais vous ne demandiez mon aide ! Vous avez rejoint une bande de voleurs sans m'en souffler mot. La semaine dernière, vous avez réparé la cheminée toute seule, et je n'en aurais jamais rien su si Oliver ne vous avait pas vue suspendue à une échelle en train de sceller des pierres. Et, efficacité suprême, vous avez même transformé le laideron que j'ai épousé en une créature exquise !

Il marqua une pause et repoussa doucement les cheveux de Leah de son visage.

— Eh bien, j'y ai mis le temps, mais j'ai fini par comprendre que vous étiez encore plus démunie que Kimberly ! Kim retombera toujours sur ses pieds ! Mais vous, chère petite épouse, il suffit que vous sortiez le bout de votre ravissant nez, et les ennuis pleuvent.

Leah essaya de digérer cette information.

— Mais Kim est une dame et moi, je...

— Vous êtes ma femme. Alors, si je suis un prince du sang, vous êtes une princesse !

D'un mouvement brusque, elle s'écarta de lui.

— Pourquoi avez-vous honte de moi alors ? Pourquoi me cachez-vous dans votre ferme ?

La possibilité d'un complot contre elle était bien la dernière chose dont il désirait lui parler. Elle voudrait immédiatement se jeter dans l'action.

— Il faut me faire confiance, Leah !

Leah fit quelques pas au clair de lune. Tout s'enchaînait dans son esprit. Les propos de Wesley sur Kim étaient tout à fait justes. Kim le lui avait affirmé elle-même. Elle se contentait d'obéir aux desiderata de Wesley, de s'évanouir s'il le désirait ou de jouer toute autre comédie qui lui plaisait. Leah, elle, ne mangeait pas de ce pain-là. Elle n'en faisait qu'à sa tête. Sans s'en apercevoir, elle donnait sans doute aux autres le sentiment d'être inutiles !

Déjà, Wesley ne lui en voulait pas d'être une Simmons. Elle se sentit rassérénée. L'amour n'était pas loin... Leah ne put réprimer un sourire à l'idée du mal qu'elle se donnait pour ne pas être une charge ! Elle avait ainsi tellement peiné avec cette cheminée afin qu'il ne la prenne pas pour une incapable !

Elle rejoignit Wesley.

— Si je feins de m'évanouir, m'emporterez-vous dans vos bras jusqu'à votre lit ?

Elle fut récompensée par l'expression de bonheur qui se peignit sur son visage.

— Quelquefois, je suis surpris de vous aimer autant, Leah, chuchota-t-il. Quelle merveille ce serait si vous ne vous emportiez pas si souvent contre moi !

C'était une déclaration d'amour ! Enfin ! Leah se blottit contre lui, les paupières closes.

— Maintenant que vous m'aimez, tout sera différent !

Il l'entraîna vers son cheval et la hissa en selle.

— Ce n'est pas faute de vous l'avoir répété. Il était temps que cela rentre dans votre tête de mule.

— Sans doute ne vous ai-je point entendu, se hâta-t-elle d'affirmer de peur de démarrer une nouvelle discussion. Oh, Wes, j'ai oublié mon châle !

— Je le prendrai demain en ramenant votre cheval.

— Oh, non ! Il a coûté une fortune à Clay qui l'a fait venir de France. J'en ai pour une minute !

Et séance tenante, elle sauta à terre.

— Restez ici, j'y vais !

— Effrayé à l'idée de me perdre un instant de vue ? se moqua-t-elle avec un petit rire nerveux.

— Il y a de cela.

Appuyée au chambranle de la porte d'entrée, Leah guettait son mari. Elle s'exhortait à la confiance. Sûrement, Wes avait ses raisons. Peut-être était-il jaloux ? songea-t-elle avec un petit frisson de plaisir. S'il l'aimait, cela n'avait rien d'impossible.

Elle se rappela soudain que Corinne Stark possédait un châle très semblable au sien. Wesley serait incapable de faire la différence.

L'intérieur du magasin était brillamment éclairé. Tout le monde dansait et riait. Au moment où elle faisait le tour de la pièce des yeux, la musique s'arrêta et les danseurs s'immobilisèrent.

Un cri retentit dans le silence.

— C'est la broche de ma tante ! vociféra une femme que Leah n'avait jamais vue, son doigt pointé sur elle. Vous la lui avez volée !

Médusée, Leah porta la main à sa gorge.

— Non, non ! souffla-t-elle.

C'était comme un cauchemar qui se répétait.

En quelques enjambées, Wes la rejoignit. Il entoura ses épaules d'un bras protecteur et l'entraîna vers la porte.

— Leah, chuchota-t-il une fois qu'ils furent dehors, Justin va vous raccompagner. Je reste ici pour tirer cette affaire au clair. Vous comprenez ?

Leah inclina la tête comme un automate, et Wes la poussa vers Justin.

— Prends soin d'elle, dit Wes. Je t'envoie des nouvelles aussitôt que je peux. Il faut que je fasse cesser ce cirque une fois pour toutes.

Le bruit de la porte lui fit un instant tourner la tête. C'était Kim et John qui sortaient. Kimberly pleurait doucement.

— Pars vite ! Emmène-la ! commanda Wes à Justin.

Leah resta prostrée pendant tout le chemin du retour. C'est seulement quand Justin la fit descendre de cheval et la conduisit à l'intérieur qu'elle se rendit compte combien elle avait froid. Elle se mit soudain à trembler.

Il l'emporta jusqu'à un fauteuil et l'attira dans ses bras.

— Tout va bien ! Wesley va découvrir ce qui se trame. Personne ne croira jamais que vous ayez volé cette broche.

Les yeux secs, Leah se raidit contre Justin.

— Où l'avez-vous trouvée, Leah ? interrogea-t-il en lui secouant gentiment le bras. Leah ! commanda-t-il comme elle ne répondait pas. D'où la sortez-vous ?

— Kimberly me l'a donnée, bredouilla-t-elle.

— Maudite soit cette petite garce égoïste ! s'emporta-t-il.

Il repoussa Leah contre le dossier de son siège et se mit à faire les cent pas.

— Ça alors, je l'imagine parfaitement impliquée dans une sale affaire ! Elle a une mentalité de prostituée. Pardonnez-moi, Leah, mais c'est tout à fait cela. Elle est prête à n'importe quoi pour obtenir ce qu'elle veut. Pauvre John qui espérait trouver une femme derrière son ravissant minois !

Il s'accroupit devant elle.

— Eh bien, je vais trouver Kimberly et essayer de lui tirer les vers du nez. A deux, John et moi, peut-être pourrons-nous lui faire entrer un peu de plomb dans la cervelle ? Wes sera là d'ici peu. Oliver est dans la grange. Leah ! Vous n'avez pas peur, n'est-ce pas ?

Elle inclina la tête d'un air absent. Elle voulait être seule. Surtout que personne ne soit témoin de sa honte !

Justin déposa un baiser sur son front.

— Vous ne bougez pas d'ici ? C'est promis ?

Elle acquiesça de nouveau, et Justin sortit.

Leah était assise, immobile. Elle avait perdu la

notion du temps. Inlassablement ses pensées la ramenaient à la nécessité de nettoyer la cheminée. Le soleil se levait quand elle se redressa avec difficulté de son siège. Elle se mit à l'ouvrage comme un automate, grattant, brossant, lavant tout ce qu'elle pouvait atteindre de l'immense foyer.

Derrière elle, la porte s'ouvrit avec fracas.

Elle se tourna péniblement au moment où Kim entrait. Ses yeux brillaient, ses cheveux tombaient en désordre sur ses épaules, sa robe de mousseline était maculée de taches d'herbe.

— Oh, Leah ! jeta Kim hors d'haleine. C'était le paradis, le paradis ! Mais enfin que faites-vous ? Regardez-vous ! Votre si jolie robe est perdue maintenant !

Kim voulut s'approcher de Leah, mais elle changea brusquement d'avis.

— Je ne peux pas vous toucher dans cet état ! Enlevez donc votre robe et pendant que vous vous débarbouillerez, je vous raconterai la nuit la plus merveilleuse de ma vie.

Trop paresseuse pour refaire du feu dans l'âtre maintenant vidé, Kim lui tendit une bassine d'eau froide.

— N'oubliez pas vos oreilles, ajouta-t-elle comme Leah était déjà en jupon. Leah ! C'est inimaginable ! Justin m'a fait l'amour la nuit dernière.

Leah se figea.

— Vous et Justin ? répéta-t-elle.

— C'est difficile à croire, n'est-ce pas ? C'est vrai que Justin a paru me détester dès la première minute. Et d'ailleurs, la nuit dernière, il était furieux, mais ensuite... c'était le paradis !

— Kim, intervint Leah, racontez-moi tout depuis le début. Et d'abord, où avez-vous déniché cette broche ?

— En fait, déclara Kim avec un soupir, tout a commencé bien avant cette nuit.

— J'ai la journée devant moi, déclara fermement Leah. Voulez-vous prendre un petit déjeuner ?

— Un petit déjeuner ? Pourquoi pas, l'amour donne faim !

Quelques minutes plus tard, Leah, lavée et habillée, était devant ses fourneaux.

— Je vous écoute, annonça-t-elle à Kim.

— Tout cela est la faute de Steven. D'après lui, les femmes se divisent en deux catégories : les dames, qui n'éprouvent pas de plaisir, et les autres, qui...

— Kim, la coupa Leah, parlez-moi de la broche !

— J'y viendrai, mais tout est lié. Jurez-moi d'abord de ne pas me détester quand vous saurez tout. Vous êtes ma meilleure amie, et parfois j'ai agi...

— Je ne promets rien si vous continuez à faire autant de digressions !

— Quand je suis tombée amoureuse de Wesley, l'idée qu'il ne me prendrait plus pour une dame si je lui montrais combien il me plaisait me terrorisait. Oh, Leah, c'était parfois difficile de le repousser ! Les baisers de Wesley sont...

— Oui ! Très bien ! Ensuite ?

— Ensuite, c'est l'épisode que j'aime le moins. C'était si injuste que Wesley vous ait choisie, vous ! Moi qui me comportais toujours comme une dame alors que vous n'hésitiez pas à vous rouler dans la boue avec lui !

Elle s'arrêta pour jeter un regard implorant à Leah.

— J'étais si en colère que j'ai piqué le cheval avec une épingle à chapeau afin que le chariot dévale la pente. Je croyais que vous étiez à l'intérieur. Oh,

Leah ! gémit-elle en enfouissant son visage dans ses mains. Je vous haïssais tant que je voulais vous tuer.

Leah passa son bras autour des épaules de Kim.

— J'ai eu un soudain appel de la nature et je suis sortie du chariot. Kim, j'aurais sans doute agi de la même façon à votre place. Mangez donc vos œufs et racontez-moi ce qui est arrivé après.

— John Hammond m'a vue et quand je me suis évanouie — c'est la seule et unique fois où je me sois vraiment évanouie —, il a promis qu'il ne dirait rien à personne. Mais ensuite...

Elle se servit un verre de lait.

— C'est vraiment un méchant homme. Il s'est vanté qu'il raconterait tout si je ne l'épousais pas.

— Il vous a fait chanter ? interrogea Leah médusée en s'asseyant à côté de Kim. Mais pourquoi ? Pourquoi vous avoir obligée à l'épouser ? Il a bien dû penser que vous le lui feriez payer.

— Oui ! moi aussi, j'ai tourné et retourné cela dans ma tête. Et effectivement, j'ai essayé par tous les moyens de lui faire regretter ce mariage.

Elle sourit devant sa tartine de pain beurré.

— Je vais vous dévoiler un secret, Leah : je sais faire la cuisine ! Wesley l'a toujours ignoré. D'après Steven, faire la cuisine est indigne d'une dame... et pendant le voyage, vous avez tout pris en main.

— Je vous ai donné le sentiment d'être inutile ? demanda doucement Leah.

— Vous donneriez sans peine ce sentiment à tout un régiment. En tout cas, pour punir John, j'ai refusé systématiquement toute tâche. C'était très...très désagréable la nuit, et je n'avais aucune idée jusqu'à ce que Justin...

— Et la broche ? Cela vient-il avant Justin ?

— Oh, oui ! Comme je m'entêtais à ne rien faire, je m'ennuyais vraiment beaucoup. John avait un bureau qu'il fermait à clef et où il m'avait formellement défendu d'entrer.

— Et vous lui avez désobéi, bien entendu !

— Oui, j'y allais tous les jours. Cela m'importait peu qu'il me surprenne. Puisque j'avais déjà juré de passer le reste de ma vie auprès de lui, que pouvait-il m'arriver de pire ? Après quelques recherches, j'en avais découvert la clef. Je l'utilisais quotidiennement pour fouiller son bureau et la remettais ensuite en place.

— Que cherchiez-vous ?

— Je ne sais pas très bien. Tout ce qu'il aurait pu vouloir me cacher. Je n'ai rien trouvé jusqu'au jour où je suis tombé sur son cabinet secret.

— Secret ?

— Oui, dissimulé derrière la bibliothèque. A l'intérieur, il avait entassé de très jolies pièces, des bijoux, des petites boîtes, quelques livres. J'ai d'abord cru qu'il refusait de partager ces objets avec moi et j'étais furieuse.

— Vous avez cru ? Vous avez changé d'avis depuis ?

— Leah, je n'osais pas porter ces bijoux, mais j'imaginais que si quelqu'un d'autre...

— La broche était là ? coupa Leah.

— Oui. J'ai tout de suite vu qu'elle irait très bien sur votre robe verte. Et c'était le cas ! Mais vous vous êtes amusée dans la suie et... D'accord ! dit-elle immédiatement devant le regard noir de Leah. Ensuite, cette femme stupide s'est mise à hurler que vous aviez volé la broche. Et John m'a attrapée par le bras et m'a tirée dehors. Oh ! Leah, je mourais de peur !

— Que s'est-il passé alors ?

— Sans un mot, il m'a traînée jusqu'à la maison et il m'a enfermée dans son bureau. Puis je l'ai entendu s'éloigner.

Les yeux de Kim se voilèrent, et elle poursuivit :

— C'est alors que Justin est venu me délivrer.

— Vous délivrer ? reprit Leah. N'était-il pas en colère contre vous ?

— Oh, que si ! Il écumait de rage et me traitait de tous les noms. Pendant qu'il s'époumonait à me crier toutes sortes d'horreurs, je tentais de lui parler du cabinet secret. Il a fini par m'aider à faire pivoter la bibliothèque.

— Il a vu ce qu'il contenait ?

— Pire. Nous étions à l'intérieur quand John est rentré.

— Kimberly ! Où est Justin en ce moment ?

— J'y viens. Chez nous toutes les portes ont des serrures, et John avait tout verrouillé. Aussi Justin a-t-il dû briser une fenêtre et la porte du bureau pour me rejoindre. Nous sommes donc restés dans le cabinet, serrés dans les bras l'un de l'autre — Kim soupira —, pendant que John allait et venait. Quand nous l'avons entendu partir, Justin a chuchoté : « Partons nous aussi », et nous nous sommes enfuis dans les bois. Justin voulait savoir tout ce qui se trouvait dans le cabinet, car il n'avait pas eu le temps de l'inspecter avant le retour de John.

Elle s'arrêta pour reprendre haleine.

— J'étais en train de parler quand Justin s'est brusquement animé et m'a embrassée. J'en avais assez de jouer à la « dame » et je n'ai pas cherché à le repousser. L'instant d'après, nous faisions l'amour. C'était merveilleux, Leah. Je n'ai jamais...

— Que disiez-vous quand Justin vous a embrassée ?

— Rien de spécial. Ah, oui ! A la réception, l'autre soir, John prétendait qu'il n'était pas un bon danseur. Mais c'est un mensonge, car j'ai lu sur un papier dans ce cabinet secret qu'il avait enseigné la danse à Saint Louis.

— Kimberly, sapristi ! souffla Leah. Où est Justin ?

— Il venait de croiser Wes qui se rendait à Lexington pour rencontrer la propriétaire de la broche et il m'a demandé d'aller avec vous retrouver Bud et Cal pendant que lui-même attendrait le retour de John.

— Justin est en danger, j'en ai peur! annonça Leah qui tentait de garder son calme.

— Probablement, reconnut Kim avec un sourire. John sera furieux d'apprendre que je le quitte, mais maintenant que Justin m'aime... Je ne vous l'ai pas dit, n'est-ce pas ? Voilà ses propres mots : « Dieu me vienne en aide, Kimberly, mais je crois que je vous aime. » N'est-ce pas gentil ?

— Debout, Kim! commanda Leah. Laissez les plats où ils sont. Nous passons prendre Bud et Cal avant d'aller à la rescousse de Justin. Attendez! Il faut écrire un mot à Wes.

— Ah, non! Pas moi, protesta Kim en reculant. Justin m'a obligée à lui raconter toute cette histoire de lettres. D'après lui, c'est pour vous protéger que Wes vous interdisait de sortir. Si vous ne m'aviez pas forcée à l'appeler au secours, jamais il ne serait rien arrivé avec cette broche.

Leah marcha vers Kim d'un air menaçant.

— Si vous n'aviez pas tenté de me tuer, vous n'auriez pas été obligée d'épouser John. Si vous n'aviez pas autant fouiné, vous n'auriez pas découvert la cache du Danseur. Et si vous...

— Je comprends, Leah.

Elle s'illumina.

— Si rien de tout cela n'avait eu lieu, je n'aurais jamais su non plus que Justin m'aimait et nous n'aurions pas passé la nuit dernière ensemble. Oh, Leah ! Ce doit être le paradis d'être mariée avec un homme comme Justin !

— Vous pourrez me raconter tout cela plus tard, assura Leah en prenant du papier, une plume et de l'encre dans un tiroir. Maintenant, écrivez sous ma dictée.

Cher Wesley,

J'espère que cette lettre ne vous rendra pas aussi furieux que la dernière. Cette fois-ci, je plaide non coupable, je ne comprends même pas de quoi Leah parle. Je dois vous dire que mon mari John donnait des leçons de danse et que Justin, l'homme que j'aime maintenant, est au courant de tout. Comme vous n'êtes pas là, nous allons demander de l'aide à Bud et à Cal avant de retrouver John et Justin.

Je crois que si je comprenais un mot de tout cela, je serais mortellement effrayée.

J'espère que votre voyage à Lexington a été utile.

Croyez à mon meilleur souvenir.

Kimberly

— Avez-vous bien précisé que nous partions chercher de l'aide ?

— Juste ici ! répondit Kim en indiquant un passage du doigt. Leah, qu'allons-nous faire si Bud et Cal ne sont pas là ?

— Justin a besoin d'aide, répéta Leah avec obstination.

Kim déglutit avec difficulté.

— J'avais peur d'entendre cette réponse.

30

Devon Macalister aida sa femme à descendre de cheval.

— Y a-t-il quelqu'un ? appela-t-il devant la ferme des Stanford.

Personne ne répondit.

— Pourtant, Wesley nous a bien assuré que Leah serait là avec Justin, remarqua Linnet. Vous croyez qu'il est arrivé quelque chose ?

— C'est beaucoup trop calme à mon goût, remarqua Mac en jetant un coup d'œil alentour. Et pourquoi diable cette vache meugle-t-elle ? Linnet, restez ici pendant que je fais un tour.

Dès que Linnet vit Mac disparaître dans la grange, elle pénétra dans la maison. Des assiettes sales traînaient sur la table et tout indiquait un départ précipité. Pourtant, il n'y avait nulle trace de lutte.

Elle allait sortir quand elle aperçut la note sur la table, à moitié cachée sous un plat.

Au même moment, Mac ouvrait la porte à la volée.

— Vous deviez m'attendre dehors, brailla-t-il. Il n'y a personne nulle part. On n'a pas trait les vaches et les animaux ont besoin d'être nourris. Que tenez-vous à la main ?

— J'ai bien peur que Leah et Kimberly n'aient quelques ennuis, annonça Linnet avant de lire la note à haute voix.

— John Hammond serait donc le Danseur, fit Mac pensivement.

— Devon, souffla Linnet. Bud et Cal devaient venir à la maison, aujourd'hui. Leah et Kim ne les auront certainement pas trouvés chez eux.

— Elles ne sont quand même pas parties toutes les deux seules à la poursuite du Danseur, non ? objecta Mac, incrédule, mais il ne laissa pas à sa femme le temps de répondre. Retournez à la ville aussi vite que vous le pourrez. Envoyez quelqu'un chercher Wes et une autre personne soigner les animaux ici. Et vous, ajouta-t-il avec un air menaçant, restez à Sweetbriar. Tout cela ne me plaît pas du tout.

— Devon, suggéra Linnet, peut-être devriez-vous aller chercher de l'aide avant de...

— Je n'ai pas le temps, répliqua-t-il en l'embrassant rapidement avant de disparaître.

La nuit venait de tomber quand Kim et Leah atteignirent la demeure de Hammond.

— Etes-vous sûre que ce n'est pas trop risqué d'agir seules ? murmura Kim comme Leah sautait à bas de son cheval à quelque distance de la maison. Justin semble terriblement fort et courageux et sans doute sait-il ce qu'il fait.

— Descendez et rassurez-vous, je ne suis pas seule puisque j'ai demandé de l'aide, déclara-t-elle d'un air de défi. Et puis vous êtes là !

— Ce n'est pas du tout la même chose, protesta Kim une fois à terre.

Après avoir attaché leurs montures, elles s'approchèrent sans bruit de la maison brillamment éclairée.

Quand la détonation déchira le silence de la nuit, elles échangèrent un long regard, et Kim se tourna résolument vers les chevaux.

— Allons-y ! décréta Leah en la retenant par le bras et en la poussant en avant.

Elles traversèrent la cour à toute vitesse et s'accroupirent sous une fenêtre.

— Où est le bureau du cabinet secret ? souffla Leah.

Kim, visiblement trop effrayée pour parler, indiqua du doigt une ouverture un peu plus loin.

Toujours à croupetons, Leah entraîna Kim par la main le long de la maison. Puis elle se redressa avec mille précautions et jeta un coup d'œil à l'intérieur. Le spectacle la fit sursauter. Justin était étendu inanimé sur le plancher dans une mare de sang.

Leah se laissa glisser à terre.

— Justin ! arriva-t-elle à articuler.

Kim se leva aussitôt pour regarder et plongea aussi vite au sol.

— Je crois que John m'a vue !

— Il faut nous cacher, murmura Leah en inspectant les lieux autour d'elle. Mais où ?

— Suivez-moi ! dit Kim qui releva ses jupes et décampa à une vitesse extraordinaire vers la forêt.

Leah se précipita derrière son amie en courant à perdre haleine.

Une fois sous le couvert des arbres, Kim continua sur sa lancée, sautant par-dessus les souches, écartant ronces et broussailles sans ralentir le moins du monde son allure.

— Kim, attendez ! l'exhorta Leah. Arrêtez une minute !

Elle obéit à contrecœur, les yeux exorbités.

— Où allons-nous ? demanda Leah.

— Dans la forêt !

— Oui, mais où ? Vous avez sûrement une destination en tête ?

— La forêt ! répéta Kim, hors d'haleine.

— Enf... commença Leah, mais une balle siffla à ses oreilles et alla se ficher dans un tronc tout près de Kim.

Sans demander leur reste, elles se lancèrent toutes les deux dans une course éperdue jusqu'à ce que leurs jambes refusent de les porter.

— Nous ne pouvons plus avancer, haleta Leah en attrapant le bras de Kim. Arrêtons-nous. Essayons de nous orienter et de trouver la direction de Sweetbriar.

— Je n'ai aucune idée de l'endroit où nous sommes, dit Kim. Et vous ?

— Pas tant que le soleil est couché. Oh, regardez ce trou noir, là-haut. Ne serait-ce pas l'ouverture d'une grotte ?

— Je n'aime pas les grottes, décréta Kim.

— Nous pourrions peut-être nous y cacher, dormir un peu et demain, nous retournerions à Sweetbriar.

— Pourquoi ne pas nous installer ici ?

— Nos robes claires risquent d'attirer l'attention de John. Il faut nous cacher. Venez, nous allons monter.

L'ascension ne fut pas facile mais elles l'effectuèrent en un temps record et, une fois à l'intérieur, Leah poussa un soupir de soulagement. Sa plus grande crainte — qu'elle avait gardée secrète — était de tomber nez à nez avec un ours. La grotte mesurait environ trois mètres sur quatre, et on s'y tenait facilement debout.

Radieuse, elle se tourna vers Kim.

— Nous avons réussi !

Son sourire se figea quand, du dehors, leur parvint la voix de John Hammond :

— Ainsi, ma stupide petite épouse et sa non moins stupide amie se sont piégées elles-mêmes !

Répercutées par l'écho, ses paroles résonnaient sinistrement à leurs oreilles, et elles furent incapables de discerner s'il était loin ou près.

— Je vous ai donné votre chance, Kimberly, de vous joindre à moi ! En fait, je vous ai choisie parce que vous aviez fait la preuve de votre absence de scrupules à tuer quiconque se mettrait en travers de votre route !

Kim, plaquée contre la paroi, jeta un coup d'œil à Leah.

— Mais mon épouse m'a déçu, continua John. En ce moment, votre amant — eh ! oui ! Je suis au courant — gît sans vie chez moi. Quelle tragédie quand on apprendra la mort de Justin et celle de deux femmes dans la même nuit ! Je serai le mari inconsolable.

— Aidez-moi à réunir des pierres, souffla Leah.

Faisons un tas près de l'entrée. Peut-être pourrons-nous le tenir à distance un moment.

Docile, Kim se mit à ramasser des cailloux.

— Il ne peut venir que par-devant. S'il tire, couchez-vous par terre. C'est compris ? ordonna Leah.

Kim inclina la tête.

Le sourire aux lèvres et un pistolet dans chaque main, John se présenta devant l'entrée de la grotte, sa silhouette découpée en ombre chinoise par le clair de lune.

— Allons-y ! commanda Leah au moment où il avançait.

Les deux femmes commencèrent à lancer leurs munitions de toutes leurs forces.

Abasourdi, John baissa la tête, grognant sous le choc des pierres. Quand il tira, elles s'aplatirent par terre, les balles sifflant au-dessus de leurs têtes, puis elles se remirent immédiatement à envoyer leurs projectiles.

Kimberly l'atteignit en plein front et le sang jaillit aussitôt. Il recula en titubant et disparut.

— Petites garces, vous vous croyez malignes, n'est-ce pas ? On va voir combien de temps vous tiendrez là-dedans sans nourriture et sans eau. Quand vous serez décidées à en finir d'une mort rapide, dites-le-moi. Je suis à votre disposition !

Kim se laissa tomber derrière son tas de cailloux.

— Nous allons mourir, n'est-ce pas ?

— Mais non, la rembarra Leah. Un peu de courage ! Voyons !

— Du courage ? répéta Kim avec abattement. Oh, Leah ! Mais je suis lâche, moi ! Et je ne m'en cache pas ! Pourquoi changerais-je ? Votre bravoure vous jette dans tous les périls tandis que ma poltronnerie me garde bien au chaud chez moi.

— Bien au chaud chez vous ! Auprès d'un meurtrier et d'un voleur, objecta Leah. Si vous n'aviez pas essayé de me tuer, vous n'auriez jamais été forcée de l'épouser. Et si vous n'aviez pas fouiné partout, vous n'auriez pas découvert ce cabinet secret. Et sans cette découverte, nous ne serions pas ici. Et en outre...

— D'accord, Leah, je me rends à vos arguments ! Nous devrions peut-être changer toutes les deux. Quand nous nous marierons, Justin et moi, nous...

— Justin est mort, objecta Leah en posant sa main sur le bras de Kim.

— Non, il n'est pas mort, protesta Kim avec conviction. Je le saurais s'il était mort. Il avait l'air d'être mort, mais il ne l'était pas.

Son ton était si persuasif que Leah finit par la croire.

— Kim, murmura-t-elle. Ce que John ne sait pas, c'est que nous avons écrit un mot à Wesley. Et si Justin est encore en vie, cela fait un témoin. Même si John nous tue, il ne l'emportera pas au paradis !

— Annonçons-le-lui, fit Kim en se levant. Il sera obligé de nous relâcher.

Leah tira Kim en arrière.

— Je suis sûre que votre charmant mari va nous laisser partir avec un sourire et que tout sera arrangé ! Peut-être nous serrera-t-il la main !

— Vous avez raison, acquiesça Kim d'un air sombre. Il a déjà de nombreuses victimes à son actif et il est bien capable de nous tuer dans le seul but de garder la main. Oh, Leah, qu'allons-nous devenir ?

Leah se redressa et marcha jusqu'au fond de la grotte. L'eau suintait de la roche. Wesley, songeat-elle. Que lui conseillerait-il de faire ? Il lui avait reproché si souvent de ne jamais demander d'aide. Cette fois-ci encore, malgré l'absence de Bud et de Cal, elle s'était obstinée dans l'idée de sauver Justin et de capturer un meurtrier toute seule ! Et maintenant, à cause de sa stupide vanité, elles étaient en danger de mort...

— Que me conseillerait donc Wesley ? chuchota-t-elle.

— De l'attendre, répondit Kim. Il voulait déjà que vous attendiez à la ferme son retour de Lexington. Puisque vous n'avez pas obéi, rattrapez-vous maintenant. Attendre me semble encore la meilleure initiative. Vous ne croyez pas, Leah ?

— Et que... commença Leah, mais elle s'arrêta. Nous avons de l'eau, mais pas de nourriture, et il va faire terriblement froid ici, la nuit.

— Les tombes sont encore plus froides, répondit Kim. Quelqu'un va bien trouver ma lettre et on se mettra immédiatement à notre recherche.

A cet instant, un caillou rebondit à l'intérieur de la grotte.

— Est-ce cela que vous cherchez ? demanda John en riant.

Les mains tremblantes, Leah défit le papier qui était enroulé autour du galet.

— C'est bien la lettre que vous avez écrite ? interrogea-t-elle avec des larmes dans la voix.

— L'une d'elles, répliqua Kim d'un air détaché.

— L'une d'elles ? s'exclama Leah.

— Leah, vous n'avez aucune idée de la perversité de John. Un jour, je vous raconterai ce qu'il me faisait la nuit. Et puis je savais bien que si je vous accompagnais quelque part, nous récolterions sûrement des ennuis. On dirait que vous les attirez !

— Combien de lettres avez-vous laissées, Kim ?

— Trois. Une bien en vue, une sous un plat sur la table en désordre — pour rien au monde John ne se salirait les doigts ! — et la dernière sous un oreiller dans votre chambre.

— Mais je ne vous ai pas vue ! Comment... ?

— Comme vous me l'avez fait remarquer, je peux

parfois me montrer cachottière. Maintenant, Leah, même si vous quittez cette grotte, je ne bougerai pas d'un pouce. Je reste ici jusqu'à ce qu'un homme, un vrai, avec des muscles et si possible un fusil, vienne me délivrer !

— Nous risquons d'attendre longtemps !

— Je préfère passer une semaine ici plutôt que d'arriver à Sweetbriar dans un cercueil quatre jours plus tôt !

— Moi aussi, reconnut Leah.

— Voilà qui est parfait. Maintenant, la question est : combien de temps peut-on tenir sans manger ?

— Nous allons le découvrir bientôt ! assura Leah.

L'aube se leva et, avec elle, nul signe d'une prochaine délivrance. John s'était trouvé un poste d'observation juste en face de la grotte, de l'autre côté d'un profond ravin, et il tirait à l'aveuglette à l'intérieur, les empêchant de prendre le moindre repos.

— Peut-être pourrions-nous tenter... commençait Leah à chaque accalmie, mais Kim lui décochait un tel regard qu'elle ne terminait pas sa phrase.

Quand la deuxième nuit tomba, elles étaient à bout de forces. John avait augmenté la cadence de ses tirs et visait maintenant la corniche qui surplombait l'entrée de la grotte.

— Essaye-t-il de la faire ébouler ? s'écria Leah.

— Pstt ! jeta une voix faible. Aidez-moi pendant qu'il recharge.

Kim et Leah échangèrent un rapide coup d'œil avant de se précipiter vers l'ouverture de la grotte.

— Mac ! s'exclama Leah, se jetant sur le ventre pour ramper vers lui.

A deux, elles réussirent à le tirer à l'intérieur. Mac s'adossa lourdement à la paroi.

— C'est à cause de ma jambe. Ce n'est pas trop

grave, mais je saigne comme un bœuf. Peut-être auriez-vous sous la main de quoi me faire un bandage ?

Elles déchirèrent toutes les deux leurs jupons avec un bel ensemble tout en le bombardant de questions.

— Comment nous avez-vous trouvées ?

— Justin est-il grièvement blessé ?

— Où est Wesley ?

— Comment allons-nous sortir d'ici ?

— Avez-vous quelque chose à manger ?

La dernière question émanait de Kim.

— Attendez une minute, implora Mac. Laissez-moi examiner ma jambe. C'est ce que pensais, la balle a traversé. J'ai été si étourdi par le coup que j'ai bien failli tomber de la corniche.

— Cela fait très mal ? s'enquit Leah.

— Ça peut aller ! Le pire est que je ne pourrai pas marcher sur cette jambe bien longtemps. Tenez, prenez donc cela !

Il tira un morceau de viande séchée d'une bourse attachée à sa ceinture et le tendit à Kim.

— Maintenant, passons à vos questions, mesdames. Je n'ai eu aucun mal à vous localiser. Vous n'auriez pas laissé une piste plus large si vous aviez utilisé une hache. Je ne sais rien de Justin. Nous avons été avec Linnet chez les Stanford et sommes tombés sur votre missive. Linnet est allée chercher de l'aide à Sweetbriar et a envoyé quelqu'un prévenir Wes. J'ai passé une bonne partie de la journée à côté de vous, mais j'ai dû attendre la nuit pour me faufiler jusqu'ici.

— Je ne voudrais pas paraître ingrate, mais pourquoi n'avez-vous pas poursuivi John ? s'enquit Leah.

— Il est terré dans une anfractuosité du rocher, de l'autre côté du ravin. Pour le déloger sans me faire voir, il m'aurait fallu descendre du sommet avec une corde. Je n'en avais pas, et puis surtout, je me suis demandé s'il ne tirait pas sur un ours.

— Les ours ne vivent pas dans les grottes, remarqua Kim en jetant un regard suspicieux autour d'elle.

Mac ne prit pas la peine de lui répondre.

— Je ne m'attendais pas à recevoir une balle en grimpant ici ! Je me fais vieux, c'est sûrement cela !

— Je crois que nous devrions... commença Leah.

— Ne l'écoutez surtout pas, interrompit Kim. Quel est votre point de vue ?

— Nous allons rester ici et attendre. Wes et les autres ne tarderont pas à arriver. J'espère qu'ils auront eu assez de bon sens pour se préparer à toute éventualité. Je suis parti si vite que... mais que diable !

Kim venait de l'embrasser sur la bouche sans aucune vergogne.

— J'adore les hommes, dit-elle avec un soupir. Ils sont si sensés.

— J'aimerais bien comprendre, reprit Mac, pourquoi deux écervelées se sont lancées toutes seules à la poursuite d'un meurtrier comme le Danseur. A dire vrai, je sais depuis longtemps que les raisons des femmes me mettent généralement hors de moi. Alors, si vous voulez bien m'excuser, je vais plutôt interroger John Hammond. Je veux que vous vous couchiez toutes les deux au fond de la grotte en vous faisant le plus petites possible et que, quoi qu'il arrive, vous ne bougiez pas. C'est compris ?

— Tout à fait, acquiesça Kim.

— Si vous avez un plan, je peux peut-être vous aider, déclara Leah, pleine de bonne volonté.

— La dernière chose dont j'aie besoin... mais il s'arrêta devant la grimace de douleur de Leah.

Kim venait de lui enfoncer ses ongles dans le bras.

— Leah suivra vos consignes à la lettre, Mac. N'est-ce pas, Leah ?

— Je posais juste une question, répliqua Leah sur la défensive.

— Allez ! Ouste ! commanda Mac.

Elles se précipitèrent toutes les deux au fond de la grotte tandis qu'il rampait vers l'ouverture.

— Voyons, Hammond, vous n'êtes pas homme à vous attaquer à deux pauvres femmes et un blessé ? cria Mac.

Deux balles sifflèrent à l'intérieur. Leah et Kim se bouchèrent les oreilles pour se protéger de l'écho.

— Vous n'avez même pas mis dans le mille, Hammond !

Mac s'égosilla pendant des heures tandis que John continuait à tirer dans la grotte. Bientôt, Leah remarqua que la voix de Mac faiblissait. Ignorant le regard noir de Kim, elle se glissa jusqu'à sa hauteur.

— Votre jambe vous fait mal, n'est-ce pas ? Reposez-vous donc un peu.

— Je veux mobiliser toute l'attention de Hammond sur moi, dit-il d'une voix enrouée. Jetez donc un coup d'œil par là !

Du doigt et avec précaution, il indiqua le sommet du rocher qui surplombait la cachette de John.

Leah ne vit rien tout d'abord, mais à force d'attention, elle aperçut une silhouette.

— Avez-vous tué Revis, Hammond ? J'ai appris que vous étiez là-bas. C'est pour cette raison qu'il a donné mon nom ?

— Qui est-ce ? souffla Leah.

— A en juger par la taille, cela m'a tout l'air d'être Wesley, répondit-il.

— Etes-vous furieux parce que ce sont deux femmes qui vous ont démasqué, John ? vociféra Leah.

Mac lui couvrit la bouche de sa main.

— Ne vous avisez plus jamais de me désobéir et filez au fond !

Leah rejoignit Kim avec résignation.

— J'ai vu Wesley, souffla-t-elle. Il descend la falaise à l'aide d'une corde. Tout sera bientôt fini.

— D'une façon ou d'une autre, fit Kim en enfouissant son visage entre ses mains. Pourvu qu'il ne lui arrive rien !

Pendant les quelques minutes qui suivirent, Leah resta paralysée par la peur.

— S'il vous plaît, mon Dieu, supplia-t-elle. Faites que Wesley soit sain et sauf. Je jure désormais d'être obéissante, de ne plus jamais me jeter tête baissée dans les ennuis et de toujours demander de l'aide pour les cheminées et les meurtriers !

— Si nous survivons, je vous ferai répéter ce serment tous les jours de votre vie, déclara Kim. Et je suis sûre que Wesley m'y aidera.

Leah ne s'était pas rendu compte qu'elle avait parlé tout haut.

— Si... commença-t-elle.

— Taisez-vous toutes les deux, ordonna Mac. Vous me dérangez.

Plusieurs coups de feu résonnèrent, et on entendit le cri terrifiant d'un homme précipité dans l'abîme.

Le cœur de Leah s'arrêta de battre.

— Qui était-ce ? cria Kim. Pas Wesley ?

— Comment savoir... commença Mac.

— Leah !

L'appel lointain retentit au plus profond de son être.

— Tout va bien ?

— Oh, oui ! murmura-t-elle, et elle prit son élan, trébucha contre Mac au moment où il se levait et dévala le raidillon comme l'éclair.

— Stanford ! hurla Mac derrière elle. Tu ferais bien de remonter en vitesse. Lancée comme elle est, ta femme est bien capable d'aller te chercher au bout de ta corde ! Elle est folle à lier !

— Tout comme la tienne, Macalister, lui renvoya Wesley au-dessus du ravin. C'est Linnet qui tient la corde au sommet.

— Sapristi, Linnet ! tonna Mac. Je t'avais dit d'aller chercher de l'aide.

Leah remontait déjà sur l'autre versant quand Wesley se laissa glisser jusqu'à elle et l'attira dans ses bras.

— Je ne sais pas si je dois vous battre ou vous serrer contre moi. Leah, vous avez failli vous faire tuer ! Pourquoi n'êtes-vous pas restée à la ferme ?

— Je suis heureuse de ne pas l'avoir fait car Hammond s'y est rendu et a pris la lettre de Kimberly et Justin s'était déjà enfui et Bud et Cal n'auraient pas pu m'aider car ils n'étaient pas là non plus et...

— Taisez-vous, Leah, ordonna Wesley en lui fermant la bouche d'un baiser.

— Oui, monsieur, répondit-elle avec soumission.

normandie
roto
impression
s.a.

61250 Lonrai

Achevé d'imprimer en février 1995
N° ES 95003 / N° d'impression I5-0026
Dépôt légal mars 1995
Imprimé en France

ISBN 2-73-82-0775-8
33-12-5775-3